扶贫手记
平凹题

第一书记扶贫手记

平凹题

主　编　贾平凹

副主编　蔺晓东　杨孝武

编　者　郝文锦　闫　荷　严　晴　许　冰

车宏涛　王　昱　丁小龙　井　慧

陕西师範大學出版总社

图书代号 WX18N1511

图书在版编目（CIP）数据

第一书记扶贫手记 / 贾平凹主编．—西安：陕西师范大学出版总社有限公司，2018.10
ISBN 978-7-5695-0273-2

Ⅰ.①第… Ⅱ.①贾… Ⅲ.①纪实文学—中国—当代 Ⅳ.①I25

中国版本图书馆CIP数据核字（2018）第232247号

第一书记扶贫手记

主　编　贾平凹
副主编　蔺晓东　杨孝武

出版统筹　刘东风　冯晓立
责任编辑　雷亚妮　刘存龙
责任校对　梁　菲　张旭升
出版发行　陕西师范大学出版总社
（西安市长安南路199号　邮编 710062）
网　　址　http://www.snupg.com
印　　刷　陕西金和印务有限公司
开　　本　787mm×1092mm　1/16
印　　张　22.5
插　　页　2
字　　数　270千
图　　幅　124
版　　次　2018年10月第1版
印　　次　2018年10月第1次印刷
书　　号　ISBN 978-7-5695-0273-2
定　　价　88.00元

读者购书、书店添货或发现印装质量问题，请与本公司营销部联系、调换。
电话：（029）85307864　85303635　传真：（029）85303879

序　言

钱远刚

脱贫攻坚是以习近平同志为核心的党中央做出的重大战略部署，打赢脱贫攻坚战是我们必须完成的重大政治任务。陕西省委、省政府高度重视脱贫攻坚工作，先后选派万名优秀机关、企事业单位党员干部为驻村扶贫第一书记，奔赴火热的脱贫一线；两次召开全省脱贫攻坚扶贫扶志宣传工作推进会，要求发挥文学的独特作用，加大脱贫攻坚题材文艺精品创作，努力营造勤劳致富、光荣脱贫的浓厚氛围。

在实践创造中进行文化创造，在历史进步中实现文化进步。第一书记们是脱贫攻坚战的先锋队，是追赶超越的排头兵，他们夜以继日、任劳任怨，做出了牺牲，奉献了才智，涌现出众多先进典型和感人事迹。为此，省委组织部、省作协联合启动了陕西《第一书记扶贫手记》创作征集编选工作，得到省委宣传部的肯定，受到基层第一书记的热烈响应。本书作者们用心用情用力，以纪实文学的形式，记录伟大时代，抒写伟大实践，讴歌党，讴歌祖国，讴歌人民，讴歌英雄，捕捉生活细节，描绘最美人物，抒发真情实感，作品接地气，充满了泥土的芳香。省作协跟踪服务，成立了编辑委员会，组织编辑，聘请专家指导修改，召开写作培训会传授写作要领，编辑对所有作品筛选打磨，几经修改成书。

“文章合为时而著，歌诗合为事而作。”脱贫攻坚是当下最大的民生工程、安民工程、富民工程。三秦大地广大党员干部，不忘初心，牢记使命，脱贫攻坚取得了举世瞩目的成就，为全面建成小康社会奠定了坚实基础，开创了全面实施乡村振兴战略的新局面，进一步增强了人民的获得感、幸福感和安全感，不断实现人民对美好生活的愿望。通过陕西《第一书记扶贫手记》，我们希望彰显出与贫困抗争、干事创业的中国脊梁精神，希望弘扬深埋于民族筋骨血肉里“以天下为己任”的担当精神。

陕西三千年文脉，远溯《诗经》《史记》，近承延安文艺精魄，从柳青、杜鹏程、路遥、陈忠实到当下，三秦作家们始终立足陕西，观照国家民族命运，以厚重的现实主义精神书写时代。通过编撰陕西《第一书记扶贫手记》，我们希望以文学的坦诚与真实，围绕文学本身给时代交出答卷。本书不是先进事迹汇报，也不是理论性的社会学著作，它具有鲜活的现场感和真实感，是时代前进步伐的记录。第一书记们以文字为镜头，以平等的身份记录村庄发展，记录村民精气神，记录不断成长的自己。他们敢于直面贫穷的真相，敢于展露真实的自己。当前，脱贫攻坚战已经进入冲刺期，面临很多深层次的矛盾和问题，陕西《第一书记扶贫手记》所承载的，不仅是全面建成小康社会的“陕西经验”，更是这场伟大战役里基层干部对乡村振兴的思考。本书希望为时代贡献一个真实的坐标，为研究历史、破解难题提供重要参照。

陕西《第一书记扶贫手记》的编纂工作从一开始就得到省委组织部、省委宣传部的大力支持。广大“作家”以工匠精神打磨作品，用忠心赤诚，汇聚正能量，昂扬精气神，激发战胜贫困的信心，为时代讴歌，为人民抒情，为青春放歌！

（钱远刚　陕西省作家协会党组书记、常务副主席）

目录

阿Q*山村对话“录音”

◎ 邱轩洛

丁酉炎夏，阿Q衔命至名州。山村依依，黄丘绵绵，唢呐声声，羊群咩咩。异域的风光，别样的风情，以及这里善良可亲的山民们，教他如何不把话匣“啪啪”打开……

山村现状

“双节”前，硷畔上。

看着村道上不时驶过的小汽车，阿Q当着老支书的面这样叹道：“老甄呀，真没想到，咱们村居然有这么多的小汽车，而且，从车牌上看，好像挂外地牌子的车也不少哟？”

“对呀，都是在外地打工的后生们开回来的。要知道，在咱陕北这地方，乡下男多女少，现在的后生们要娶个婆姨，必须有车有房才成，所以

* 文中“阿Q”乃作者邱轩洛个人戏称。

▲走访村民

嘛，有的家庭即便借钱也要买辆车子来撑撑门面。”老支书坦然以应。

“除了在外打工，咱村的老百姓现在还有没有其他方面的收入？嗯，我看咱村子周围的山上栽的树大部分都是果树，这一年到头，也该有点收入吧？”

“没错，满山遍野都是枣树和杏树，可就是收到的果子卖不上价钱，咱们这儿的枣口感和滩枣差远了，一斤两三毛钱都没人要。再说了，有打枣摘杏的工夫，还不如进城打点零工挣钱来得快。就拿现在这工价来说吧，到城里打一天工，至少能挣一袋子面钱。”老支书磕了磕烟锅袋说道。

“后生们在外打工主要干些啥？有靠技术或手艺吃饭的吧？”阿Q追问道。

“哼！ 咱这穷山沟哪有什么手艺人？”此时，一位从硷畔路过的名叫马兰的村妇抢语道，“也就一个錾石头的雕工，算是手艺人吧，其他男劳力在外干的全都是砖头石头活（粗活）。”

“那你们女的一天到晚都在忙啥？听说咱陕北女子个个都会剪纸，手很巧的。”见马兰心直口快，阿Q便想多套一些情况。

“哪有时间剪呀？娃娃都够女人们忙了，现在村里多数婆姨都到城里陪娃娃上学了。”马兰抱怨着说。

“那家里的老人咋办？有送老人去敬老院的吧？”阿Q此时想到了千里之外的父母。

“住敬老院是要钱的，而且，敬老院把老人们像羊一样圈着，所以基本没有老人愿意去，老人们待在自己家里虽说是混天天，凑合着吃饭，但能和乡亲们拉话，他们觉得高兴、自由。”

“噢，老人们守家，后生们在外打工，妇女们在城里陪娃娃上学，这么说来，咱们村里一年到头家家户户能全家团圆的日子是少之又少了？”

“是呀，地都种上了树，年轻人待在村里还能干啥？也就只有离家打工讨生活这一条路了，所以，这一年大部分时间村里是没啥人的，也就这过年过节的时候才稍稍有一点点人气。”马兰幽幽而语。

养羊如何？

羊圈旁，阿Q问羊倌老余：“喂，老余呀，现在在咱这儿一只羊宰了后净肉能卖多少钱？”

“不值几个钱，拉平了也就千把块钱吧。”

“像你圈中的这群羊，一年到头刨过买羔子和饲料钱，究竟能净挣多少？”

“没细算过，也就两三万元吧。”

“那也可以呀，一年到头能稳稳赚上两三万元也挺不错。”

“唉，老Q啊，像咱这年岁，进城打工没人要了，也就只有上山放羊混日子了，要说赚的钱，其实也就只是个人工钱。”老余苦笑着说。

“你是说这些羊都是到山上去放？国家的退耕还林政策不是不让到山上放羊吗？”

“没关系的，现在山上的树都长大了，羊够不着啃，羊吃的一般是树下的紫花苜蓿。”阿Q觉得老余这话听起来有些绕。

“是这样啊？”阿Q将信将疑。

“嘻，老Q啊，实话告诉你，这些年，政府一方面提倡养羊脱贫，另一方面却又禁牧养林，这政策其实是有矛盾的。”老余叹了口气。

“怎么会有矛盾？国家不是统一要求圈养羊吗？山上

▼ 圈里的羊群

既然有紫花苜蓿，人也可以上山去割呀，这样，不就避免了羊到山上乱啃树了？”阿Q想当然地说。

“唉，那是不切实际的。圈养羊不仅成本大，肉也难吃，而且，圈养羊生的羊羔是很难站立起来的，麻烦大着呢。其实，现在家家户户都在烧煤，山上的林木是没有人砍的，成林很快，羊吃的那点点无大碍。还有，现在乡下人手紧，上山放羊没人干了，过去放羊都是靠娃娃们，现在娃娃们都到镇上或县上上学去了，没办法了，也就只有我这种腿脚不灵便的半老头子去爬高上低了。哼，一年到头只要上山下山不摔伤都谢天谢地了，至于说割草背草，那是不可能的事。”老余一摊手解嘲道。

“照你这么说，在维持现状的情况下，养羊，也算是咱们这儿一条勉强可行的致富途径？但我想，如果家家户户都上山放羊，那林子怕招架不住羊啃哟？对了，咱们这儿有没有护林员？”阿Q还是有些担心。

“那是，那是。唉，其实嘛，现在国家的封山育林政策如果能像当年的计划生育政策那样执行就好了。噢，对了，国家退耕还林政策也马上就要到期了，如果能把这政策扎扎实实再坚持一二十年，把封山育林搞严些，这山上肯定要比现在绿得多。至于你说的护林员，有倒是有，但大多是聋子耳朵。因为护林员每月有工资，乡里为了照顾贫困户把这一岗位安排给他们，大家都是乡里乡亲的，谁愿意下茬管啊？”看来这老余是很懂政策的。

“难道说，再没别的保护山林的办法了？”阿Q心存忧虑地问道。

“有倒是有，就是没有人愿意下狠手，比如咱县的胡家扁村，村里给山上都下了药，立马治住了散放养羊！但县上林业局的食药办又不愿意普及这种做法，说下药会毒死野生动物。这事嘛，依我看，咱们这儿完全可以学习内蒙古的做法，将山区划为禁牧区、控制区和放牧区，这样去管，那才是切实可行的。”显然这老余就此是动过脑筋的。

乡村文化

雷雨冰雹过后，天骤放晴。

由于入沟的电线被风刮断了，全村停电。停电后，便有许多村民集中到村委会广场上来闲聊乘凉。

孩子们叽叽喳喳地在“雪炭工程”器材旁追逐嬉耍，暑期回乡的学生们则在柳荫下玩手机……此时的山村，呈现出一种祥和的景象。

而此时的阿Q呢，最想听到县上应急广播有关山洪灾害方面的消息。

由应急广播，阿Q想到了乡村文体设施的利用问题，于是向身旁的一位乡绅问道：“我看咱村村委会旁的农家书屋建得挺不错的，平时看书的人很多吧？”

“噢，你是说那个放书的房子？嗯，有，有人，多，多得是。”乡绅嗫嚅而应。

“胡说啥呢，哪有人看呀，能识字的都出去打工了，在家待的老人都不识字，老年人最多看看书上的‘娃娃’（图片）。”一位名叫火莲的村妇抢白道。

阿Q觉得火莲讲得有趣，便赶紧追问：“那你进去看过没？”

“嘻，看书太麻烦了，现在想查什么打开手机啥都能知道！”看来这火莲很新潮。

“嗨，咱们村有这么大的文化广场，现在全国乡下不都时兴跳广场舞嘛，村里的婆姨们有没有跳广场舞的？”阿Q知道，陕北妇女有唱民歌和扭秧歌的习惯。

“唉，家务事都让人忙不过来，还跳啥舞呀。况且，咱们村子太小了，人太少，是耍不起热闹的。”

“耍不起热闹？但我听说咱们村每年的庙会是很热闹的，四邻八乡的

▲村头聊天

▼热情的招呼

人都来呀！对了，在庙会上，村里以往都搞些啥文化活动？还有，也不知咱们村这座庙里究竟供的是啥神？香火怎么这么旺？”由于工作关系，阿Q很想了解这个村子与文化工作相关的一些情况。

“是的，村里一年有两次庙会，那两个日子是很热闹的，有扭秧歌的，还有唱大戏的。这庙嘛，是座老庙，香火一直都很旺，供的神听人说是真武祖师爷，后沟的庙听说供的是无量祖师爷。”

哈，真武、无量两位祖师为阿Q平生首闻，于是他赶紧追问：“这两位祖师爷主要保佑咱老百姓哪方面？”

“啥都保啊，治病、求财、送子、娃娃考大学，嗯，对了，过去在这庙里也求过雨。”

“神通广大呀。那庙旁的戏台我看修得不错，一年能演几次戏？一般都演啥戏？”阿Q也很想知道这儿老百姓的文化趣味。

“农历四月初五和八月十五庙会各演一场，唱的都是晋剧、道情什么的。”

“那咱们这儿有没有喜欢秦腔的？”因为从未看过晋剧与道情，所以阿Q只好转移话题。

“前些年，零零星星还有一些关中来的草班子串乡演秦腔，记得看戏的全是些牙牙婆婆们（老年人），现在早都没有了。对了，咱这儿的人，说到底，还是爱听陕北说书与民歌。”火莲所言，其实与阿Q猜想的完全一致！

是夜，阿Q在网上搜了一下真武、无量祖师，结果显示：这两位神均居于玄武（北方），主水主威。嘿，也难怪这两个庙一个叫八龙庙一个叫青龙庙。没错，黄土高原缺水，水神，那是当然要被供起来的。另外，在上郡这四战之地，老百姓祈求威神保佑平安也是可以理解的。

乡村出路

小D在城里教书，时值暑假，他回乡下老家避暑。这天午后，在村西的拱桥边他与阿Q不期而遇，相互颔首致问后，小D非常老练地递上一支“芙蓉王”，阿Q赶忙摆手，道：“不会，谢谢。”

也没多少客套话，小D便单刀直入地问道：“听说你们是来搞扶贫的？在这儿是待一年吧？”哈，这小山村只要来了“生人”，相关消息便如同山雀一样到处乱飞。

“是呀，是一年，时间挺短的，怕给咱村里老百姓做不了多少事。”阿Q谨慎而应。

“唉，只要能做成一两件事就可以了，不过依我看，你们这个贫究竟是咋个扶呀？现在乡下都没地种了，而退耕还林的十六年补贴期限也快要到了，等到明年，所有参加退耕还林的农民可能都会变成名副其实的‘失地农民’，他们没了地，又没了补贴，如果家里再没有精壮劳力外出打工的话，我看连吃喝都成了问题，到时候，假如再遇到个头疼脑热的，还不得硬挨等死呀？”小D不无忧虑地讲。

闻此，阿Q心中一动，心想一个“教书匠”居然也有如此悯农之怀，于是便想与他多聊一会儿，就接住话茬明知故问：“当年退耕还林还的不都是经济林吗？现在那些林子也该都成林了，也该有果子可以卖钱了吧？”

“又小又皱的柴枣您要不？去年一斤枣两三毛钱都没人理，而且，打枣是很费工夫的。事实上，这两三年坡上的枣、梨、杏等水果大多都是自生自灭。”看来这小D常回乡下，啥都知道。

“那您认为咱乡下老百姓将来的出路该在哪儿？”此时的阿Q，已经将小D当成一位乡贤来看待。

“还用问吗？现在大家都很明白，在乡下要养家糊口，也只有外出打工这一条路子了。在外打工的年轻人若在他乡成了家，这山沟沟的家也就只是他们过年过节时的一个探亲去处。如果家里的老人一旦离世，窑洞就会长年挂锁。对了，我还在想，现在政府其实不必要搞什么移民搬迁，我敢打赌，再过一二十年，稍稍偏僻一点儿的山村可能都会一个一个地消失的！”小D侃侃而谈。

对于小D的这一判断，阿Q有些不以为然，但为了将话题引向深入，他还是顺着小D的话补充道：“您说的也许是事实，大势或没错，但我们不能忽略未来城乡一体化的可能，届时，也许乡下会出现另外一种乡村形式，即农耕社区，尤其是一些偏僻村落，只要人为的痕迹少，也许会吸引一些情趣特别的顾主来作为乡村别墅的选址？”

“您说的或是远景，但眼下还是人人都向往都市生活，至少说，城里的交通信息及文教卫设施是很吸引人的。”嗯，小D说的应该是事实。

“目前的确如此，但随着交通网络和交通工具的日新月异，再伴之以电子商务的深化，那些备受‘城市病’折磨的城里人，将来或许会有一部分人愿意回流到乡下来当乡绅的，比如您，现在不就回到乡下来避暑了？其实，现在只要有了互联网与手机，无论在哪里生活都是一样的，况且，待在农村还能呼吸到新鲜空气。再说了，伴着农业产业化与田园化的推进，将来肯定会吸引一部分城里人来乡下就业创业的。还有，未来若取消了高考，大学实行注册制，那时乡下的学校可能又会‘复兴’起来，乡村的人气也会随之渐渐上升的。”阿Q在说此番话时，心中其实也没底气。

“也许会吧，但我们这一代人可能看不到了。”小D一摊手笑道。

“那么，您以为现在乡村扶贫工作咋搞会更好些？”阿Q对小D充满着期待。

“很简单，得先找对现在农村人口贫困的真正原因才行。”

“那您觉得现在农村老百姓致贫的真正原因究竟在哪儿？”阿Q觉得小D很好玩儿。

沉思片刻后，小D幽幽而语：“要论现在农村出现贫困人口的真正原因，可能主要还是在老百姓因老因病致贫上。因此说，要从根本上解决农村贫困问题，在加大农村公共卫生服务保障体系建设的同时，下功夫实施村村社会化集中养老才是正道，国家如果能像当年教育搞‘普六’‘普九’那样，全民动员，把各种扶贫资金都整合到免费敬老院、‘幸福院’村村全覆盖上，再辅之以‘流动医疗卫生服务’和‘远程会诊服务’的跟进，这样一来，农村贫困人口的脱贫问题就不成问题了。”

在讲这番话时，小D俨然一位“三农”问题专家，如此，也让阿Q更加佩服这位教书匠了。随之，阿Q调侃小D道：“小D先生，依我看，教书于您真是大材小用了，哈，咱现在应该建议把您调到政府部门工作才是。”

“嘿嘿，粉笔匠也只是耍耍嘴皮子而已，您别当真。”小D莞尔。

后　记

与小D一席话后，是夜，阿Q在土谷祠中辗转难眠。他在想：目前乡村的前景的确让人琢磨不透，但现状却是非常明晰的。这山里人现在大多因为退耕还林都无地可种了，出外打工似乎成了他们唯一的谋生出路。而要搞什么种植养殖，一来没人手，二来也缺乏产供销机制。如果发展乡村旅游，那也不是所有的村庄都有条件的。

另外，山村老百姓的观念、意识也是个大问题。比如前几日动员村民搞大棚蔬菜时，首先遭到了以“九斤老太”为首的老年人的反对，他们说村里人祖祖辈辈在冬天都是吃萝卜、白菜和洋芋，就别乱折腾了，还是让土地在冬天好好歇歇肥力吧。之后，在经过一番激烈争吵后，常在城里扛活的“七斤”建议成立一个蔬菜大棚合作社，由合作社以股份制的形式来建设经营。然而，“七斤”的主意马上又被“七斤”嫂给呛了回去，她说自己屋里拿不出入股垫底的现金，除非是村里给自己认“干股”才行。唉，也就在人人都只想着自己的利益把事情弄得快要僵住时，一向少言且老实巴交的“闰土”说话了，他说：“还是用牛骨头熬牛肉汤吧，就将就着集体的拳头擂集体的眼，可按人股地，以产抵股，风险共担好了。”闻此，阿Q心中暗暗叫绝，这“闰土”的主意不就是目前大力提倡的在产业扶贫上的“三变”模式的变通做法吗?

（邱轩洛　男，现任陕西省文化厅规划财务处处长。2017年8月至今在榆林市绥德县田庄镇贺家庄村任扶贫工作队队长）

永远的双流湾村

◎ 成 纲

我于2015年至2017年在子长县余家坪镇双流湾村担任第一书记。两年的时间里，我日夜生活在村里，学农耕，帮农民做活，成了地地道道的农民。大家对我这个“村官”也越来越信任，谁家有什么熬煎，有什么纠纷都来寻我。农民的事无小事，我又何尝在心里放下过他们：宝琳的病怎么样了？新学年村里有没有上不起学的娃娃？老朱家的牛、向前家的羊、海召的生活、村里发展的油用牡丹产业如何？……转眼离开双流湾村已一年多了，翻开这一本本驻村日记，仿佛又回到了在村里和大家共同生活的日子。

寻 牛

9月8日晚上9点，正在窑里翻书、剪报、瞎磨农村漫长黑夜的我，忽闻硷畔下有哭声与嘈杂声。放下手中的活，走到漆黑的院子边向下呼喊，一村民回应：“哈慧（村民小名）家的牛找不上了，急得哭了。”一头牛值五六千元，不是个小数字，相当于她家两年的生活费。我匆忙

◀放牛归来

换上长裤穿上胶鞋带上手电跑下坡坡，问清情况后，喊了周围几家人一起进沟寻牛。

无月的夜，两眼一抹黑，土路上瞅不清方向。老朱拿着铁锹，宝琳拿着棍，孙家婆姨握着手电筒，单身汉强平随后赶来也一起往沟里走，我拿着手电靠着微弱的亮光走在最前头。正值夏末秋初，深沟草木茂盛，亮光照到哪儿都是齐腰高的草，岔道小路根本就看不清，幸好我一年多来闲时爱往山沟峁跑，对这周围的山路还算熟悉。二十来分钟进到沟里后，大家开始分散寻找，我再三叮嘱大家要小心，说："牛夜里不叫唤，大家要查遍所有角落、地边、水渠和深坑。"我和老朱一组到后沟掌去寻。一小时后，听到其他人喊叫，满平在另一小岔沟把牛寻着了，正往大路上赶哩。听到呼喊，我与老朱出沟，路上老朱说："咋好嘞（这下好了），寻不上就把人急死了，可是头好牛了！"可见牛在村民心中的地位。到沟口大路边，大家聚在一起，哈慧紧紧牵着她的牛，哭声已停，只顾往家走，生怕牛再次不见，惊恐中都忘记感谢大伙。有点精神病的老汉手里拿着铲，嘴里重复咯囊（唠叨）着 "我拦着拦着就不见了"这一句话，大家也不去理睬他，已习以为常。我回头谢过大家，也回屋休息，看表，已是深夜11点多。

作为下派干部住在村里，就有干不完的事，遇事能给农民顶上一头，农民也算有个主心骨。可惜的是，如今多数村子，驻村干部、村支书和村主任都不在村里居住，不与农民交心，朝夕相处的机会是越来越少，就难建立起彼此之间的信任。我们党赖以生存的群众基础，在有些村子正慢慢被消耗，这不得不引起我们的重视。

访　　客

中午，在村委会办公室写学习笔记，来了村民。

村民朱向前，1984年生人，来村委串门儿，蹲在门口，话语间聊起自己的可怜身世，直叹气。他七八岁时父亲病逝，母亲靠种地把他拉扯大。20岁时母亲借钱为他娶了个婆姨，不到两年婆姨生病去世，随后又凑合着说下个婆姨生了个娃，没生活两年婆姨嫌光景穷“跑了”，去年多方打听叫回来办了正式离婚手续。有一个不到5岁的男娃一直由母亲抚养，自己天天拦一群羊维持家庭生活。此次来，看政府能不能在养羊上给两个补助。听罢，我感到小朱这个年轻人的确可怜，再瞧瞧他，才30岁刚出头的人，看上去又老又黑，苍老得如同50岁，身上穿的裤子全是破洞洞。心酸的我不知如何再与他拉话，于是回屋顺手将床上正穿的检察制服裤子拿出来，对台阶上圪蹴着的小朱说：“看哈了（看得上的话）穿上。”小朱有点不好意思地说：“好着了么。”随后，我答应给他申报养羊补助款，让他无须再跑来了。同时再三安顿他要改成圈舍养羊，不然，叫人逮住要罚款。小朱答应了，说：“也怕了。”

这就是现实中的生存矛盾，需要我们这些干部一点点去引导、改变。

老 鼠 关

习近平总书记当年在陕北梁家河村插队时讲过自己过“四关”，很有意思，说得情真意切，确实是实实在在的农村生活经历。对我而言，还要加上“第五关”，即老鼠关。陕北的农村，牲畜、家禽、农作物等在自家一个院子或窑里混着，没有界线或专门的隔离设施，再加上木门窗缝隙较大，老鼠进出无所顾忌。白天还好，屋里屋外有人活动，鼠辈们也不敢出来；到晚上上炕熄灯，不一会儿就听见大小鼠整窝出动，“吱吱吱”地叫个不停，听声不止一个。放在地上的大米，柜子上的鸡蛋、方便面就成了“馋鬼”们的攻击目标，藏起来也是白搭。更有胆大不知死活的，爬上你睡的炕，忽从你枕边窜过，吓你一跳。有时在睡梦中，露在外面的手常常被毛茸茸的东西惊醒，又气又恨，气愤中猫着身拿起扫帚在角落里寻这些“捣蛋鬼”，想抓一只报仇，可常常是徒劳无果，折腾一阵又愁眉苦脸地睡了。三更觉再睡就会睡得更死，什么也听不见了。过上段日子，农村待习惯了，老鼠就成了你生活的一部分，司空见惯，以至可以视而不见。

今早，天已亮堂，刚起，就看见当脚地里有个胆肥的“小子”在大米前转悠，吼了几声还抬起“三角头”看你，不屑一顾，把人给气的。急忙穿衣靸上鞋，拿起战斗工具（扫帚）去寻“敌人”，桌柜前敲打了半天也不见踪影，折腾半天也只好作罢，还是该干啥干啥，一天的驻村生活就这样又平静地开始了。

洋芋籽的恐慌

去年，子长县由于夏秋大旱，全县洋芋绝收。今年，号称“马铃薯示范县”“洋芋之乡”的子长县24万亩洋芋种植基地也遇到“无米下锅”之境，需求500吨的洋芋籽，但只从宁夏、内蒙古调回一部分，农民遇到了很大困难。我驻的村上虽然不是县政府扶持的洋芋种植基地，但农民吃喝生活的那“两颗”洋芋也没有，几家贫困户来村委找我想办法，我也是一筹莫展。为解决他们的秋后生活问题，我就试着一早来到县薯业局，看能不能拾乱（协调）一些。走上办公楼，见楼道挤满了来要洋芋籽的人，一问才知局长去开会，各村的干部和村主任都在此等候。中午12点多，局长终于回来了，大家马上把局长围得死死的，生怕局长再不见了。局长高声再三解释，大家就是不愿离去。我为了不再多跑一趟，只好等其他人陆续离开后，溜进局长办公室央求……最后还是磨了13袋子。这就是我们驻村干部的实际情况，跑腿舍脸那已是家常便饭，有时也不得不为自己的村走走“后门”。

一双旧皮鞋

夜里，有一个老乡来我住的窑里串门，寒暄后，在闲谝中了解到他的近期生活状况。强小小，家中兄弟排行老小，父亲便给他起名小小，现也是44岁的庄稼汉了。前几年在村附近煤矿打工，月收入5000元左右，近两年煤矿老板停了产，这个庄稼汉失去了高收入，只能整天踅摸着去县城打短工，有一天没一天的，日子不好过。小小说快过年了，心慌得睡不着。也是，今年像小小家这种情况，村里不在少数，有几家从城里搬了回来，因在城里生活费用太高，挣的钱养不了家，只好回村。听了这些絮叨，我也满脑子愁云。是啊！村里汉子们没有个正经营生，日子一天看不到头，只能东逛西串地瞎混，好似《平凡的世界》里王满银这个逛鬼二流子。

小小抽着两元的白盒子香烟，说话间时有发呆，心事重重，年纪不算大的人已被生活压得满脸褶子。仔细瞅了瞅他浑身，衣裳褴褛，脚上趿拉着一双底子磨平了的布鞋。我问："大冬天的，脚不嫌冻？"小小嘿嘿傻笑着。我又说："买上一双嘛。"答："刚给两个上学娃置办了鞋，没钱，凑合吧。"我的心头一阵酸楚，心想一个汉子在生活面前也有无奈的时候。

"把我的穿上，就是旧了点。"说话间我匆忙脱下皮鞋递了过去。

小小不好意思地推让后接过鞋子试了试，说："干部的鞋到底美气。"咧着嘴傻傻地龇笑着。

"好了就穿上，不嫌弃就行。"

"不嫌。"

我起身又从行李箱里翻出运动鞋穿上。为了场面不尴尬，我回到茶几前坐下转开了话题，若无其事地又谝了起来。

农村的冬夜，不知是冷还是愁，总是迟迟不能睡着。这个贫困户的生活总在脑海里浮现，像这样的人家还有，他们的日子什么时候才是个头，真能熬煎死人个了！

请　客

11月4日午，圪蹴在村委会门口晒着阳阳（太阳），照看着正在打水泥路面的工地，和晒黑豆的老李夫妇闲谝着。忽然，邻村来平卖煎饼的叫卖声响彻整个村庄，喊声把你聒得不吃上一碗绝没有离开的意思。驻村一年多来，中午吃上一份来平的煎饼已成了我的习惯，来平也找到了规律，把我这里当点了。其实，我天天吃，早已把煎饼吃得够够的，但为了填饱肚子照例得咥，也省得做饭。刚端起一碗，残疾人海召夫妇从沟里过来，三轮车上的憨憨婆姨老远“咿呀”地叫着，也听不清她想说什么，海召解释说：“憨婆姨看见你高兴了么。”甚也不用说了，赶紧招呼过来，叫来平给一人打上一碗煎饼。

“我请。”我对他们说。

腿残疾的海召坐在摩托车上吃一口总忘不了给妻子喂一口，恩爱的场面令人心酸又感动。对残疾人海召来说，什么是幸福？我想此刻便是，我们是无法理解的。

大家在一起吃着、看着、谝着、笑着，这就是我的农村生活，这就是我的干群关系，它已不仅仅是吃了一份煎饼那么简单。

为村民理发

阿龙，大名叫刘建龙，延安城内理发店的老板，经营理发店有22年了。阿龙的手艺没的说，人也非常好，熟客生客到店他都非常热情，因此，这些年积累了许多人脉，老顾客们都亲昵地称他为阿龙。

我与阿龙结识也有十五六年了，阿龙的理发店离我家不远，晚饭后散步遛弯，我就时常到他的店“绕”一圈，自然而然便与阿龙熟悉，成了朋友。我去年驻村搞扶贫工作后，有几次与阿龙闲聊时，提到什么时候让他有空随我进村，为腿脚不好的老年人、重残户、贫困户、婆姨娃娃们义务理个发，阿龙满口答应。

今天，正好是星期天，也是腊月十一，再有十几天就过年了。早上，阿龙忽然来电说今天天气好，他正好不忙，可以进村义务理发。于是，我开上车拉上阿龙直奔双流湾村，路上一直联系村主任刘贵忠，叫他提前通知老乡们在村口硷畔阳阳地等着。

早上10点半到村，先到移民新村把塞满车座的衣物发放给老乡们，后帮助阿龙摆开架势。他穿上工服，很专业地依次为双流湾、杨家沟、杨家圪坮三个自然村的老乡们理发，我在一旁给他打下手。“城里来了理发师！”每到一个村老乡们你叫我喊的，吆喝着全家出动撵来凑热闹。

当踏着冰雪地走到后沟最后一个村子上门为88岁老党员丁养贵理发时，老丁夫妇感动地说：“城里人来给理发，这还是头一回，真是享上这些娃娃们的福了，而个政府就是好！”

我开玩笑问老丁：“那你头发长长了，平时谁给你剃了？”

老丁说：“家里娃娃胡乱给剪了。”我和阿龙与周围的老乡都笑了。

中午休息片刻，我叫来“来平煎饼”，不好意思地对阿龙说：“村里就这条件，凑合一顿，下午回城哥好好请你撮上一顿。”阿龙连连回绝说不用，为村民理发也是他一直挂在心头的事。真是辛苦了阿龙，为了不让老人、孩子久等，扫了大家的兴致，一直理得未停，直到下午3点半才算理完。

离开村子时，阿龙坐在车上长出一口气，点了支烟微微笑着才对我说：“真的有点累了！”这就是阿龙的一天。

老辈人常说：有钱没钱不能“连毛”过年。虽是一句开玩笑的俗语，但也道出了对理发过年的重视和对新一年生活的憧憬。2017年，我们村的人没有“连毛”过年！

忙碌的双休日

双休日从村里回到市区，到家中还未等换洗休息停当，已是一个电话接一个地催，好心的同学、“驴友”们利用休息日整理了些家里不用的衣物，收拾打好包等我来拉，送给村上的贫困户。于是，我好不容易回城了也是忙人，开上那老掉牙的面包车满城跑，一个同学家、一个朋友家地取衣物，同时对捐赠来的衣、鞋、棉被、单子、锅灶等集中起来重新挑拣分类、打包。每次戴上口罩在小区、街道口分类时，路过的人们常常投来异样的眼光打量着我，还以为我是收废品的。我已习惯这种“作业”和眼光，并不去理睬，也顾不上与他们递话。

两三周聚集下来，面包车塞得满满的。就拿4月份来说，收到的捐赠就有20包之多，千余件衣物，皮鞋、运动鞋52双。

▼ 把募捐的物资分发给村民

改 厕 记

今年6月初，杨家沟自然村厕所改造工程已完，这也是我即将离开第一书记岗位前给村民们承诺办的三件事中的最后一件了，发展养鸡和整修村委房屋都已办妥。

驻村两年以来，一直想从生产生活条件上改变杨家沟自然村的面貌，其中，改造每家的厕所就是我担任第一书记以来酝酿时间最长的一件事，也是最费力的一件事。驻村后就开始筹划，为了争取资金，取得各方面支持，到每家厕所察看、统计、拍照，将现实情况形成报告附带图片及预算费用上报，生怕领导们不了解村里的现状。工作了几十年，头一次写报告还带彩色照片的，也算是一份特殊的报告，而且里面还是令人尴尬的厕所照片。当拿上报告送到有关部门和领导们手中时，多数人都是嘲笑。早有预见的我，厚着脸皮、耐着性子解释。一次一次碰壁，改厕的计划一次一次落空，心中特别失落，怎么为村民干点事这么难?

今年初，我把全村改造厕所需要的资金希望寄托在单位身上，几次回城面见检察长、主管领导如实汇报情况，提出扶贫工作中遇到的困难。后经院党组商议，同意给村里解决2万元的改厕费用，虽与需要的8万元相差甚远，但已很开心了。于是，我第一时间把这好消息告诉村支书老杨，并回村多次与村委班子商讨减少费用的改厕方案。后决定，变村委统一组织施工修标准化厕所为各家自己出工出力，所需沙子、水泥、砖、盖板等建筑材料由村委解决，并要求在5月底前全部完工。通知一出，有的家户表示理解村委的难处，开始行动起来，毕竟是给自己家盖厕所，就是不补贴也应该修。有个家户倒是有怨言，嫌村里补贴的钱少，不愿动工，我上门解释也无果，只好作罢。

进入6月，我与村支书老杨对改厕的家户进行验收，基本都按要求完成，发放了承诺的料钱。

这下好了，贫困村民总算告别了石头垒、玉米秆围、破布挡、难下脚的旧土厕，告别了雨天如厕打伞、夏季蝇虫满地爬的尴尬境况。虽然这次改旱厕没有达到预想的程度，但比起以前状况已大有改善，干净了不少，等再过几年，村民的日子富裕了，手头有了闲钱，这一切都会慢慢好起来。这一天我一定能看到。

送寒门学子

在去贫困户刘小芳家的路上，我的心情是沉重的。刘小芳的丈夫患肠癌已近晚期，靠药物勉强维持着生命，家有4个孩子，大女儿今年被榆林学院录取，面对命悬一线的丈夫以及4个孩子，这学是上呢，还是放弃？如上，学费又从何来？刘小芳听说县扶贫办有贴息贷款，可是，跑了几次都没有结果。几次下定决心让孩子放弃上大学的念想，可是面对孩子又没法说出口。她将苦衷讲给我听，我也是跟上着急。为了不耽误娃上学，我立马动身，晚上赶回延安城，动员所有的亲朋好友同事，四处呼吁，三天内筹到14800元送到刘小芳的手中，娃儿四年的学费算有了着落。

9月6日晚，贫困学子孙会娜将要独自坐火车离开这个山沟沟，开始新人生。她的父亲在外打工一时也赶不回来送别，我这个驻村第一书记只好代表村委以及所有关心她的叔叔阿姨们为她送行。

当然，在物质扶贫的同时，我们也要关注贫困户的思想动态，让每个贫困户在被帮扶的过程中懂得感恩党、感恩社会，从而真正从内在产生脱贫的动力，这是扶贫的关键，也就是我们平时所讲的“精神扶贫”。

▲ 村里的大学生

额（我）眼里的村支书

他叫杨有前，村里人常喊他杨有钱、老杨、杨书记，因他比我年长几岁，平时我只管他叫老杨，显得亲切。

老杨今年52岁，是双流湾行政村杨家圪台自然村人。合并三个小自然村后，老杨当上大村主任和村支书。他家有5口人，两儿一女已结婚成事，光景都过得去，现在他带着老伴身（待）在了县城。多年前，由于杨家圪台村自然条件极差，稍能动弹（有本事）的人都搬出了村子在县城居住，都不想再回来。老杨也一样，在县城边早早买下两孔窑，把家安在那里。年迈的父母由于念土窑恋这块土地不愿意离开，仍旧坚守在村子半山腰的破窑里，老杨回村工作时时常顺道到老人窑里走走看看，拿些菜水和吃的。

老杨这人没啥文化，斗大的字不识几个，但写自己名字、打借条、算工程账倒是利索哩，记忆力超好，甚都在他脑子里装着了。

老杨，人又黑又胖，中等身材，胡子拉碴，头发常灰土马也（脏的意思），穿衣从不讲究，浑全身赖馍馍（脏兮兮）的。他爱喝点烧酒，爱抽根纸烟，一喝酒常往醉里喝。他的烟时常叼在嘴上，也不是甚好烟，但一根接一根地抽，一天得四五盒。知道的人都领教过，不敢与他一块喝酒和一起抽烟，撑不定（比不了）他。

老杨这人嗜好多，但能吃苦，干起活来一点也不含糊，丁是丁卯是卯，清汤沥水的（形容利索）。就是人嗓门大了些，爱喉喊（教训）人，常常把手下的村主任、三个小队长拾掇（批评）得端站（笔直站着）。他们常给额这个驻村第一书记告状，说老杨这老杨那的，指望额能替他们说句公道话。额是了解老杨的，人不安哈（坏）心，一切都是为了村里的事，为了把事干好，就是方法简单了点。于是，额来个和稀泥抹光墙，大事化小，小事化无，把大伙气消了劝回去，时间一久，大家也不来找额了。在这个宗派家族利益矛盾几辈子人都纠缠不清的农村，也得这么个人镇住，不然的话，人人七嘴八舌，家家自私自利欺搅（捣乱）得甚事也干不成。

老杨是方圆几十里的人精，算个能人，大钱虽没挣下，但小钱不断。眼眼活泛着哩，甚事也知，甚事也撂不哈（少不了）他。老杨会的手艺多了，在有些行当里还算把好手。

今年6月底，额这农村第一书记任期（一年）即将届满，按照组织原则可以回原单位复职，组织可重新选人到村顶替。可是，老杨这人花花肠子多，怕额走了，背上小米颗颗豆豆，引上几个村里的残疾人到我们单位领导那是一阵“神说”，也不知在“一把手”跟前说了些甚。总之，“一把手”把额叫去做工作，又让额续留一年，再三推辞后还是被说服。

额真服了老杨，弄事是一套一套的。

一年多来，在村里的工作上，老杨与额也是在摩擦中相互达到支持、理解。最初，因工作也嚷过几次，但额并不记仇，对村里有利的事直往回拉，慢慢地好似把老杨感动了。现在，额在村上，他就撵来找；不在村时他就挂个电话，主动来商讨村里的事。

为了村里的事，老杨常到乡政府找领导，事不解决黏住不走，一次不行就两次三次，在乡上也是挂上号的“臭名”村书记。以至于从大人娃娃、一般干部到个别领导，莫有不认识老杨的，好在老杨都是为了公事，大家谈论之余也给了默认的赞许，说：“那吾能然了（能行了）。”

今年，是脱贫攻坚关键年，村里争回来的项目比较多，要如期干完，额俩的配合达到高潮。额向回争，老杨具体安排实施。修路、植树、盖猪圈、建广场、修垃圾台、搞养殖等把个老杨忙坏了。老杨作为村支书，能干动事。额几次跑到乡政府想给他要个先进村干部当当，鼓

▲冬日的双流湾村

励鼓励他，但因种种原因被拒绝，额只好死心，叫来老杨安慰。他倒显得平淡，不计较这些虚的，笑着说：“现在又不发钱，要那干甚哩？”

老杨，常常与他那辆破得不能再破的枣红色“八〇”摩托车厮跟在一起，平时，你看见那辆枣红色的旧摩托车就找见老杨了。50多岁的老杨，身体还算健壮，刮风下雨，热天冻地的，他总是骑着摩托在村里、乡里、家里来回跑，也不嫌晒，不嫌冷。

这就是额眼里的村支书，老杨。

有这么个老杨，村里的大事小事你大可放心。

在额眼里他就是农村的好支书！

后　记

初夏的双流湾凉爽宜人，山山峁峁、圪圪塄塄里都是绿油油的庄稼，苞谷有半人高了，洋芋秧子刚刚冒出地面。最后一次走上这熟悉的村道，爬上山坡，夕阳正好圪蹴在对面的山峁上，给这个贫穷而善良的村庄洒上一层希望的金黄色。那些与老鼠蚊虫相伴的日子，与乡亲们田间地头耕地、硷畔促膝闲谝的日子都成了一种幸福的回忆。这465篇驻村日记也是我一生受用不尽的财富。

我的驻村工作虽然结束了，但扶贫的接力棒不会落地，正如这唱了几百年的信天游："羊肚子手巾三道道蓝……"

（成纲　男，现任延安市人民检察院机关党委专职副书记、办公室副主任。2015年7月至2017年7月在子长县余家坪镇双流湾村任第一书记）

乡民剪影

◎ 张顺利

东原土厚，从渭南城里看，就是一座山，要仰起头才能看到顶。上原的路像是缠在山上一圈一圈的绳子，过来过去，紧弯慢弯，七拐八拐，俗称“十八盘”。一上原，依次是丰原、崇凝、桥南。崇凝居中，是东原的白菜心，三兴村在崇凝横向的中轴线上，是白菜心的核心。就像人的心脏，居于胸腔，略偏于左。我在三兴村驻村扶贫，任第一书记。

5个残疾人

早起到村道散步，路上碰到一个行为诡异的女人，嘴里不停嘟囔着，两臂贴身不动，身体摇摆着很急很快地走上十几步，猛地一回头，大骂一句。这样的动作她反复多次，来回不停，机械有力，陶醉在自己的世界里。碰见个熟人，问：“那人是咋啦？”他说：“啊，那是张坚韧的女人，精神上有病，没病时人馋火（厉害）得很，老高中生，当过团支部书记，记账员，一笔好写，账算清得很，可惜得了个瞎瞎病，把人凿磨（伤

▲村庄一隅

害）成那样子了。这都是命，前头叫你笑哩，后头可叫你哭哩。”

张坚韧我是非常熟悉的，我和他几乎天天在一起工作。他身材高大，军人出身，言语不多，头发花白，瘦长的脸上一双大眼炯炯有神，时常梳个大背头，有一种长者风范和不怒自威的气质。一天晚上，他骑摩托从镇上回来，停下车和我笑着打招呼，我说：“走，带我到你屋转一下，把门认下。”他笑脸凝固，犹豫了一下，还是说：“上车，我把你带上。”进了门，他刚把买的蒸馍放到桌子上，女人就从屋里走出来，旁若无人地取出一个，急切地咬起来，一转身又进了房子。他为难地说，掌柜的精神上有病，不知道问人。我说：“我听说了，你真不容易。”他说：“每一回病犯了都要住院，一回要成万元，住了20多回了。有一年，她怀疑有人谋害她，硬是不吃一口饭，连续十几天光喝水，人瘦成了麻秆秆。病来了不由她，有时乱砸东西，有时乱跑路，叫人操不尽的心。张书记，我有一事想和你商量，一直都不好开口，今儿你来了我就给你说了，就是想给我掌柜的办个残疾证。一直想办，渭南要叫人到场哩，你看咱这人狂躁得就收乱不到车上嘛。看你能有关系叫人到屋里来办不能？”我答应他一定尽心而为。

第二天我就去了政务大厅，问了几个人，终于找到了拿事的王主任。我把王主任叫了一声“老哥”，就开始自我介绍，王主任一脸严肃，眼光从老花镜里射出，慢慢地说：“事倒不是多大个事，就是我还要经管大厅哩，莫时间出去。再是出去办证，还要我领导同意，还有车……”王主任的话听起来活活的，拔起来拔不下，如当头一盆凉水，我心凉了半截子。应人事小，误人事大，像是爬树卡到树杈杈里，不得上来，不得下去。辗转联系到在残联工作的老相识纪检书记海军，海军说：“这事由刘理事长管，我给你先说一下。”我像抓住了救命稻草，赶紧说：“谢谢，谢谢。”刘理事长体面大方，菩萨一样的女人。她给我倒了一杯水说：“你是政法委的，真的在原上住着扶贫？”我说：“真的，原上人真的恓惶，有的人穷得一辈子都问不下个媳妇。村里真穷的人有三种，一种是懒穷，一种是病穷，一种是残穷。残疾人更是恓惶人中的恓惶人，挣不来钱，还要花钱。我把我在原上的见闻，写成了文字，我加你微信，你在朋友圈能看到。”也许是我的真诚打动了她，她二话没说就给王主任打电话沟通，放下电话说：“利用12点到2点之间的时间上原，你准备车。”我赶紧说：“行，车就在门口候着哩。”

一上车，王主任说：“你多联系几户，能多办几户就多办几户。”一语提醒梦中人，油然感激王主任是个好人。立即电话联系村主任通知村里够条件却没办证的人，拿上身份证到村部集中。村主任一听高兴得像个孩子，在电话里说：“行，行，我马上通知，这下把难事办啦。”一到崇凝街道，就远远地看到村主任站在路口，下了车，村主任急急地说：“我要了一锅刀削面，刚好攒到饭点，吃了再说。”王主任一脸为难，我说：“吃饱肚子才好干活，原上水土好，面顽筋顽筋的，尤其是刀削面，不用擀杖不用案，刀子一响就吃面。”王主任被我惹笑了，气氛活跃起来，每个人都呼噜呼噜吃了两碗，放下碗就上车到村部。一下车看见一老一少两个女人搀扶着一个老汉上台阶，老汉怯怯的，脚一抬，放下来，脚一抬，放下来，第三次好像下了势，左脚一踏，右脚猛地一提，身子忽闪一下，差一点把扶他的女人拥倒了。跟着来了一个老汉，肾病，腰里别个尿袋子，腿脚不好，一走一拐，尿袋子一闪。一阵摩托声响，下来两个男人，儿子带的老子。老汉木木的，王主任问啥，他答啥，脸上没有表情，脑子还算清楚。儿子说：“我大（父亲）脑梗。”王主任说：“老年病，不算残疾。”

门帘一挑，进来一个老汉，走到王主任跟前，说：“我是贫困户，给我也弄一个。”王主任问了情况，说：“你啥都好着哩。”他固执地说：“你把我照顾一下嘛，我有病哩，屋里穷的。”村主任说：“这不是照顾的事，条件不够，下一回，给你照顾一袋面。”他不走，立在王主任面前，像一桩子粮食，不动弹，也不说话，拿眼瞪着王主任。气氛一下子尴尬起来，村主任说：“走，坚韧，到你屋见你掌柜的走。”一行五人到了老张门前，老张老婆正坐在门口靠南墙晒太阳，一见人来，起来就跑，老张拉住袖子，她不停撕扯，破口大骂。王主任说，放开，放开。老张一脸为难的表情，说：“她对谁都防备着，不爱人强制她。”正说话间，她就跑得不见了踪影。进了门，老张指着电视机和摩托车伤疤说：“看，这是她以前犯病时砸的。”王主任问了情况，要了身份证。上了车，村主任说：“走，村部东边南巷子还有一户。”我想起了那个女人，屋里两间厦子房，穷得没个啥啥。男人在外打工，女人一人在家，见了干部，兴奋地大声说个不停。一回给她家门前钉“连心牌”时，她不停地招呼吃呀喝呀，挡都挡不住，不停地说着跟了20多米，叫回去都不回去。来到她家门前，门却关着。老张打门、喊叫，喊叫、打门，好大一阵人才走出屋来，出来却隔门大骂，再叫都不开门。王主任扒住门缝向里观望了一阵，扭过身，说："疯了，疯了，疯圆了。"我心里一想，这就算有了结论了。

回到村部，支委严长久来电，说严家有一户"瘫瘫"，不能行走，看能叫人过来不。严家是合并的一个村，也就二三里路，我们立即驱车前往。一进房子，就闻着一股浓烈的尿骚味，教人不想呼吸，房子光线黑暗，一个老汉坐在轮椅上，头低着，戴个帽子，看不清脸。女人激动地倒茶散烟。喝么，喝么，烟不好，甭嫌弹（别嫌弃）。老汉好的时候欢得像一头牛，在建筑工地做活，没一点预兆，一头栽下去就栽出脑溢血，命救下了，成了"瘫瘫"，吃喝拉撒都离不得人经管。王主任问话，他大眼圆睁，脸色纸白，嘴唇哆嗦着却说不出一句话。正说话间，手机铃响，镇上通知下午 2 点到区政府二楼会议室召开全区脱贫攻坚工作会，一看表，时间再剩35分钟，赶紧送王主任下原，一路跑向会议室。

一个叫雪的女孩

女孩，有一个非常诗意的名字，叫雪，1997年12月生人，就是香港回归的那一年，属牛的，和我儿子同年。也许是出生时窗外恰好纷纷扬扬地飘着清冷洁白的雪花，又是个女娃，父母就干脆给她取名叫雪。这些年随着农业机械化的普及，秸秆也都归了田，疏松了连年上化肥而板结的土地，村民却没有了烧炕取暖的柴火。"鸡不尿尿，自有出路。"每家都在炕上铺上电褥子。也许是因为长时间连续使用，也许是电热丝老化，短路引起火灾，烧着了被褥，烧着了房屋，雪在那次火灾中右手中指、无名指、小拇指各失去了一截，后来连日的发烧又把还是萌娃的雪烧成了聋哑。她就像沟畔野生的酸枣树，没有死去就顽强地活了下来。听不见声音，就不去人前凑着听村人的是是非非；不会说话，就不和人谝闲传，雪干起活来一心一意。她爸说，我娃就是爱干活，每年给果树疏花、疏果、套袋，村里人都争着叫我娃，一天50块钱，活干得就不歇气。

第一次去雪家是一个下午，春风刮着，尘土飞扬，树叶翻滚。原上气候偏冷，早晚温差大，虽然已是阳春四月，村人有的棉门帘还没有取下。我和举民哥一下车，就看见一个女孩扎个马尾辫，一米六左右的个头，精脚片子穿个凉拖鞋站在门口。一只脏兮兮的白毛哈巴狗上来扑咬，雪跑过来追撵，绕着汽车转圈圈。举民哥叫来雪的母亲问话，女人看着很拘束，可能是家中不太来生人的原因。举民哥问："你男人在没在？""没在。"又问："你知道到呀哒（哪里）做活去了？""不知道。"又问："你知道他电话号码不知道？""不知道。"一问三不知，举民哥显得很为难。见邻家人走过来，问男人的事，邻人说，他给村里人就不留电话，女人不清白，不过老是三五天回来一次，你留个电话，他回来了我叫他打给你。留了电话，准备返回，一回头，看见雪站在门后看，见我看她，猛地向里一蹴，一瞬间，我看到那双大眼，亮亮的。

回到村部，见严长久老汉在，他是残联在村里的信息员，我给他说了想给雪办残疾证一事。他说，几年前原来的支书把她大和娃拉到渭南办过，没办成。我问咋没办成，他说："办证的人说要到医院鉴定哩，又跑到医院，娃从小把针挨扎了，见了穿白大褂的医生撒腿就跑，撵都撵不上，街道上人多得像上会一样，在渭南寻到天黑也莫寻见，还是村里跑班车的碰见，顺便捎回来的。"我说："联系上她大了给我打电话，尽快给娃把这事办了。"

星期天晚上老严来电，说雪她大回来了，想明早办证。

星期一早上7点40分，我正在刷牙，老严来电，说都到啦。我赶紧开车过去，见他仨站在门口正东张西望地等我，一看手机，才8点10分。进了大厅，人来人往，人声嘈杂。雪一直把右手塞在父亲的左手里，低着头，警惕地看着周围来来去去的生人，看见我立即藏到身后，头低得更低，不由得让我想到鲁迅笔下的闰土。赶紧叫排队，前面站了五六个人。雪她爸用手拉着雪的手，挪一步，拉一下，挪一步，拉一下，雪也是一拉一动，不拉不动，不情愿的样子。轮到了，她爸对工作人员说，我娃是聋哑人，右手还有残疾，说着一拉雪的右手，生生地掰开五个指头让工作人员看。工作人员让先填一张表。雪她爸接过表，熬煎地对我说，他写不了字。我要了身份证帮填写。要了小票我对雪她爸说："两个月后才能出来，到时我取出送到你屋里，不用你再来回跑。"

出了大厅门，我说："你在马路边等着，我取车拉你一起上原。"雪她爸拉住我非要请我到对面"马回斋"吃羊肉泡，手上用劲很大，握得我胳膊生疼。"吃了再回！吃了再回！我拿的钱！"他激动的声音有些岔音。

▼村路

我说："我刚吃了早点，没一点饿气气，一时就上原了。"雪这时已不再躲闪，只是怯怯地看着，右手还是被父亲左手握在手心拉着。取车回来，我招呼他们坐好，关好车门。这时，雪破天荒地对我笑了笑，稀罕的像是看到了铁树开花。想起娃的遭遇，完成了一个心愿，心里不由得潮起一种酸楚的滋味。

早起唱秦腔的女人

冬天的早上村里空气清冷，路上白霜如盐，除了外出务工、送娃上学的早起，没事的大多在炕上睡到自然醒，直到太阳红堂堂的一竿子高了才开门出来。早起散步，村道多见狗跑，少见人走，空荡荡得如入无人之境。到了南边巷子，听见一间屋里传出一个女人唱秦腔的声音，我好奇地停下脚步仔细聆听。

"未开言来，珠泪落——叫声相公，小哥哥——空山寂静，少人过，虎豹豺狼，常出没，你不救我，谁救我，二老爹娘无下落……"是《三滴血》里的《虎口缘》，声音甜细，甜得像脆瓜一样，细得像头发丝一样，柔声细气缠绵婉转的唱腔，不禁让人想起戏里落难的富家少女可怜娇嗔急切无奈的眉眼。"王朝马汉，喊一声——"声音突转，是《铡美案》黑脸包公的唱腔，声音粗壮，粗得像老瓮一样，壮得像牛叫一样，不禁让人想起包青天铁面无私一身正气的形象。声音转换无序，顺口而出，生旦净丑，张口就来，时而缠绵悱恻，时而慷慨激昂，时而气冲斗牛，时而细水长流，有时是一段，有时是一句，有时是一首流行歌曲。

"三老板"出了门。我问："这女人谁吗？咋这高兴的，一早起来就唱哩。"

他说："对门老张的女人。人常说，女愁哭，男愁唱。她是借秦腔的灵堂哭自己的恓惶哩。男人瘫了，整天坐个轮椅，没用了，有啥高兴气哩。”

我对农村“借别人的灵堂哭自己的恓惶”的事情是深有感触的。小时候村里有一家光景过得清水白麦筅，不顺的事情还一件接一件出个不停。这家的女人和一老婆是同村的女子，平时经常走动，虽不是亲戚，关系处得比亲姊妹还亲。女人没事了就到老婆家串门子，见活就做，见饭就吃。老婆也常给她说些宽心话，半斤油，一件衣服，二三十元的顾个紧，能帮就帮。有一年老婆老了（去世了），她第一个去吊丧，上了香，她高高的一声：“哎——吆——我的那她、她、她——”头窝下去，一脸蜡黄，满嘴唾沫，背过去了。一阵慌乱，掐人中捶脊背，她才慢慢地缓过神来，人们都劝她哭两声就行了，人都要走这一条路哩，阴世路上无老少。她坚持说：“你叫我哭两声，你叫我再哭两声，我哭出来心里就好受了。”她定神以后，像换了一个人，一边诉说一边哭，演员一样竟不像哭而像是唱了。“哎——吆——我的那老姐姐呀，我的那心疼的人吆——好人咋不得长久嘛，你急得撂下我走了，叫你那妹子的心里话给谁说——呀，双份的羊肉泡馍给谁端——呀，新做的棉窝窝给谁穿——呀……”直哭得众人眼泪唰唰地往下流，最后一句“嗨——嘘——”结束了哭唱，扶起后，她用弱弱的哭声对老婆的儿女一一安慰：“我娃不恓惶，我娃不恓惶喔，有婶哩，你妈不在了，还有婶哩。”凄苦悲凉的哭唱在我幼小的心里留下了深刻的印象。

在农村，女人一生的幸福取决于所嫁的男人和所生的儿女，这种依附男人依附儿女的生活带有极大的偶然性，就像如今勤劳也不一定能致富一样，辛苦奉献也不一定能过上自己想要的幸福生活。这个唱秦腔的女人，年轻时远嫁山东，育有一子，离婚后回到娘家，33岁改嫁给老张。老张在一次拆房时被檩条塌坏了腰，下肢瘫痪，整天坐个轮椅吊个尿瓶子。没有儿女膝下承欢，没有男人帮衬爱怜，强壮的身体、倔强的性格、悲苦的遭遇，似乎只有在慷慨激昂、缠绵悠长的秦腔中才能发泄、言说。

人常说，女愁哭，男愁唱。这个愁唱的女人在潜意识里是想要像男人一样独撑天地之间，挣脱农村女人千年依附的命运，还是在寂寞无聊悠闲漫长的时光里寻找生而为人的乐趣呢？

逐渐消失的农村手艺人

为了迎接第三季度的交叉检查，我们驻村工作队对2017年计划脱贫的贫困户进行入户检查，很稀罕地在村道遇到一位换簸箕“舌头”的手艺人。

老人70多岁，头发雪白，面色红润，耳不聋，眼不花，开个三轮车，车上放着一个大铁箱子，铁箱子里放着刀子、斧子、锤子、钳子、钻子、起子等各式各样的修理工具。身边放了三个旧簸箕，他一边悠闲地听着秦腔，一边慢条斯理地修着簸箕。门口男女老少坐着一圈人，一边谝着闲传，一边看着老汉工作。老汉先把磨得窄薄的旧“舌头”拆下来，再把宽厚的新“舌头”拿两个大木头夹子夹在簸箕上，用水把簸箕和新“舌头”淋湿闷软，再用钻子打眼，用铁丝连接，一个簸箕就修好了。我好奇地问老人：“老叔，现在能干这活的人还有没有？”老人说：“这一片还有一个，前一向死了！”我又问：“干这活挣钱咋向？”老人说：“挣啥钱哩，在屋里没事，有活了干，没活了转，权当散心哩。”

夜里，睡在村部的单人床上，想起农村逐渐消失的手艺人，心里有一种无奈和忧伤，小时候对手艺人的记忆也鲜活起来。20世纪70年代农村很穷，一件衣服都要“新三年旧三年，缝缝补补又三年”，东西用坏了也舍不得撂，等村里来了手艺人修了再用。村里只要来了手艺人，我们这些碎娃就像过节一样兴奋，跟着撵着看热闹。有劁猪骟羊的，有焊壶配钥匙换桶底的，当然还有耍猴卖艺的，还有卖豆豆糖芝麻棍油麻糖的。最想看又最害怕看的是劁猪骟羊的，他们骑个红旗或飞鸽加重自行车，车头上竖着一尺长的铁丝，铁丝上系有两三绺红布条，队长爷离老远就屁颠屁颠地打招呼，还没说话哩先敬一支烟，接过看一眼，夹到耳朵，说，有活没有？有活就说，没活我走呀，任务大着哩。队长爷就引到有猪要劁的猪圈里，喊叫主人也跑进圈帮忙压猪，我们也跑来观看。四五个人把猪压在身下不让动弹，他在吱吱的叫声中用刀子在猪下身一划，两根指头伸进一掏，刀子一剜，掏出弯头针线一缝，碘酒一倒一抹，就完了。动作娴熟轻快，三五分钟钱就到手。队长爷说，这快的，挣钱跟拾钱一样！劁猪的擦了手说，我这算啥，还弄一手血，我师傅活路做得才叫干净，全乡摇了铃的“三不见血”。我们听得哈哈大笑。焊壶配钥匙换桶底的来了，最叫人讨厌，一天到黑敲得叮叮咚咚，既不好玩又不好看。最爱

▼村景

看的是耍猴卖艺的，人常说，耍魔术的离不了单子，耍猴的离不了鞭子。有一回，耍猴的人拿鞭子打猴，被一只猴抓住鞭梢一抻一抡，撂远了。人急了，上去就在猴脸上扇了一耳光，猴竟然也扇了人一耳光，人再扇猴，猴再扇人，人、猴啪啪互扇了四五个来回的耳光，惹得观众笑得肚子疼，至今我还记忆犹新。卖豆豆糖芝麻棍油麻糖的最会叫喊，一进村，就摇响拨浪鼓，豆豆糖，豆豆糖，碎娃吃了不尿床！那时候碎娃大多尿床，尿湿了，挪到干处，又尿湿，又挪到干处，离天明要尿几回，气得大人晒褥子时骂："一黑来不是尿黄河，就是尿长江，明儿长大了能尿到媳妇床上！"有一个卖豆豆糖芝麻棍油麻糖的见村里一个给娃买豆豆糖的年轻女人长得稀（漂亮），色迷迷地给女人胡骚情（献殷勤），刚好被她男人撞见，棒打出村，落荒而逃时滚到了沟里，磕得头破血流。有好事者把这件事编了个顺口溜，在村里碎娃口中传唱出来：芝麻棍，油麻糖，担到乡里哄婆娘。哄不过，哄他婆，跌倒沟里头栽破。

童年对农村手艺人的记忆连同贫苦快乐的岁月一起一去不复返了。现在虽然物质生活丰富了，却没有了儿时的新奇和快乐，还多了不少无奈和尴尬，如同农村逐渐消失的手艺人面临的无奈和尴尬一样。庄子说："相濡以沫不如相忘于江湖。"想到现在的脱贫攻坚工作，人人都有过好生活的愿望，只要群众能过上"两不愁三保障"的生活，就是把我们这些帮扶过的干部忘了，又有什么不好呢？留恋过去，不如实干现在，只有向前走，才能看到更新、更美的风景。

（张顺利　男，现任渭南市临渭区委政法委纪检组长。2016年8月至今在临渭区崇凝镇三兴村任第一书记兼扶贫工作队队长）

我有了第二故乡——茂陵村

◎ 郭 瑞

故乡最让人魂牵梦绕，每每夜深人静的时候，我总会想起儿时院子里可以照出人影的明亮月光，而现在经常出现在我梦里的却是茂陵村的人和事。“露从今夜白，月是故乡明。”从此，天下月光之于我，除了故乡的种种物事之外，还有我对茂陵村的思念……

露从今夜白：离别与初见

2017年4月，我离开了担任第一书记两年的茂陵村。临走的那天，我在干净整洁的茂陵村街道上慢慢走着，想把这里的每个角落都记清。

“郭书记，好啊！最近咋没来我家坐坐？”坐在门口正闲聊的王阿姨向我招着手，大声说着。王阿姨是那种直肠子人，在我初到村的时候，还瞪着眼睛和我说话。“阿姨，我再转转，有时间了我再来看你老。”我恭敬地笑着，继续往前走。

“小郭，家里裤带面，来我们家吃饭吧！”董老爷子在村里的辈分比

▲走访村民，掌握家庭情况

较高，在村民中的威望也高，平日里对晚辈们总是板着个脸。早些时候，我心里还真有些怕他。“今天还有事呢，就不来打扰您了，改天有机会再来吃。您家的裤带面还真是特好吃。”我客气地向老人家致谢。

“郭瑞，我心里把你当自家的兄弟看待，你一个人在这边，以后生活上需要啥帮忙的你就尽管说，不要见外。”王书记很有智慧，思想比较先进，经常给我讲他处理过的各种村务，传授经验。“身在异乡为异客，但在茂陵村我没有把自己当外人看，这都源于你的支持和认可，也感谢大家对我的接纳和包容，以后哪里做得不对，尽管批评。”我内心特别温暖地说。

我在村里工作的这两年，和村民们一起感受着一天好似一天的变化。走在告别的路上，风吹动脑海中的画册，一页页地翻过去：有小羊咩叫和贫困户欢笑的和弦；有晒得黝黑的贫困户在菜地里摘着火红的西红柿时露出的憨笑；有送菜路上客人递到我手里的晚饭，吃着那两截玉米时我泪流满面；有见到贫困户失去亲人时的感同身受；还有我亲手在村委会广场栽下的那棵海棠树……我心里清楚，茂陵村，已是我难以割舍的第二故乡。

2015年7月的一天，太阳火辣辣地炙烤着皮肤。我怀揣着对“第一书记”这个新岗位的热情来报到，那热情不亚于骄阳烈日。然而来到茂陵村村委会，满腔热情立即被泼了一瓢冰水。

走进荒芜的村委会广场，半人高的杂草里竟然还有一座坟。办公室大门紧闭，顺着门缝往里瞧，一片狼藉：破旧的会议桌上铺着厚厚的一层灰土，好像很久没有来过人了。我心想，这就是我要上班的地方呀！在汉武帝陵南边的承包地里见到两位村干部，也没有想象中的那么热情。王军书记眼睛一瞥说：“你先回，那就这，我还有事，回头谝。”就这样，我碰了一鼻子灰返回单位。这和想象中的不一样呀！我像跑了气的皮球，有气无力的。

村里的“火车头”是党支部王军书记。过去靠着党的好政策，他成了十里八村的致富带头人，和众多群众一样在城里买了房，举家搬迁到城里住了，成了“新市民”，同时也成了“新村民”，再也不和群众朝夕相处了，党支部成了“大印挂在腰间”的流动支部。当然，村委会也是一样，若是群众有事书记不在，那只能干着急没办法。

我来到茂陵村后，第一件事就是带着大家严格党支部、村委会到岗纪律，刚开始群众和村干部都不信任我，后来一起做事，他们逐渐从心里接受我。

说心里话，刚开始到农村驻村工作生活，有很多不适应。我宁可舟车劳顿也不愿意在农村寂寥无声地过上一夜。村委会在路边，周围还有几户“人家”，分别是汉武帝、霍去病、李夫人、卫青他们，这样的“邻居”还真不少。晚上一个人加班的时候，看到窗外帝王将相们偌大的封土堆，经常被吓得毛骨悚然，一边说话壮胆，一边锁门走人。但每每想到村民一直在这种环境生活，感受到他们的能量，觉得自己的“城市病”也该治治了。

一次聊天时，王书记对我说：“你刚来的时候，我们认为你是下来转一圈，做个样子，所以也就对你爱理不理的，一起工作一段时间以后，欣赏你这‘250’式的认真，我们才真正从内心认可你了。”王军书记现在每天都在为群众的事忙活着，再忙再累，他都觉得值。他独自一个人住在村里的老房子里，茶余饭后我们聊天，给我讲他从小到大的故事。“过去忙活自己生意，难免为利计较，心烦得经常失眠，而现在每天都在为贫困户难题忙碌着，心里非常踏实，一觉睡到天亮……”他还开玩笑地说：“扶贫是累了点，但治好了我多年的失眠……”与王书记搭班子多年的副主任王峰说：“郭书记，自从你来了以后，我感觉王书记像变了个人似的，说话、思想和以前完全不一样了么！”我现在虽然离开茂陵村了，但我们感情依旧深厚，他总是像家里大哥一样，关心着我的工作和生活。

月是故乡明：走访你的古与今

茂陵村由策村和史村合并而成，历史可以追溯到2100多年前汉武帝陵修建的时候。听老人们说，大汉名儒董仲舒曾在这里书写《天人三策》进呈武帝，死后葬于此为武帝陪葬，家族后人留居，因此得名策村。关于史村，司马迁的父亲司马谈在建元三年（前138）以太史丞参与建设，属籍茂陵，司马迁也生活于此。相传司马迁死后葬于史村东南200米处，因此得名史村。我常常站在巨大的霍去病墓冢顶上，往西望去，仿佛穿越到了2100多年前的大汉王朝，看到大司马骠骑将军、冠军侯霍去病统领三军，讨伐匈奴，横扫河西，纵贯漠北，兵锋直逼今俄罗斯贝加尔湖；看到张骞带领副使，带着大汉天子之命，从我眼前走过，走向西域；更远处，看到大宛、康居、大夏、安息，看到古丝绸之路的繁荣。令人陶醉的村史，让我产生了浓厚的兴趣去探索茂陵村的远古和今朝。

如今的茂陵村480户1980余人，有18户贫困户，绝大多数是因病因残丧失劳动力而致贫。刚开始走访贫困户时，群众大多封闭自守，不爱说话；有些为了保住“贫困的帽子”而有戒备，不愿说实话，让人又气又急。后来我反思自己交流的方式，尽力用当地方言和他们拉家常，与三邻五舍闲聊，从每个家庭的实际困难着手，实实在在地帮他们办事情。很快，村里的人习惯了我走村串户。取得了他们的信任后，在我面前，他们那种小聪明也没有了，憨厚的一面体现了出来。掌握了每一户扶贫对象的准确信息，就能精准施策，为其脱贫寻找出路。

贫困户董简化，一个50多岁老实巴交的人，膝下无子女，住在村南头比较独立的一块地方，感觉是在“世外桃源”。经常是敲半天门也没人应答，推开门一条小狗呆呆地趴在院子，好没有精神。院子里仅两间平房，精神障碍的妻子在家，坐在房子不动、不说话，两只眼睛直直地盯着你，让人害怕又心酸。妻子不能离人，董简化只能在家看着，实在没有钱了就偶尔打个零工。后来董简化的妻子身患重病去世了，竟连买棺材的钱都成了问题。我和村干部一起，发动同学、朋友捐款，大家通过微信你两百他三百凑了近3000元，算是解了燃眉之急。看着他那瘦弱的身躯，一辈子连个儿女也没有，妻子逝后再无亲人，将无依无靠地生活，我心里真是不忍。

贫困户杨争建（仪空村）一家4口人，母亲患类风湿性关节炎，常年卧病在床；妻子患糖尿病，瘦弱不堪；儿子才6岁，患先天性心脏病。家里的生活重担都压在了这个30岁的年轻人身上。面对孩子6万多元的手术费，杨争建说："哥，娃这事咋办呀？我看不起病。"俗话说，男儿有泪不轻弹，只是未到伤心处。看着堂堂男子汉流下了无助的眼泪，我心里坚定了一定要帮他把这事办了。后来我去省红十字基金会，工作人员问："你是孩子的父亲？"我说，"不是，我还没有结婚，我是精准扶贫的驻村第一书记，我以第一书记的身份保证，这是贫困户家庭的孩子，请您给予批准。"工作人员睁大了眼睛看着我说："您是我工作二十多年来遇到的唯一一个不是患儿家长的人。"小朋友手术很成功，康复得也很好，见了我就跑来让我抱在怀里，我心里觉得特别暖。杨争建媳妇流着眼泪向我致谢，说做手术住院期间，他们家总计就花了300多块钱。我说："不用感谢我，是党的政策好，我只不过是跑点路而已。"目前杨争建的媳妇在镇卫生院的公益岗位上工作了，每个月可以领到1580元的工资；杨争建也没有那么多顾虑了，在外面跑起了运输；全家人都吃胖了，心宽了。这个家庭正慢慢地走向富裕。

在茂陵村，各贫困户的情况不一样，但困窘的生活现状是一样的，我暗下决心一定要帮他们做点事情，改变现状。

着鞭跨马涉远道：山东买羊记

2015年11月27日下午5点，我从镇政府开完会回到村委会，刚停车，村主任张峰急忙迎上来说："村'两委'开会商量后，安排我和两位监委会干部去山东菏泽买羊，我们也没有出过远门，没有经验，已经和羊场联系好了，你能不能带我们去一趟？”我说：“行！”一行四人顾不上吃晚饭就奔赴火车站了。因为时间紧，只买到站票。一晚上，大家在车上一个个瞌睡得头像拨浪鼓一样摇晃着。我也困得迷迷糊糊，但心里却想着第二天的行程。

下车前，张主任兴高采烈地说：“羊场老板不好好请咱们吃几顿饭，咱就不买他的羊。”监委会王保军说：“咱们是买羊来了，又不是吃饭去了。”我说：“就是的，出门在外，占小便宜吃大亏，咱不能吃别人的饭。”张主任说：“反正要把大家安排好，一会到站，羊场老板就开车到火车站接咱们。”我说：“不会吧，就是买些羊而已，怎么会开车二百来公里接咱们，想啥呢！”张主任瞪着他那圆圆的眼睛很不高兴地说：“给你说你们还不信，人家说得好好的，你只要来，全程车接车送，吃好喝好。”我越听越觉得不对劲，这里面肯定有问题！正说着，“羊场老板”又来电话了，说是下大雪，高速公路封闭，国道堵车，你们从济南火车站换乘长途客车到郓城县吧。一路颠簸，停停走走折腾了近五个小时，估摸着时间快到了，“羊场老板”来电话“指示”我们在张营镇下车。到了张营镇，对方又说有事走不开，让我们坐出租车到嘉祥县黄垓镇。两天一夜未眠，又困又烦躁。我综合一系列情况分析，这是把我们一段一段地往过哄呢！我按捺不住内心的火：“张主任，你了解对方了吗？难道只单方面听他说，就贸然带着大家来买羊了，还第二天一装车，后天就能回，怎么想得这么简单呢！”张主任一副“关中楞娃”的样子，像牛一样，犟得不得了！还说：“没有问题！”弄得大家剑拔弩张都不高兴。一路上“羊场老板”电话给我们导航，一会在这下车，一会又在那下车，感觉跟做贼似的。

天马上黑了，终于见到了“羊场老板”——一个20多岁的小伙子，头发立得高高的。“羊场老板”带着我们去了羊场，说他爸是老板，家族企业，认识很多大领导。我一眼扫过去总计不到200只羊，和我们想要的300多只相差甚远，而且品种单一，这哪是想要什么品种有什么品种，想要什么规格有什么规格，想要多少有多少！这更加确证了我的判断，这是一场“骗局”！办公室里来来往往形形色色的人，好像都在忙着生意。我分析，这就是一个养殖合作社的场地，一个众多羊贩子共用的平台。现在才明白他们为什么不愿意告诉具体地址，原来是害怕我们自己到了，被其他羊贩子抢了去，所以安排在前不着村后不着店的地方，他单线联系来接。

我一看情况不妙，人生地不熟，何况还是晚上，便强装镇定地说：“我们是陕西来的，我发小的老家就是你们菏泽地区郓城县的，来的时候也和他们联系了，明天去拜访。我是市委组织部下派驻村的第一书记，我要看你们的所有合法手续，咱们谈好了价格，你们如数按要求准备货源，我们的扶贫办公对公给你打款。”（当时他们有点懵，也许因为都是私人买羊，还没遇到过公家买羊的，其实我是给他表明我们附近有熟人，身上也没有钱，不要打我们的歪主意）接着我说：“这样吧，我们还没有吃饭，天也黑了，明天白天再来看羊，谈业务。”没有交通工具，外面乌漆嘛黑、冰天雪地的，也不知道哪里有住宿的地方。“羊场老板”带我们来到一家招待所，房间是不到九平方米的标间。近40个小时没有躺着睡觉了，我们也顾不上其他，躺下瞬间就见周公了……第二天早上醒来，感觉自己就像难民，饿得前胸贴后背，商量着如何逃脱这个“骗局”。刚出门，“羊场老板”开着车就到门口了，原来招待所还负责给“羊场老板”盯岗放哨！

“羊场老板”直接说：“你们是我接的客人，按我们这里的规矩，要买羊，只能从我手里买。”我见状，忙说：“我们这次来主要是考察，我们打算要的小尾寒羊，你们现在的货源不够啊，而且价格也跟我们给扶贫办汇报的价格有很大出入，我们的预算不够了，还要重新汇报。等我们回去定好以后，我和你联系，你送货到位，我货到付款。”就这样，我的缓兵之计才算让我们安全脱身了。或许对方也是考虑到我们的身份，才不敢乱来。

张主任说：“这次来一定要把羊买回去，全村人都知道咱们买羊来了，如果买不回去，那就丢人死了。”说着又继续联系其他羊贩子。我说：“不用考虑在这买羊了，这里就是这种商业模式，按你预算的360元一只羊，根本就不可能买到。”从嘉祥县到郓城县的班车上，我们一路争吵着。在公交车站等车时，一位羊贩子大哥给我们说了实话：“只要客户来，什么条件都先答应。你们要的小尾寒羊，至少要900多元一只。”路上，我们四个人挤上了一

▼考察山东羊场

个满头白发老人的助力三轮车。说了我们的经历之后，老人说："这几年风气不好啊，有些人来了，吃了人家的饭，钱也得留下，吃了饭不买羊，还会挨打；有些人在办公室谈生意，只要说你要，外面就把牛羊装车了，然后结账的时候就高开价格，不要了可以，留下8000元装卸费。"不听不知道，一听吓一跳，王保军说："张主任，你还敢吃人家的饭不？"大家哈哈一笑，高文学说："幸亏这次有郭书记跟咱们一起来，要不然还真的被骗了，弄不好还会挨打呢！"面对这个局面，张主任低下了头，不好意思了，再也不跟我闹情绪了，只说了一句话："回。"山东短暂的四天行程，一路上的所见所闻让人感觉像是过了四个月，漫长而难忘，但是，即使遭遇千辛万苦也无法阻挡我们为贫困户发展产业脱贫的决心。

从山东回来以后，我们在周边多地走访调查，最后334只小尾寒羊终于落户茂陵村。贫困户董规划看到自己圈里长得膘肥体壮的羊，乐滋滋地说："这是村上扶贫送给咱家的羊，还是好品种羊呢，如今一只羊少说也卖1500元呢！"

风光无限在茂陵：种植采摘园

2016年4月16日，谷雨前，正是栽菜苗的时候，我从西北农林科技大学蔬菜培育基地拉回了"希望"，就像贫困户尚争产大哥说的那样："对我而言，不管收成咋样，只要种下了种子，就是种下了希望。"

精准脱贫不是送一袋面、一桶油，是送一个希望。2016年初，我们开会商议决定通过发展集体经济，走产业脱贫的路子，依托茂陵博物馆旅游资源，发展无公害种养殖产业相结合的农业观光采摘园。流转土地、建大棚、打机井、铺暗管、整土地、修生产路，热火朝天的筹备工作有条不紊地进行着。开园当天晴空万里，我和村书记带领一班人和贫困户一起，在

▶和苗木公司工作人员商谈

地里种起了菜。浇水的、整地的、插竹竿的、埋苗子的，我和大家一起，掌握了西红柿、黄瓜等蔬菜的种植技术要领。如火如荼的劳动场面吸引了一批热爱集体事业的热血青年，监委委员董博就是其中一员。他经常在产业园帮助贫困户干活，不论是去西安、咸阳送菜，还是开着车和妇女主任冯蝴蝶走街串巷卖菜，都无怨无悔。

蔬菜大棚刚建起来的时候，销售渠道还不畅通，我就开车拉着菜到西安联络销路，不论是骄阳酷暑，还是狂风暴雨，尽力准时把菜送达约定地点。为了把当天新鲜的菜送到客户手里，经常是晚上11点，我还饿着肚子在送菜的路上。有位张阿姨，每次取菜的时候都会给我带点吃的，她知道我饿着肚子呢！创业路上充满了温暖与感动。

由于长期无法正常按时吃饭休息，我落下了胃病，反流性食管炎、胃部糜烂性溃疡，时常胃泛酸，烧得整个食管、喉咙都难受，疼得一只手按着胃部，一只手开车，体重一度从160多斤掉到只有121斤。这个数据令我害怕，身高一米八一的我，晚上睡觉摸着自己高高突起的胯骨，

▲ 产业园养殖区

看着一天天清晰可见的肋骨，真不是滋味！我的胃病越来越严重了，许多人都不理解我的行为，甚至在一次送菜的时候，有人说我是典型的“二百五+傻瓜”。

对比今昔照片，用村干部董博的话来说：“刚来的时候是城市大小伙，现在看着跟我们农民没有啥区别。”看到我不断打嗝反胃，我妈哭了，父亲心疼地说：“好娃哩，以后可不敢这样子干了！你要有个三长两短我和你妈以后靠谁呀！”我掩饰着内心的恐惧说：“没事，你们别乱想，我好着呢！过些天就好了。”其实整整两年来，这个胃病折磨得我身心疲惫。但是从家回到村里，我又坐不住了，好像有一种特别强大的力量在推动着我。久而久之，我们良好的菜品得到了大家的认可，听说是帮助贫困户的扶贫项目，红会医院的王姐到处给我们宣传介绍客户。机关、学校、社区形成了固定的销售网点，各种菜、土鸡蛋、咸鸭蛋、农家自磨面粉、鸡鸭兔肉、红薯、苹果等茂陵村的农副产品上了千家万户的餐桌。

况乃未休兵：致富血肉情

“人穷志不穷的先进标兵”申世英老人76岁了，还是家里的顶梁柱。老伴半身不遂，儿子儿媳、两个孙子都是智力障碍，他常年坚持劳动，支撑着家里六口人的生活。虽然年龄大了，但身体素质还可以，晒得黝黑黝黑的，显得头发、胡子更加白。家里的重担，压得申老的腰深深弯了下去。从2016年4月开始在产业园里干活，他一个人不到一年时间，连工资带分红就得到15000多元。2017年3月1日，申老享受了政府的危房改造政策，在自家后院建起了三间新房，这是一个通过自己的双手改变生活面貌的脱贫典型。他每次见了我都特别开心，一双黝黑而又粗糙的大手和我的双手紧紧握到了一起，我能感受到他掌中的热情、眼里的深情，他笑得特别灿烂，看起来就像一个孩子。那一声“郭书记”，承载了全村18户贫困人家的期盼，让我知道了这个称呼的分量有多重，真心体会到了“才下眉头，却上心头”的含义。

反差最大的是王战士！贫困户王战士近60岁了，有糖尿病综合征和脑梗后遗症，腿上的肉一压一个坑，半天弹不起来，还总是头昏。他没有老婆，女儿享受了教育帮扶政策，在宝鸡上中专。平时一个人在家，一日三餐凑合着吃点，不是在凌乱不堪的家中睡觉，就是在门口闲转悠，就这么一天天地混日子，有点“等靠要”的思想。2017年，看到申世英老人自食其力过上了好日子，他坐不住了，主动找到我说：“我想养猪，虽然身体不是很好，但养猪还是可以的，我不想一直当贫困户。”我说：“你不是身体不好，干不了吗？”他笑了笑，不好意思地说：“以前总是害怕赔钱，啥都不敢干，才说身体不行的话，现在想先少养几头，慢慢来。”看到王战士有点信心了，我心里特别高兴，意想不到呀！说干就干，帮他在后院建起了猪圈，在我调离茂陵村之前，6头小猪崽进了他家。后来我再回村，王战士老远就喊：“郭书记，你来咧！”见了我话匣子就打开了：“现在养了12头猪，如今每天早上5点钟起来，忙忙碌碌不停，再也不是以前没事睡懒觉的王战士了……浮肿病症消除了，忙忙碌碌干着活，身体反而一天天更好了，心情也好，二女儿也从中专考上大专了……”家里的事他说个没完，成就感从他眼里流露出来，我能感觉到他对生活的热情和希望。

夏季的关中平原酷热难耐，在坑洼崎岖的小路上，每日都左右晃动着一辆三轮摩托车，它的主人就是近50岁的张劲松。这辆车充当着张劲松的双腿，载着他穿梭于田间地头和蔬菜批发市场。19岁那年，意气风发的张劲松积极备考大学，却关节疼痛，躺下起不来了。缺钱的父亲无奈地、

▲帮村民劳动

"残忍"地没有给劲松看病，连去疼片都没钱买，错过了最佳治疗期，导致其双腿萎缩僵直。20岁的劲松不愿这样苟活一生，买了一台补鞋机，在兴平县城的补鞋摊看着学习了三天就回家开始了近二十年的补鞋营生。其间还卖过西瓜，卖过菜，开过话吧、网吧，卖过纯净水，开过信息站，抓紧每一天与命运做抗争，生怕白活了一天。这个身高一米六多点，80斤重，左眼安装了人工晶体的瘦弱身体，潜藏了磅礴的力量。2016年，在杨凌西北农大教授指导下，张劲松种了7亩秋葵。老天好像有意成就他，胳膊一样粗的秋葵，近2米高，长得像树一样。皇天不负有心人，第一年挣了7万元的纯利润，这对一个架着双拐的残疾人而言，是什么概念？这超过了20多个贫困人口的年均收入总和!

信心大于黄金。2017年初，张劲松奔赴杨凌学习农业技能，他作为唯一的残疾人，每期都不落，感动了教授和其他学员。一次次的学习成果，让张劲松发展起速生苗培育，这一干就是80万株速生苗基地的开创。临近嫁接桃苗了，手里没有钱了。常言道："一分钱难倒英雄汉。"张劲松一筹莫展，急得像热锅上的蚂蚁，坐卧不安。我向四川收购桃苗的窦老板介绍了张劲松的情况，在几次三番的努力下，窦老板当场表态，先给张劲松预付3万元。3万元预付款拿到了，没想到还没到家，张劲松就打电话通知干活的人到家里等着领工钱。在这么困难的情况下，张劲松依然把干活人放在第一位。正是他这种先人后己的厚道，村民才敢把地承包给他，暂时没有钱也会继续干活。大家都信任张劲松的人品。张劲松的商业触角是非常灵敏的，目前已经形成了120亩规模的现代生态采摘园。这些都源于夜以继日的投入和不辞辛苦的劳动。张劲松说："这一辈子不能白活了，要活就要活出个人样来。"

忆茂陵，几回回梦里回"故乡"。驻村工作，留下了太多回忆，望着村前一片快要成熟的小麦田，看那随风而动的金色麦浪……那一刻，我对土地有了别样的感情，心里想到路遥的那句话："像牛一样劳动，像土地一样奉献。"这里是我难以割舍的第二故乡。

（郭瑞　男，现任兴平市西吴街道综治维稳办公室主任。2015年7月至2017年4月在南位镇茂陵村任第一书记，2017年4月至2017年7月在庄头镇仪空村任第一书记，2018年3月至今在西吴街道朱良村任第一书记）

幸福院落成记

◎ 吴世飞

2015年8月，一个收获的季节，我被选派到生我养我的地方——青云镇杜家沟村，出任第一书记。赴任的路上，我心潮澎湃，激动难遏。二十年前，为了求学离开家乡，如今，带着扶贫的重任又回到这里。

约　定

刚到杜家沟村，调查走访的第一家是黄婆婆家。

黄婆婆已经85岁，养育了三儿四女，儿女们都外出打工，她孤身一人居住。房子是20世纪80年代建成的，一里一外两间屋子。里屋居住，墙面是原砂灰，除了一床、一炕、一柜、一缸、一炉，再没有什么家当了。外屋堆放着各种杂物。看到黄婆婆这样的生活环境，我一时间难以置信。黄婆婆怕冷，到了冬天，我每次去看她，她不是坐在火炉旁，就是盖着厚厚的被子躺着。如果有人来，她就用铁棍把炉子戳一戳，让炉火燃得更旺一点。外屋的灶台上堆放着一些做好的肉食、馒头和时令蔬菜。她告诉我，儿女们为了让她吃着方便，会不定时送些熟的吃食来，这样，她只要在炉子上热一下就可以对付一天的吃饭问题了。每次拉完话起身离开时，她都会收拾一点东西让我带走，再三推辞后她会黯然地把东西放回原位，念叨着："我一个人也吃不了这些东西，时间久了也不想吃啊，这些吃食放我这都糟蹋了。"

听着这些话，我心里不知为什么，酸酸的。

听黄婆婆讲，她的二儿子几年前就答应要给她收拾房间，安装暖气，好让她住着暖和一些，只是因为太忙，一直到现在也没有顾上，她就只好继续住在这间简易的老房子里。我注意到黄婆婆在讲这些时，起初眼神是亮亮的，充满着希望和喜悦；但是讲着讲着，她的眼神就不由自主地变得黯淡，让

▼村委会旧貌

人感觉到她内心那种难言的苦涩。

我不禁陷入沉思：像黄婆婆这样的生活情景，村里还有吗？他们都是如何克服生活中的困难的？

通过进一步调查走访，我了解到全村有60岁以上老年人179人，占总人口的14%；70周岁以上留守、独居老人（含空巢老人）约72人，占老年人数的40%。从当前农村青年追逐的潮流和整个社会发展的趋势看，今后这一比例还会逐年增加，像黄婆婆这样的情况绝对不会是个例。进一步想，人心都是肉长的，这些老人的生活起居问题无疑牵动着他们儿女的心，并势必成为新一代年轻人外出谋发展的牵绊和制约。

杜家沟是青云镇仅有的两个贫困村之一。村委会设在原宣沟村部，是20世纪90年代修建的小学，经过简单改造后村委就集中在一个房子里办公。说是村委会，却连最起码的饮水条件都没有。村干部值班时晚上就睡在桌子上，到了冬天，没有取暖设备，条件就更艰苦。偌大的一个村子，既没有现代化的办公条件，也没有可供村民开展文化娱乐活动的场所，村民们都笑言："'根据地'是这样子，我们还守在这里做什么？"

眼瞅着这一个个问题，我暗自思忖：为什么不建设一个功能齐全、环境优美的老年幸福院和村部服务中心呢？

2016年春节前，听说黄婆婆病了，我去看望她。进到屋里，她歪着身子，微弱地跟我打了个招呼，示意我坐下。我来到火炉旁，加了点兰炭，戳了戳炉子，不一会儿，屋子里暖和了一些。

看到我，黄婆婆情绪不再愁苦，精神也好了些，于是我抓紧时间和她说话："黄婆婆，我有个想法，想和你问道问道。"

"娃娃，有什么想法？你说说看。"

"嗯……我想在村里建个老年幸福院。"

黄婆婆怔怔地望着我，似乎一时听不懂我说的什么。

我解释道："建老年幸福院，就是让你们这些上了年纪的老年人都住在一起。请来专门的管理员、厨师，给你们打扫卫生、做饭。黄婆婆，这样的幸福院在外面条件好的村子已经修建了很多，我想在咱们村也建一个，就是不知道咱们村的情况怎么样，修好后，不知道大家会不会同意老人住进去。"

"呃，娃儿，有这么好的事情，有谁会不同意呢？"颤巍巍的她竟然慢慢坐了起来。

"咱村不是情况特殊嘛，消息比较闭塞。从我这个角度想，一是怕老人们思想上转不过弯来，不愿去住。二是老人们住进去，大家会不会产生误解，认为儿女们不孝顺。"

"可不敢这样想啊！娃娃！像你说的那样，政府能把我们这些老的不中用的人养起来，管吃管住，这可是做梦都梦不来的好事呢！你看看我，一个人住着，每天光做饭就是个头疼事。少了，不想做；多了，顿顿吃剩饭。儿女们也都忙，各有各的家，各有各的事。房前屋后整天悄无声息的，连找个说话的人都难。"此时，我看见几颗混浊的眼泪从黄婆婆的脸庞滑落下来。

听了黄婆婆的话，看着眼前的情形，我的思路越来越清晰，决心也越来越坚定。我说："婆婆，有你这话，我心里就有底了。你信我，我一定会给你这样一个家，让你们再不用担心饭没人做，火没人生。至少要有个暖窑热炕，让你们不再忍寒受苦。黄婆婆，就这！我先走了！"

和黄婆婆的约定就是在这样一个不经意间达成了。有了这个约定，我突然感觉到自己的内心很充实，感觉到眼前的目标清晰了。从黄婆婆家出来，村子上方的天空特别蓝，连太阳都比平日暖和了几分。

筹 备

我连续召集村“三委会”成员开会，议题就是怎样建起幸福院，完善村委服务功能。紧接着我们又入户调查，听取村民们的意见和建议，在这个基础上召开村民大会，讨论修建便民服务中心和老年幸福院。

老话说“百人百性”。事先我已把困难估计得很充分，也准备好提议被大伙儿否决。没想到等真正摆上桌面讨论时，竟获得了全体村民的一致同意。静下心来想，这就好比流水，流到这里了，就一定会寻找突破口继续朝下流。之所以如此顺利，是生活和生产发展到今天，需要把一些诸如养老、医疗等问题提上更合理也更有效的议事日程。

我们开始马不停蹄地跑动，向镇政府申请并提交立项文件。很快，区发改局的批复文件就下来了。之后，再衔接老龄办，申请建设资金。

建设审批手续就绪，我找到了做建筑设计的同学，将设计要求告诉了他：设计内容包括总平面布置图、效果图、改造图、南面计划修建二层楼（一层幸福院宿舍、二层村委会办公）施工图、厨卫浴室设计、采暖及雨污排放等，并希望能以最快的速度完成图纸设计。

听了我的各种要求，同学粗略地计算了一下，这套图纸至少得14000元设计费。这可难住了我，工程还没动静呢，就得花这么多钱？

怎么办？只能硬着头皮约同学和他的老板出来协商了。经过一番商谈，我详细地给他们介绍了修建初衷和工程概况，同学的老板诚恳地说：“你是为家乡父老干实事，这也算是公益事业了，我们就支持一下你的工作，就算4000元吧。你看行，咱明天就安排，不给你耽误事。”“好，好，好！感谢！感谢！”听到老板慷慨的承诺，我连忙握着他的手道谢。

项目总占地2亩，建筑面积560平方米，新建300平方米，其他为改造，总的设计理念就是“绿色和谐，以人为本”，不仅气氛上要有家的温暖，而且样式上要与时俱进。幸福院一层共18间，其中宿舍13间，有30张床位；其他为厨房、餐厅、锅炉房、卫浴间、库房。服务中心在新建的二层楼里，共5间房140平方米。再细化分解：厨房里设有冷藏、冷冻一体的组合案台，以及消毒柜、保鲜柜等；餐厅里有3张圆桌，30把椅子，可同时供30人用餐，另外还配备有热水器和洗手面盆等；宿舍分两人间和三人间，每间配备床、暖气（集中供暖）、电视、衣柜和衣架；卫浴间一间分为三小间，设有冲水式蹲便器、坐便器和小便器，中间为洗漱间，北面为浴室。室外除过一间棋牌娱乐室，还专门设有健身区和蔬菜种植区。

前期设计工作告竣，接下来就到了建这样一个服务中心得花多少钱的问题。我找到一位老哥，请他帮我做个系统的工程预算，做到心中有数才能遇事不慌嘛。结果预算一出来，我心里却没底了。50万，这么一大笔建设资金，从哪里来啊？

采取节省的办法——自己启动工程，自己组织劳力，自己寻找建材和机械设备。等静下心来一想，这根本行不通啊。毕竟，修楼盖房是专业性很强的工作，并且资金是硬杠杠。其他不说，如果修建到一半，后续资金接不上来，该怎么办？各种机械、建材、设施设备不可能凭空使用；就是本村的劳力，也同样不可能凭空乱用。

看着摆在面前的这一个个问题，我一筹莫展！

随着困难的出现，村里的闲话也多了起来。人们议论纷纷：

“咱们这里的人千奇百怪，什么人也有，你就别在这上面动心思了！”

“谁都不是傻子，就凭你空说几句，就贴上钱贴上力去给你干活了？”

“不要说资金到不了位，就算到了位，那点工程，人家大公司能看上给你做了？小工程队赚不了几个钱也不想做，看你咋弄哩？”

闲言碎语一句接一句来，冷水一瓢一瓢地泼。我心里也开始犯嘀咕：到底修还是不修？如果修，是等资金都落实了修，还是先行垫资？如果不修，我和黄婆婆失约不说，村里无人照顾的老人就得继续从前的生活。如果这样，我这个扶贫干部扶了个什么？今后的工作还怎么开展？说的话又有谁信谁听？

在最无助的时候，我再次来到黄婆婆家。此时，已是人间四月天，柳絮飘飞的季节，她老人家在院子里的树下眯着眼睛，脸庞晒得黝黑。看见我来了，她颤巍巍地迎了上来。

“世飞，你来了呀。上次你说的那个事办得咋样了？”

“办着呢，有些眉目了。黄婆婆，你放心，我答应你的，一定会办成的。”我有些心虚。

拉了一会儿家常，我忙不迭抽身出去。站在无人处，呆呆地望着远方的山峁，长长地吁了一口气。天哪，哪壶不开提哪壶，她怎么一开口就直戳我的肺管子！

那一刻，我心里满是羞愧。

但是羞愧本身就是一种动力。正是黄婆婆的催问，让我看到了老人们的期盼，也让我感到没有理由退缩。

下来的日子，我三天两头跑老龄办、民政局等部门，询问如何能从其他方面争取到资金。看到我这么大的热情，老龄办答应优先考虑安排我们村的建设资金，但也只能今年计划，明年到位。又特别强调，如果此次列入计划不实施，那后面只能排队轮流了，等着用钱的村子可不是一家两家。

到了这个节骨眼，已经容不得我再犹豫。我答应尽快动工，而老龄办也很痛快地答应，在项目完工后就拨付14万元建设资金。这虽然是一个好消息，但现实问题是，目前全部到位资金也只有30万，余下的20

万，怎么办？

钱什么时候能凑齐？

资金缺口怎么解决？

那些天，我脑子里每天考虑的就是钱，朋友们见了都笑我为钱“魔怔”了。

5月中旬，事情突然就有了转机，并且这转机完全是在不知不觉中出现的。

和朋友何翠玲女士聊天时，她了解到我现在工作的瓶颈，很爽快地说：“只要你有这想法，你就去行动，修好后床和床上用品你不用操心，我给你提供。”

一句话，霎时打开了我的思路，找社会爱心人士捐资捐助，这不失为一个办法。

回到家，和家里人说起这事，女儿很天真，第一个表态：“爸爸，我这有2600元压岁钱，你拿去给爷爷奶奶修房子吧。”看着她稚气而认真的表情，我心里一阵温暖。我知道，就算是为了给孩子树立一个能做事的好父亲形象，我也必须承担起这副担子。

几乎就在同时，黄婆婆突然病了，我赶去看望她。她大儿媳将我拉到一边，悄悄对我说，这次黄婆婆病得很重，人都有点犯糊涂了，身边的人时时不认识。

我心情很沉重，一步步走到黄婆婆床前。没想到头一眼看到我，她的眼睛就亮了起来，并努力做出手势，示意我坐下。我凑到黄婆婆耳边说：“黄婆婆，你得坚持住啊，我们的幸福院马上要开工了，等修好了，你就可以住在里面了，这可是你答应我的啊。”

黄婆婆点了点头，还握了一下我的手，我掂得出来，她是用尽了力气在握我的手。我心里清楚，她听见了，也听懂了我的话。她把我的话记在了心里。

从黄婆婆家出来，山峁有些模糊，我发了一条朋友圈：我一定要建好杜家沟的幸福院。

以后的日子里，我们在村里反复开会、论证，开始了工程招标工作。招标消息发出后，有5家工程队报名参加，但在了解到不仅需要垫资修建，而且只能赚到有限的一点辛苦钱后，他们都打了退堂鼓。

事情就这样又拖了近两个月，一直没有工程队肯接手这个项目。村干部的心劲松了下来。可是，时间不等人，已经不能再拖再等了。在随后的一次党员大会中，我咬着牙提出："如果实在没有人愿意干，就由我个人来垫资，行不行？"

谁知我咬牙归咬牙，真正落实修建时，还是没有人肯接手。招标消息再次发出后，连个报名的人都没有了。

工作停滞不前，村干部也坐不住了。监委会主任对我说："事情弄到这地步，总不能糊里糊涂放下吧，我看出来了，这事最终还是要你牵头，别人是不可能受这个难的。"

那些天，真正是喊天天不应，叫地地不灵，我几乎陷入了绝望。

老话说："天无绝人之路。"就在我觉得面前一片泥泞之际，我想起了我的四叔。他多年来一直在外面搞建筑工程，会不会有什么主意？

我用最快的速度找到四叔，把我的想法和困难告诉了他。我同时对他说："四大（方言，即四叔），幸福院的建设资金暂时不能到位，我只能求你帮忙。不过你放心，我保证，你就是前期垫资，修好以后我们会逐步给你解决的。还有一点，这事，不挣钱。你要做好心理准备。"

四叔犹犹豫豫地看着我，看了很久，低头琢磨着什么。过了一会儿，他点了点头，说："行。其他的事先不说，这事我来做。"

很快，我们和四叔签订了修建合同。当合同签订完的那一刻，我想拥

▲施工现场

抱一下四叔。但是最终没有，我知道，四叔不习惯这些。

修　建

已是树冠如盖的时节，我又去看望黄婆婆。远远看见她坐在硷畔上张望。

“世飞，我估摸着你该来看我了，这几天我就坐这等你呢。那事咋样了？”

“婆婆，我就是给你汇报工作来的啊。”

我一五一十地向黄婆婆汇报了工程进展情况。

开工在即，却突然又发生了意外——区老龄办来了通知，没有开工的项目暂停开工，他们的14万元资金无法按时拨付。

这一棍子立即将我打懵了：将士已出征，粮草却夭折。难道就这样放弃？

看看周边的村子，有几个村都是维修一下旧房子，勉强开办起幸福院。要不，我也这样做？

反复思考，这次如果不修建完成，设施设备不到位，老人们住进来以后，和之前的生活条件差不多，他们还会来吗？如果老人们不来，那我们修建幸福院的意义又在哪里？

我决定，还是按原计划进行，继续施工。资金问题，开工后再解决。

8月20日，日思夜想的幸福院工程终于开工了。这天，施工现场围了一大群看热闹的村民。依然是蓝天白云，山峁上的草也依稀可见。我发了一条朋友圈：梦想起航。

随着挖沟机轰隆隆的作业声，地基基坑按照设计开挖着，已经挖到了设计基底标高，但还是软弱土层。四叔找到我说："我看这里是根本不能盖房子的，趁早不要修了。"

我不肯，说："继续往深挖，一直挖到持力层，然后我们用水坠砂做地基。"

四叔拗不过我，将地基又深挖了2米多，才挖到持力层。仅这次工程变更，就增加了3万余元的费用。这对本来就资金短缺的我们来说，无疑是雪上加霜。

为了节约成本，十多年未施工的我，充当起工程的技术总负责。工人什么时候上下工，我也什么时候上下班，每天忙着架设测量仪器，指挥施工，负责安全，没事抱着砖头当小工。

这天早晨来到村部，却发现一个工人都没来，我打电话问四叔："四大，人都哪去了，为什么不施工？"四叔说："模板还没到拆除时间，今天工人放假了。"

“四大，这个工程不能等呀。”我说，“能不能再买一层的模板？”

四叔说：“娃娃，我垫不起了啊，再买模板还得花1万来块。要不你准备钱，要不就等。你自己看着办。”说着，把电话挂断了。

四叔已经为我付出了很多，确实不能再难为他了。想来想去，我干脆找做工程的同学王雄，向他提出借一部分模板来加快工程进度。

王雄笑着说：“世飞啊，你可是从来不开口求人的啊。今天是遇到什么重要事情了？”当听完我的介绍，他二话没说，安排人为我们准备好了模板。

在大家的共同努力下，工程未停歇一天，不到一个月时间，主体工程便全部完工。在此期间，未发生一起安全事故，未拖延一天施工进度。10月1日主体工程验收后，装饰装修工程也紧锣密鼓地开始了。2016年10月底，幸福院工程全部完成。整个施工过程仅用了60多天，并具备了投入使用条件。

我没有和黄婆婆失约。

筹　资

幸福院建起来了，建设资金39万余元和房子里的设施设备还没有着落。工人等着要工资，老人们等着要设施设备，怎么办？

我向派出单位申请，解决资金3万元，会同镇村干部购买了办公桌椅、沙发、电脑等用品，并重新完善了村委会各项制度上墙工作。自己又出资2400元为会议室购买了12张会议桌。余下的日子，跑资金、要设施、拉赞助成了我工作的重点。

为了在工作中更有说服力，我带头为幸福院捐助了3万元。这一举动为接下来的工作开了个好头。杜家沟村的帮扶企业白鹭煤矿，因为企业转

▲村委会新颜

型，资金非常短缺，我邀请单位领导，拉上村干部一趟趟跑，一次次晓之以理，动之以情，终于打动他们，在两年内为幸福院争取到捐助资金13万元，采暖用煤55吨；同学的中天腾飞商贸有限公司，刚刚起步，还需要注入大量资金，却慷慨地捐出1万元的物资；又联系何翠玲女士，组织榆阳区民办幼儿园二组20多个幼儿园园长为幸福院提供了价值6万元的30张床、30套被褥和棉垫子；黄清芳女士赞助了3张餐桌和30把椅子供幸福院使用；好朋友余二军的爱心组合送来了价值1.2万元的甲醇灶、案台、冰柜、消毒柜等厨房全套设备；张艳华女士捐助了14台电视机；镇上的混凝土搅拌站听到这些消息，也免除了幸福院建设时使用的100方混凝土的债务。我完全没有想到，做好事也是会“传染”的，这些爱心企业、人士慷慨解囊的消息在村子里不胫而走，一些热心的群众也为老人们送来了热水器、面盆、洗衣机和挂衣架等生活物品。

我找到老龄部门，将政府资助幸福院的建设资金14万元落实到位，又争取到帮扶单位的5万元资金来弥补建设缺口资金。不久，我筹划了“幸福院启用活动”、“九九重阳节”庆祝活动。两次活动中我们又收到社会各方面的捐款9.7万元，随着爱心的传播，资金缺口在一步步缩小。

一个落叶纷飞的清晨，我来到黄婆婆家，她老人家又蜷缩在屋里的棉被里。看见我，她准备起身给我倒水，被我制止了。没等她问我，我先开了口：“黄婆婆，我是来给你送好消息的，再过两天，我就能接你到幸福院住了。你老可好好收拾收拾啊。”

入　住

2016年11月9日，杜家沟幸福院鞭炮声声，人们喜笑颜开地从四面八方赶来。省市区老龄办的领导来了，镇上的领导来了，榆阳区民办幼教

▲ 幸福生活

二组的老师们送来了丰富多彩的文艺演出，幸福院迎来了第一批12位老人。他们都是独居老人，年龄都在70岁以上，最小的73岁，最大的87岁。

黄婆婆也来了，她看着洁白的墙面，崭新的被褥，这里摸摸，那里看看。她拉着我的手说："娃娃，好好好，好啊！没有想到，我活着还能赶上这样的好时候。我呀，要朝100岁活哩。"

大家都笑了。

黄婆婆的大儿子说："老妈从年初就整天念叨着，她要进幸福院享福去了，这下是真的圆了她的念想了。"

幸福院的老人们每天在这里快乐地生活着，菜谱是征求老人们的意见后安排的，做饭师傅是村里的年轻媳妇，到了饭点大家会互相招呼，在这里他们成了一家人。早晨，老人们起来在健身器材上做做运动，锻炼锻炼身体，或是跳跳广场舞，听听村里的广播；中午休息后，一起唠唠嗑，打打牌，每个宿舍都安装了户户通，可以随时观看喜欢的电视节目。黄婆婆只要在院子里看见我，就会笑眯眯地说："世飞，这吃得好，住得好，玩得好，什么都好，你呀，真没哄我。"

欢　聚

2017年中秋节前夕，我邀请朋友闫海琴和高玉秀，带着他们的朋友、员工来幸福院做了一天义工。他们给老人们洗头、理发、打扫房间、清洗衣物，和老人们拉家常、包饺子，了解老人们的衣食住行，关心他们的身体健康。

黄婆婆拿着镜子，看着自己刚理过的头发说："以前头发长了都是我女子给我剪一下，今儿让理发师剪过，我咋感觉自己年轻了。"

一句话逗得大家笑个不停。

元旦期间，我邀请小天使幼儿园的小朋友来幸福院开展“敬老院之行”活动。幼儿园的孩子们用稚嫩的臂膀与老人们相拥的那一刻，感动了在场的所有人。

现在，幸福院真正成了老人们的家。郑兰英奶奶发生意外，摔坏了骨头，只在儿子家住了两个月就待不住了，非要儿子把她送来和老伙伴们一起生活，老人们认真照顾着郑奶奶的日常起居，她很快就康复了。幸福院春节放假，黄婆婆在幸福院待得都不愿回自己的家，就盼着幸福院收假呢。

幸福院和服务中心充分发挥了应有的功能，村民们有事没事都来转悠转悠。幸福院的运行得到了广大党员群众的支持，自2016年启用以来，大家送米、送面、送油、送肉。一个村子因为一个老年幸福院而有了前所未有的向心力和凝聚力！

（吴世飞　男，现任榆林市榆阳区价格认证中心副主任。2014年6月至2015年8月为榆阳区青云镇杜家沟村扶贫工作队队员，2015年8月至今在杜家沟村任第一书记兼扶贫工作队队长）

为了冯家庄的明天

◎ 姚红新

汽车在蜿蜒的山道上行驶着，4米多宽的砂石路一面傍山，一面临沟，坡上、沟里光秃的树木缓缓地、默默地向后退去。尚未完全消融的雪，白茫茫一片覆盖在远近的坡上、梁上，间或出现的屋顶上，让人感觉冯家庄的天地间正生长着一种肃静的美。这个位于县功镇以北大山梁下的小村庄，由原来的冯家山和安家山两个村合并而成，有6个村民小组155户550人。

初驻村：巧解修路难题

村里啥时候修了这条宽阔砂石路，我暗暗好奇。

还记得原来去冯家庄村委会是从老千阳岭坑坑洼洼的砂石路走六七公里后拐到一条细窄的土路，这路一边是崖，一边是地头，两边的杂草和野枣树占了近一半路面，还要不停地爬坡拐弯。每次都是坐单位的车去，就是有专业司机开车，都觉得没一点安全感。冯家庄村“两委”办公室设在村戏台后方的几间平房里。我把车停在戏台前的广场上，从侧门的台阶上

▲硬化了的水泥路

去，一推门就看到村书记杨东海和主任刘关印正伏在会议桌的一头说着什么，另外几个人围坐在会议桌前，有说笑的、抽烟的、看手机的。见我进来，杨东海起身热情地招呼着："这是咱新来的第一书记，姚红新。"还没等坐下，我便问："你们沟里这条路是什么时候修的？原来不是走老千阳岭那边吗？"杨东海哈哈一笑："你是不是寻着路牌上来的？这边可节省了一大半路程呢，那是我们16年（2016）8月才新修的一条路！今天开会的有6个组的组长、村民代表，一是知道你要来，相互认识一下，二是我们正讨论看有啥办法能把这路水泥硬化了。要不然这一到下雨天，新修的路基上铺的砂石没有压实，大雨冲得石块到处都是，骑个摩托车或者三轮车通行实在是不方便，就是小轿车也吃力，平时开小车拉几个人，底盘在路面上那是一路哐当，碰个没完，我的那辆力帆，底盘也被碰得不像样子了。"

看来，硬化这段新的砂石路就成了我到村后第一件紧要的事。在踏勘施工路线时，我们发现通往五组的一段路面宽度不够，要挖树拓宽，这可会伤着李叔的核桃林。放线白灰把一排核桃树圈在里面后，李叔当晚就跑到村委会，还没进门就扯着嗓子喊："你们修路把我的核桃树圈进去了，也不跟我打招呼，什么意思？欺负我？"刚开始我还和监委会主任冯志明给他讲道理，可老李正在气头上，听不进去。村委会的吵闹声在漆黑的山沟里回荡了半个多小时，谁也没有把对方的气势压下去，最后老李一脸不高兴地回家了。

老李一走，我就向老冯、建民和关印请教，通过几个人的描述，得知老李是个牛脾气，吃软不吃硬。听了这话，我暗暗高兴，说："睡觉了，明天再战，这块硬骨头啃定了。"

第二天一大早，我就来到李叔家，没等他缓过神来，我把带的铺盖和吃的东西往炕头上一搁，说："叔，从现在开始，我就住您家了，早上吃啥啊，我先给咱做饭。”老李扯着嗓子喊：“这是吓唬我啊，我老汉啥人没遇过，你娃还嫩了点，少给我来这一套。我不吃，你也别在我这蹭，我没那闲工夫跟你磨牙。”说完气呼呼地出门扛起锄头朝院子外走去。

我顺手拿起房檐下的一把锄头跟在老李后头。路上，老李依然不停地嘟囔着。转过村庄西头，一大片绿油油的柴胡地映入眼帘，足足有一尺多高，个个争先恐后往上蹿，长势很好，就是间或混着杂草，老李熟练地又是锄又是拔，忙活了起来。我也从地头边开始慢慢锄起草来。

还没干到10点半，急性子的老李就像蔫了的树苗一样，蹲在地中间开始抓耳挠腮。我见状凑到他跟前，从口袋里掏出烟来，抽出一根递过去，顺势打着火机说：“叔，来，点一根氧气。”老李不屑地瞟了一眼，顿了片刻，不情愿地接过烟，说：“要不是你小伙气我，我能把烟忘拿了？” 我又取出两个烧饼和一瓶酱来，拧开瓶盖给饼里抹上辣酱，递给他说：“叔，我的肚子也叫得不行了，咱叔侄俩先吃个饼垫垫，边吃边聊，等会回去我做个最拿手的削筋给你尝。”老李说：“我和你没话说，有啥聊的，你该干啥干啥去，别耽搁我干活。”我不紧不慢地说：“吃完咱一块干，两个人干起来肯定快。”就这样我们俩在地中间啃着饼，又开始了口舌大战，几个回合下来，老李终于认了输：“我算是服了你小伙，我说不过你，哎，其实那些东西也值不了多少钱，你说咋整就咋整，下午我就去把那些树挪走，你们尽管扩，路宽了走着也舒坦。”

紧接着是一组王勋娃这边，独一栋的几间平房建在临路的半台坡上，视野开阔，半个沟底尽收眼底。由于硬化主干路，计划拓宽的路基比他家引路要低，必须对引路进行降坡处理。这下王勋娃不乐意了，说是这会破了风水，那可是大忌啊，死活不愿配合村上修整路基。村主任刘关印给我说，原来王勋娃家里诸事不顺，专门找风水先生看的这块地方，才从老屋搬了过来，对这地方宝贝得很。我和刘关印去王家谈了几天，没有一点进展，后来和村干部商议再三，也没人能拿出啥好办法。我找到老支书康志强，老康说："老一辈农村人观念中这动土是很讲究的，必须是风水先生选的时间、确定的仪式，一样都不能少，这事你还不能硬来。"我听着突然有了灵感，赶紧回村委会，给村主任刘关印打电话："解铃还须系铃人，你侧面打听一下是谁给看的风水，打听到了我们去一下，一定能化解这个问题。"老刘听懂了我的意思，在电话那头笑哈哈地说："马上联系，你这还真是个办法。" 不过几日，这件事在王勋娃开开心心的配合下得到了解决。

7月6日，一期6.5公里的水泥路开始施工了。图个吉利，包工头周全有特意买了一长串鞭炮。搅拌机轰隆隆的声音，伴着满载着混凝土的蹦蹦车（三轮车）发出的嗒嗒声，和着噼里啪啦的鞭炮声，好像一首激昂的协奏曲，响彻施工现场，在周围山间久久回荡。

多波折：终建光伏电站

每当有人问起扶贫工作中感触最深的事时，我第一反应就是给贫困户建光伏电站。

在培育村上主导产业时，我发现缺乏劳动能力的贫困户是最让人头疼的，怎么为这些人培育增收产业，困扰了我好几个月，直到有一天我们的副部长张建新提出可以发展光伏项目。建议一提出，大家都觉得可行，但具体操作起来遇到的麻烦一个接一个。

首先要做贷款户的思想工作。因为要背负贷款，一些人心里没底，很不情愿。等这思想工作做通后再进行征信查询，结果10户中有3户征信出现问题。重新确定好后面3户人选后，信合人员进行入户评估，最终按照程序评级，每户只能贷1万—2万元，这远远不够规划的4.5万元贷款。为这事我和信用社景主任沟通了五六次，也未能解决问题，信合一直强调控制风险，贷款放出去收不回来怎么办？我当时就说："那我来担保行不行？提供房本、车本和单位收入证明可以吧？我一个人不够的话，再找我们工作队的人来担保。"景主任又打太极似的拒绝了。

这一来二去的周折，三周时间就过去了。我心想，难道能让基层信用社的人挡住了，不行了我找他上级能拿事的人。想到这，我把车一开直接到虢镇，到信用联社找分管的王玉录副主任，不巧的是王主任去赤沙扶贫了，等到下班也没等到人。

第二天一大早，我又蹲在联社门口等，快7点40分见到了王主任。我把事讲出来，王主任一听是扶贫的事也很上心，当场就给景主任打电话，但景主任的答复让王主任也犯难了。虽然政策是贫困户可以申请最高5万元贴息贷款，但还要看贫困户的情况和产业发展用途，而且这种由第三方还款的模式他们没接触过，担心资金的安全。王主任说等他到单位了再问问，我一听是推脱的话，立马就急了。这一步走不通，下面的事就没法落实。我直接把电话给副部长张建新打去，说明了情况，张部长一听过程和我着急的口气，安慰说："你先不要急，我和联社邱建红主任说一说。"一会儿电话回过来，说："明天一早你去找邱主任，把你的思路给领导再讲一讲。"我这才与王主任罢休，开车回了村上。回来以后我觉得刚才做得有点过激，就赶紧给王主任发了一条道歉的短信。王主任回了短信，一点儿也不生气，说我为了群众的事这样做没有错，勉励我更加努力。

第三天一大早，在联社邱主任的办公室，大家就提交的"光伏+扶贫"共建共享模式贷款问题，开会进行集体研究。结果认为，这个事虽然

▲帮贫困户申请贷款

有风险，但整体上有利于贫困村发展产业，有利于增加无劳动能力贫困户的收入，同意发放贷款。至此，这个特殊的光伏贷款项目终于落实。

下来就是组织贫困户贷款的问题。在办理贷款的过程中，贫困户翟应保和妻子碰见了一个小伙，这个人喊老翟舅爷。两个人说了一会儿话后，老翟就接到一个电话，然后他对我说：“我外甥不让我贷款了，让我回家哩。”

我很生气地问他：“那你是啥想法？”他说不知道。我当时就急了，说：“你把电话打通，我和你外甥说。”一问对方，电话那头说：“他那情况不行，贷的款用啥还呀，万一还不上了是不是更贫困了。”我说：“我是村上第一书记，你知道你舅是贫困户不？”他说知道。我接着说：“那你给他采取啥帮助没？”他开始支支吾吾。我紧跟着说：“现在给他贷款是建光伏电站，如果你能保证两年内帮助他收入1.5万元以上，今天就可以不贷款。”他说这个保证不了。我说：“你做不到了，我作为第一书记就替他做主了，我也有信心让他脱贫。咱们之间可能不太熟悉，你如果还不放心，就去问村上的书记杨东海是怎么回事。”

电话挂断后我把电话还给翟应保，那一刻我看到眼前这个男人一脸茫然，不知道咋办，一时也不知说什么好，就劝老翟说：“你先坐那再想想，要不就把你放到后面办吧。”翟应保一双满含沧桑的眼睛望着我，瘦弱的身躯在原地挪来挪去，最后说：“还是给我办吧，不想了，我信任你。”那一刻，泪水在我眼眶里突然打起转来。群众左顾右盼，那是因为他们穷怕了，苦怕了，输不起了，我又有什么生气的呢？

资金问题有眉目了，紧接着面临的是光伏电站申报和建设后的并网。与镇供电所对接完后，我又傻眼了，问题又出现几个，接入的变压器不符合要求，接入的线也得重新整修。之后，我又六次跑市东供电分局沟通，最终争取到国家电网改造项目72万元，对全村低压线路彻底改造，将接入变压器增容到200KVA，这一下子就解决了电站并网的难题。

终于，施工队伍进驻安装场地，一块块崭新发亮的光伏电板和钢构材料摆了满满一院子。施工队的负责人程云正和村上几个干部规划下一步的布局，供电局工作人员给我打来电话急匆匆地说：“姚书记，都是我大意，10户有9户存在跨台区的问题，这在供电系统上是无法审批通过的，为了化解问题，必须在新供电台区找9户用电户来关联。”这下可咋办？我对她说：“未建立光伏电站的农户，本来就眼热这事，他都享受不到好处，这下子你再关联在他名下，肯定会反对的，你让我先想想办法，再回复你。”

接下来，村上几个干部一起分析，按照村上农网改造施工规划，可选余地太小了，只能从三组冯志明家往下这片住户到二组这个范围内选。大家都觉得确实不好办。

开弓没有回头箭，办法总比困难多。我和会计建明先把有意向的农户理出来，逐户上门讲清楚原委，希望他们支持村上的光伏电站项目，支持脱贫攻坚工作，未料到起初大家认为挺难的事情，却没有一家反对的，所找的人都同意关联了。看来，只要真心实意为群众办事，群众还是支持的。

11月26日，10户贫困户光伏电站终于并网运行。虽然实施过程有点艰难，但在两年贷款期内，每户的电费收益可达1万元以上，两年期满后，由项目建设公司替贷款户偿还贷款并获得十二年电费收益，后十一年电费收益作为村集体经济收入。这

▼产业技术培训会

种既解决贫困户收入，又壮大村集体经济的扶贫模式，为全省脱贫攻坚探索了可借鉴的路子。想到这里，我内心感到一阵宽慰，只要能实实在在帮助贫困户脱贫，帮助村集体发展，那么所有的波折与辛苦、努力与付出都是值得的。

沉下去：当群众贴心人

“2002年的第一场雪，比以往时候来得更晚一些。”刀郎十几年前的歌在嘴边顺口就来，2018年的第一场雪却来得有点早、有点大。看着眼前十五六公分深的积雪将冯家庄与外界阻断，严重影响了群众的生活，是等天气转好慢慢消融还是主动出击为群众除雪保畅，我与杨东海一合计：“村组干部全参加，给村上有劳动能力的贫困户也通知到，组织大家共同劳动，也是为了展示咱干部的形象和贫困户的积极状态，完了咱们再组织贫困户开一个今年的产业发展动员会。”他立马赞同，并让各小组长通知到人。

本来计划11号中午12点在沟底集合，但10点多六组的任银忠、张志勋、梁林芳等贫困户就已经从新修的产业路过来，在沟底开始铲雪了。还没到12点，大部分人都到达沟底，铲出的路面有一公里长的样子了，想着有些人没吃午饭，我就让会计建明去镇上买点麻花、菜夹饼之类的，谁知任银忠喊：“不用去买了，我给大家带了吃的！”然后他走到我跟前说：“先一天知道你组织大家铲雪，我就寻思着今年村上帮了我家这么多忙，有了国家的3.9万元补助，危房改造了，种的5亩柴胡也领取了1500块钱的产业补助，还有给我建的这光伏电站，那更是坐在家里收钱的事。之前想叫大家在镇上吃顿饭表示一下心意，还被你数落了一顿，后来家里磨的面粉和加工的玉米糁子，说是给你装点，结果你还是不要。我就想着今天组

▲组织贫困户铲除路面积雪

织铲雪，时间比较长，到时大家肯定会饿的，就和老伴昨晚连夜烙油酥饼，早上喊上张志勋把饼都带过来了。”这一天我们一边铲雪，一边说笑，虽然天冷，但吃着香喷喷的油酥饼那叫一个开心！

寒冬腊月，虽然出了太阳，但凛冽的西北风吹着，到处都透着凉气。临近春节，在广州工作的发小海泉回宝鸡，专程来村上看我，刚见面就叹着气说：“光知道你到村当第一书记来了，之前也不好说啥，不是我打击你，俗话都说这‘宁领三军，不管一村’，你在组织部无论是办公条件还是发展机会都挺好的啊，这下来是吃苦受累的，你爸给我打电话说你现在犟得像头牛，谁的意见也听不进去，家里的事更是不管不问。”我不知道怎么回答。

海泉又说：“农村这工作参差不齐，尤其这脱贫攻坚，我这个不搞行政的都听周围人时常说那形势多么严峻的，工作干不好还要担责，你下来做第一书记是为什么呢？”

“是啊，为什么？”我望着海泉，“你知道咱们本就是农村出来的，体味过贫困对人的影响，也明白穷人想要过好日子的愿望，现在脱贫攻坚的政策支持这么大，我不能辜负组织对我的重托，更不能对不住这些迫切想要改变生活面貌的贫困群众，这是责任，也是担当，真要归结起来，那就是为了群众的期盼吧。”

（姚红新　男，现为宝鸡市陈仓区委组织部干部。2017年1月至2018年5月在陈仓区县功镇冯家庄村任第一书记，2018年6月至今在陈仓区县功镇安台村任扶贫工作队队长）

我的南彭情

◎ 屈杨怡

“黄龙山雀嵬屏其北，洛河水汤汤经其南，衙石沟窈窕壑其西，仓颉庙巍巍矗其东。”这说的就是距陕西渭南白水县东北35公里之遥的史官镇南彭衙村，它和相邻的北彭衙村是白水的古县衙所在地，也是古时的战事要地。世世代代繁衍生息于这片土地上的人们，淳朴、热情、善良、自强、自立。一直以来以基本农耕为主发展到现在以种植苹果为主导产业的这块土地，虽不贫瘠，却由于地理位置的原因，经济发展相对于其他离县城近的一些村子还是比较落后的。然而，这里的人们却从未放弃对美好生活的迫切追求，他们用自己的智慧和勤劳的双手创造着他们期盼的美好生活。与他们相处，让我感受到向上、向善的力量，体味到乡情的真挚与人性的美好！

缝 裤 记

第一次走访张发才家，他儿子和孙子在。一窑，一床，一炕，一对破旧的绿色布沙发，两台老式均已发白的黑木柜，柜上一台曾经流行的黑砖块磁带录音机。他儿子看起来40多岁，一头黑色的自来卷头发已长到耳朵下面，上身迷彩外套敞着，露出又黑又脏的背心，黑色的裤子到处都是一圈一圈的“土晕”。

旁边的小男孩是他的孙子，围在我旁边不停抢着跟我说话，眼睛圆圆大大，透着灵气。我问他在哪上学，他告诉我9岁了，在村里的小学上学，再去就上三年级了。说话间他调皮地跳上旁边一小椅子上时，嘿嘿，我发现他的小短裤破了，小屁股都露出来了。我说：“过来，把裤子脱了，阿姨给你把裤子缝缝，有针线么？”他高兴地说有，然后从糊墙的纸上，给我取下一根已经穿引好的针线。他一边递给我针线，一边窘迫地低着头对我说：“阿姨，我脱了裤子，就没裤子穿了！”我一怔，心猛地抽了一下：“这是他唯一的一条短裤，一个9岁小男孩夏季唯一的裤子！”我心里一再确定这个事实，有些不敢相信。小男孩似乎看出了我的疑问，他对我说：“我妈精神不正常，总是把好心人给我送的衣服到处乱扔，扔得我都找不见了……”他低着头，有些委屈。我拉过他的小手，安慰说：“妈妈生病了，她也不是故意的，以后阿姨再给你拿一些衣服。”然后笑着刮了一下他的小鼻子：“怎么？小屁孩还怕我看见你的光屁股啊，快脱下来！”小男孩扭扭捏捏脱下裤子，然后迅速躲到床上的一叠被褥后面。是啊，9岁了，和我孩子一般大，知道害羞了。裤子缝得很费力，一是手笨，二是左手大拇指先前受了伤还没好完全，不能使劲，但终究是缝好了。虽然里面缝得扭扭歪歪，但翻过来从外面看也不难看。小男孩穿着缝好的裤子很高兴！

从他们家出来，我的心情有些沉重，有种担忧和难过，尤其是那双透着灵气、充满稚气的眼睛在我的脑海里挥之不去！他们家虽被列为建档立卡的兜底贫困户，村上也早给办理了每个月近1000元的生活低保，教育扶持资金也为他们减轻了负担，在农村来说，足够保障他们的基本生活，

▲给小孩缝补裤子

但我依然担忧，或许是因为那个和我家女儿一般大的小男孩，或许是因为想到这个家的未来生活。生活真的有许多我们无法改变的无奈，但我还是真诚地希望小男孩能够健康、懂事、好学，希望他克服种种困难，能够自信、自强、自立，更希望他有一个健康、美好的未来！也希望社会更多地关注、关心和关爱成长在类似家庭中的孩子！

鸡 蛋 记

接着来到因残致贫的贫困户卫叔家里。卫叔是一个老实巴交的中年男人，话不多；阿姨是一个残疾人，左手因先天性残疾严重发育不良，一直以来不能从事任何劳作。虽为贫困户，但他们家贫志不贫。夫妻二人几十年来在致富的路上从来没有停歇过，总是为过上好日子想办法，谋路子。前些年一家四口，日子虽不富足但过得还算安稳。但是就在几年前，阿姨的一场大病打破了以往的平静安稳。治病不仅花光了家里的积蓄，还欠有外债！但是他们并没有被这一突如其来的变故压垮，阿姨病刚好，他们又商量着借钱养黄粉虫。由于技术管理方面的原因，虫子没养成还赔了钱！后来看到村里卖小鸡，两口子又想着养鸡的事！2014年他们开始养鸡，在白水县志愿者协会的帮助下先买了50只红皮蛋鸡。这次他们不再盲目养，而是边学技术边养。等到50只鸡下蛋卖了钱，他们又买了几头羊。第二年在县志愿者协会的帮助下，两口子又买了100只红皮蛋鸡，辛勤劳作，精心饲养。后来他们了解到市场上白皮鸡蛋很受青睐，于是用150只鸡卖的鸡蛋钱和卖羊的钱买了300只白皮蛋鸡。艰难的日子总算是挺了过来，通过养鸡和养羊，日子一天比一天好！

我被这两个人靠自己劳动致富的精神感动了！跟他们几次交谈，得知家里虽然卖鸡蛋挣了钱，但随着养鸡数量的增加，鸡蛋除了在村里自销外，就是赶镇上的集市，然而产蛋高峰期就会造成鸡蛋积压。我试着发动周围的邻居朋友通过微信帮他们宣传销售。为了支持、帮助贫困户致富脱贫，许多人踊跃购买。由于阿姨家的鸡蛋干净又少饲料，口味自然少腥又美味！回头客越来越多，一传十，十传百，名声也就出去了，许多人还专门开着车到他们家来买鸡蛋。鸡蛋的销售问题总算得到了解决，他们家的鸡蛋现在都不用到集市上卖了。

其实贫穷不可怕，怕的是懒散腿脚不动，又不动脑筋！勤劳才是致富的途径！真心为那些虽然贫穷但不等不靠，用自己勤劳的双手致富、自强不息的村民感到欣慰和高兴！

▼入户访谈

民 风 记

到贫困户张苏民叔家走访的时候，他正和老奶奶吃饭，他们很热情，硬要招呼我吃饭。老奶奶今年94岁，虽然耳背，并且腿脚不能行走，但整个人看起来很精神也很健谈，把孙子孙媳妇夸个不停。叔告诉我，他现在的任务就是照顾好老母亲，老母亲大小便、洗澡、洗衣服都是他一个人处理，自己的母亲他乐意从不嫌弃。我给老奶奶说她很有福气，奶奶听不见我又大声说了几遍，老奶奶可高兴了。她给小重孙说，把她这烦人的老婆子赶快“老了（去世）”去，小孙子说：“不能，没老奶奶了我们就感觉找不到家了。”老奶奶告诉我，孙媳妇每次回来都和她挤着睡一个床，从不嫌弃她这老太婆；还说每次孩子们都给她带许多吃的东西，说娃娃们挣钱不容易不让他们乱花钱。老奶奶说的时候一脸的满足和幸福！老奶奶虽然大小便不能自理，但是穿着很干净。我仔细环顾了一下房间，所有东西都摆放得整齐、有条不紊，桌子、窗台也一尘不染，很是干净！看着老奶奶满脸的笑容，我觉得这才是一个幸福家庭的样子！

贫困户马荣叔叔是以前的村干部，他唯一的儿子已经40多岁了，自出生就智力障碍，为了给儿子治病他们多少年来一直四处寻医问药。大医院去过小医院找过，一打听到哪儿能治孩子的病，他们就毫不犹豫地带着儿子去，尽管费尽周折，但却没有好转，他们失望、难过，他们多希望儿子能像其他孩子一样健康地学习、生活、工作，并能够组建自己的小家庭！现在他们已经慢慢接受了现实。叔叔说：“其实这些年，也多亏三邻四舍和本家族亲人的照顾和帮忙，唉！人老了，心里越是放不下这个儿子啊！就是希望他以后的生活能够有所保障！”说话间，我看到了叔叔眼里打转的泪花！旁边一直听我和叔叔聊天的阿姨一边纳着布鞋一边笑着问我：“女子，你今年有30多岁吧？”我告诉了她年纪，她说我和她旁边阿姨的

▲ 慈祥的婆婆

女儿一样大。她一边纳鞋底一边告诉我，旁边正做鞋面子的另一个阿姨是她的“先后”，也就是妯娌，她们之间有说有笑地拉着家常，诉说着家长里短又相互研究商量着各自纳鞋的技巧和方法，时而颔首低语，时而大声说笑……“我们这个大家族的人关系都非常好，一家有事了，大家都过来搭把手，互相帮衬着。我们村里人，都这样子的，谁家还没有个事啊，村里人过日子就图个热乎，你帮我我帮你！你看谁家娃娃结婚了，家里有人去世了，还有添娃娃了，给老人拜寿了，有需要村子里的人都会帮忙的，尤其是喜事丧事，全村人都会去帮忙！”阿姨停下手里的活乐呵呵地对我说。

我忽然领悟到：村里人所说的“热乎”，其实就是友好、团结、和谐的一种体现，反映了村民之间最诚挚、最质朴、最直接的一种情感，是村风、民风的最贴切、最美好的一种诠释。母慈子孝，也在无形中影响了下一代人，良好的家风其实就是这样言传身教地传承下去的！

牵 挂 记

这一天来到了正金叔家，推开门迎来的是阿姨。阿姨腿不利索，左胳膊和手残疾，原以为定贫的原因就在于此，没想到进了房间第一眼看到的是木躺椅上的大叔，他的裤子因为小便已湿了一片，整个身体斜躺着不能动。我难以想象，一位残疾，一位瘫痪不能动，这两位老人平时是怎样生活的？鼻子顿时很酸楚，眼泪也跟着不由自主流了下来，真的很可怜。阿姨也不停地抹着眼泪，叔叔更是张着嘴哭出了声，我不知道该怎样安慰他们，拿纸一遍一遍地帮叔叔擦着不断流下的眼泪。阿姨说自己的左手儿时得了小儿麻痹留下残疾，叔叔没生病前很照顾她，自从叔得了病，她用一只手照顾了叔六年！我难以想象，一只腿不利索、一条胳膊残疾的阿姨

▲ 宁静的村道

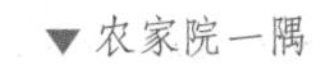

▼ 农家院一隅

靠什么坚持了这么久？六年如一日！不离不弃！患难见真情！阿姨说儿子有自己的家庭，在县城一民办学校教书，一个月也挣不了多少，但还是隔一两周坚持回一次家，帮他们处理家里的事务。儿子很辛苦，媳妇是独生女，要照顾两边的老人。我安慰阿姨，让她不要难过，生活的意外我们无法预料，但一定要有生活下去的信心和勇气！

第一次来到贵华阿姨家，叔叔告诉我，六年前儿子为了生活，出车祸去世了，留下一个7岁的小孙子，现在祖孙三人生活在一起。他们担心的是，自己一年比一年老，怕将来孩子没人照顾。阿姨流着泪说："我有脑梗，身体不好，儿子去世了，媳妇也走了。这人呀，活到这份上，还不如死了算了！"我安慰阿姨："您别伤心难过，我妈前几天也得了脑梗，这个病要好好锻炼身体，心情要好。您的小孙子就是他爸爸生命的延续，您不光扮演孩子奶奶的角色，更扮演了孩子母亲的角色，只有奶奶才能担当这个角色！所以您要把身体锻炼好，身体硬朗了就可以多活几年，就可以多陪孙子几年。现在国家政策这么好，孩子上学有教育方面的帮扶，学费减免，生活费有政府补贴，同时今年又减免了贫困户的合疗费用，又给相应的产业扶持等。这么好的政策关怀，所以你们一定要打起精神好好活！"阿姨听了我的话，拉过我的手说：你这样一说，我一下都宽心多了。临走时阿姨说，你以后要常来我家呀。

有时日子过得就是一种感情、一种意念和一份挂念，好好活着是为了我爱的人和依赖我的人……

（屈杨怡　女，现任渭南市白水县司法局综合办主任。2017年7月至今在白水县史官镇南彭衙村任第一书记）

我心中的那份牵挂

◎ 张炜乾

人的一生，有许多牵挂。牵挂事业，牵挂工作；牵挂老人，牵挂儿女；牵挂今天，还要牵挂明天……这两年，我还多了一份牵挂：牵挂我任第一书记的侯家坡村，牵挂我包扶的那几户贫困户。

军军盖房

在渭北旱塬的千阳县城西，一湾不宽的河水由北缓缓而来，不急不躁，穿过桥涵，徐徐汇入千河，向东奔流而去。站在桥上向北眺望，河的东西两岸，镶嵌着4个自然村，河两岸的1300亩耕地呈几何形状，美丽如画。然而，这些土地并没有因为冯坊河水的滋润而肥沃起来，相反，由于河水的冲刷，相当一部分耕地土层瘠薄，稍微深耕就会看见石子和沙土，小麦和玉米便是这片土地上几辈人赖以生存的命根子。这些村庄、耕地和河流，便构成了侯家坡村的多维立体框架。时节已过雨水，大片的麦苗悄悄冒出绿意，一些勤快的农民开始上地劳作了。细雨夹裹着零星雪花，弥漫在山川、田野、河流、村庄间。渭北的冬季眼看就要过去，但对于二组村北土坯房里居住的贫困户侯军军（化名）来说，春天还远远没有到来。

侯家的房子是土木结构，老得不能再老了，在一排村舍中尤为破旧显眼。当我真正踏入这座土房的时候，眼前的景象让我惊呆了：侯军军父亲残疾，不能下床；他本人患糖尿病；母亲66岁，身体还说得过去，是家里的主劳力；妻子离婚，并带走了唯一的孩子。我从心底为这家人感到悲哀、难过，眼泪在眼眶里打转转。

回到村委会，心情沉甸甸的，真不是滋味。看来，这就是我的战场，一个真正的、没有硝烟的战场！

侯军军的危房触动了我的神经，我时常惦记着他的小土屋。眼看易地搬迁报名接近尾声，不知道啥原因，名单里没有侯军军！我坐卧不安，再次来到他的小土屋，想知道他们为什么不愿意搬迁。我问他："军军，盖房你咋没有报名？"军军瞅瞅母亲，母亲眼圈发红，转过身去；父亲一直沉默，一句话也没说。

"没有钱，我家里的情况，眼下还盖不起房。"军军怯怯地对我说。

缺钱！还缺什么呢？他家里的情况我是了解的，但军军嘴里说出的这些话，说明他们还缺少一些其他的东西——对生活的勇气和自信。贫穷并不可怕，怕的是精神大厦垮了，缺乏勇气和自信就难以脱贫。

军军家的房子和我老家的旧房子如出一辙，光线昏暗，屋里潮湿，天若下雨就漏，山墙也被雨水冲刷得变了形。住在这种房子里的滋味，我亲尝过。若不改变这种精神状态，不扶起他们脱贫致富的信心，即使他们的日子好起来了，也是昙花一现，兔子尾巴——长不了！我的责任感告诉我，军军的房子必须盖。

我找内行算了一下：军军一家4口人，盖四间上房80平方米，农村建房一般每平方米800元左右， 六七万元就可以建起。易地搬迁村内分散安置每人补助1.5万元，4口人就能补助6万元，差的不是很多。我再次来到军军家，给他们细细算账。军军考虑了好长时间，嘴里支支吾吾：“我也很想盖房，但是家里情况特殊，即使国家全部补贴，工程款、材料费也要垫付，家里确实拿不出这些钱。”他一脸无奈，显得十分为难。

脱贫攻坚的惠民春风温暖了神州大地的千家万户，难道我们就让军军家“茅屋为秋风所破”？我一直为这件事情纠结，不想让军军放弃这一“改换门庭”的机遇。我就不信这件事办不成！如果这个问题都解决不了，群众对我们扶贫干部会怎么看?

从军军家出来，在村口恰巧碰见了军军的母亲，我急忙对她说：“军军他妈，您若不忙，咱俩说说话？”她笑了笑说：“村上给军军安排了公益岗位，我去帮他打扫卫生。你想说啥我知道，闲了再说吧。”

她显然在回避我，我得想法挽留她，继续和她沟通。

“军军妈，你想不想过上好日子？想不想住上宽敞明亮的新房？”

“你看你说的，谁不想过上好日子呢？！张书记，我知道你实心想给我家办好事哩，我非常感激，我家这座旧房子已经好几十年了，早该换了。可是，家里困难大得很！”说着，老人有点哽咽。

“你家困难我知道，咱们共同想办法。按照扶贫政策，这次政府可以给你家补助6万元。如果你们盖80平方米房子，也就六七万元，自已掏不了多少钱。”

“军军的信心需要你支持，至于钱的事，你可以找邻居、亲戚想办法借点，有些钱先欠下，补助来了再给。军军父亲的身体确实不好，您年龄也大了，凭军军的身体和条件，以后盖房子显然更困难。政府这次补贴的力度是从来没有过的，机会难得，你们回去好好商量一下，三天之内给我消息。”

我苦口婆心地说着，老人若有所思地朝大路那边走去。

第三天早晨我刚起床，军军就高高兴兴地来村委会找我，说他要盖新房，来报名了!

军军家虽然经济困难，但他们与邻里和睦，在村里人缘很好。他家盖房子，乡亲们很高兴，左邻右舍主动前来帮忙，只请了大工师傅，小工全部是村里人。大家都很用心，尽量节省，进展也很顺利。

农村人助人为乐，不求回报，这让我深受感动。谁道“人心不古，世道浇漓”，在农村，尤其是在我们这些山区农村，善良、厚道、朴实仍然是民风、民俗的主旋律，一家有难、家家支援的现象并不少见。军军只是众例中的一个。

一个多月后，军军家的新房在政府的资助和乡亲们的帮助下终于建成了，他家只承担了5000元费用。想想过去，看看新房，军军母亲高兴地逢人就说：“要不是扶贫，我家的土坯房不知住到啥时候呀？！”

当听到军军向别人说“多亏了张书记给我讲道理，反复动员，我今天才住上了新房”时，我感到自己做了一件实实在在的事情，功夫没有白费。是啊，贫困户要干成一件事情，确实有各种各样的困难，帮谁，怎么帮，这是对我们扶贫干部的实战考验。

住进新房后，侯军军劲头十足，对未来的生活充满希望。

在新院的角落里，侯军军搭建了羊舍、鸡舍和兔舍。2017年，他养了10只奶山羊，还有土鸡、肉兔，利用农闲开展庭院养殖，从一个原先依靠别人帮助的“懒人”变为自食其力、靠劳动创收的勤快人，手头也宽裕多了。8月间，军军买了一辆三轮车，他一会儿开着车帮人拉东西挣点运费，一会儿开着车去地里干农活，成了村里的大忙人。家里环境好了，2018年春节，跟随离异母亲离家多年的儿子也回来了，侯军军觉得生活越来越有奔头，心情也变得畅快多了。

从侯军军盖房这件事中，我认识到现在面对的贫困户基本上都是这样，长期的贫困已经消磨了他们对美好生活的信心，遇到好的政策和发展机遇，他们或者有点不敢相信：居然有这么好的政策，是真的吗？或者自己确实没有积蓄，拿不出配套资金，没有办法享受这份厚爱。就像侯军军，政府补贴6万元，史无前例，但你得先买材料、付工钱，垫付一部分资金；除了政府补贴外，盖房还有一部分差额，需要自己掏腰包，对类似军军这样的贫困户来说确实无力垫付。这是实情，也是无奈，更是扶贫的瓶颈，而突破瓶颈，就是我们扶贫干部应该做的事。

办养鸡场

山花盛开春渐浓，千河又醒人竞忙。2016年5月间，天气开始热起来，忙碌的农民脱下被汗水浸湿的厚衣服，从田地劳动回家的青年人将外套搭在胳膊上，只穿件衬衣。走在乡间的小路上，嗅闻着崖畔山花的清香，十分惬意。

乡村的春景美妙如诗，但是，我一点儿也高兴不起来。通过几个月的入户走访、熟悉情况，我越走压力越大：不是这家缺资金，就是那家缺劳力；不是东家缺技术，就是西家没场地。反正都有困难，家家有本难念的经。宏伟的发展计划被一个个现实给浇灭了：侯家坡村种植小麦1030亩、玉米247亩、蔬菜3.9亩、杂粮17亩，养牛7头、羊12只、猪3头，养鸡户更少，多数人吃个鸡蛋都要靠买。单就农业产业来说，侯家坡村在多种经营方面短板突出，比重很小，几乎可以忽略不计。还正应了“理想很丰满，现实很骨感”那句话。

贫困户的增收点在哪里？种植，基本为小麦、玉米；养殖，没有规模；经商，没有资金，更没有胆识。

我回到原先工作过的农业系统，与几位行家里手几番详谈，渐渐明晰了思路：把贫困户组织起来，发展集体产业，让大家共同受益。

行家的开导，多少给了我信心，我用了一周时间，走访动员贫困户，终于有一位叫侯小强（化名）的贫困户自愿承头。

侯小强30岁出头，带着几个人在县城搞粉刷，有一定的组织能力，对发展产业有热情。有了这个“好苗苗”，村上当然要支持，协调给侯小强享受贫困户产业贴息贷款5万元， 其余13户贫困户筹钱入股，很快成立了小米合作社，县畜产局主动提供鸡苗2100只。天时、人和，就差场地了。

村外正好有一片速生杨，经协商，侯小强租下了林地，作为养鸡场所。县扶贫办投资10万元，建成鸡舍300平方米，周边全部用网进行圈围。一个林下养鸡场建成了，贫困户脸上笑呵呵的，好似看到了希望。

6月，鸡苗入场，由14户贫困户联合建成的“千阳县小米农业专业合作养鸡场”正式投入营运。整个鸡场由侯小强负责，确定2名社员长期饲养。其他贫困户只出资金入股，在用工高峰期出工领薪，其余时间干自己的事情。家里没有劳力的不出工，年底照样享受分红。

▲侯家坡养鸡场

以合作社形式办起养鸡场，是我在侯家坡村探索的第一个扶贫产业。虽数量不大，但机制的形成让贫困户看到了发展的希望。脱贫，在侯家坡村以星火燎原之势正蓬勃兴起。

可敬的老武

2017年6月3日，是千阳县确定的又一个扶贫工作日。

此时的渭北旱塬，小麦放黄，金浪滚滚。眼看三夏在即，天空阴沉沉的，这让人既着急又压抑。我到帮扶的贫困户家里去走访，想了解一下他们夏收的准备情况。

韦应物在《鼙鼓行》一诗中写道："鳏孤火绝无晨炊，独妇夜泣官有期。"在帮扶的对象中，我格外关注鳏寡孤独贫困户的生活，不能让他们成为被遗忘的人群。

有一位老人，姓武，我们暂且叫他老武吧。老武鳏居多年，已经78岁了，身板还算硬朗，就是腰部有些疾病。2017年春节期间住了一次院，现已基本恢复了。我来到他家，他很高兴。通过交谈得知，他早先种植了一亩多小麦，修路时地被征用了，夏收不用割麦子。他说家里的存粮，吃一年不成问题，我便放心了。

▼ 帮助侯家坡村经济发展合作社销售西瓜

当我真诚地向他征求对精准扶贫工作的意见时，他微笑着说："满意得很，没有啥意见。"并深情地说："我离开父母很早，11岁就给地主家拉长工。如果不是共产党，我不知道还要受多少苦，还能活78岁？恐怕早就没有我了。"

老人将他手里拿着的几个本本晃了晃，说："我现在每月要领不少钱哩，高龄补贴50元，养老保险110元，低保178元，还有51元的分类施保。共产党的政策好，旧社会谁给你这些！"

老人兴致很高，说了许多话。听着老武的感慨，我从内心深处感到，扶贫干部用真诚的心帮助群众过上幸福生活，再苦再累也值了！

老武，不正是中国千千万万可爱农民的代表吗？！

春回大地，万物萌发，又一个播种希望的黄金季节来了。2018年3月，因工作需要，我被任命为千阳县水沟镇英明村第一书记、扶贫工作组长。如今，我已离开了侯家坡村，但我的心还在那里，还牵挂着侯家坡的父老乡亲，盼望他们的日子越来越好。因为，我觉得，牵挂是一种缘分，是一种希望，更是一种幸福！

（张炜乾　男，现任宝鸡市千阳县财政局纪检组长。2016年2月至2018年3月在千阳县城关镇侯家坡村任第一书记兼扶贫工作队队长，2018年3月至今在千阳县水沟镇英明村任第一书记兼扶贫工作队队长）

枣花香满王宁山

◎ 杜军锋

一踏上王宁山的土地，就能感受到红枣的气息。枣林满山遍野，房前屋后、坡坡洼洼、山山梁梁、沟沟岔岔……到处长着密密麻麻的枣树。全村5000多亩耕地就有4500亩枣林，395户1535人全靠这些枣林谋生。

我的小“秘密”

我从20来岁参加工作开始，就一直与红枣打交道。生在枣区，半辈子致力于红枣丰产技术研究及其产业化建设，与红枣结下了不解之缘。

曾经，我为自己生活工作在红枣之乡而骄傲自豪，那些年月，确实因为红枣，父老乡亲们过上了殷实的日子，全县产业迅猛发展，农民收入一年高于一年。虽然长年累月滚爬在黄河沿岸的枣林中，但我过得很充实，感觉自己的存在很有价值。整天看见农民朋友们男男女女、老老少少辛勤耕耘在希望的红枣林中，唱着信天游，吼着晋剧，乐在枣林中的场景，我无时无刻不在收获着枣农们的依赖、感激和喜悦。

▲王宁山村景

可谁也不曾料到，今日佳县的红枣产业会走到这个地步。大概是从2006年开始，新疆红枣产区异军突起，给原全国红枣生产五大产区的山东、河北、河南、山西、陕西等带来了严峻挑战。依托气候环境，新疆红枣个大卖相好，不裂不烂，在市场上挤压着五大产区的红枣。五大产区瞬息变成六大产区，全国枣林面积翻了一番，产量两三倍的增加，市场出现供过于求的局面。

这些年，佳县红枣十年九歉，即使丰年也卖不上好价钱，老百姓年复一年经受着挫折和煎熬，也一年年由希望变成失望，最终绝望地放弃了枣园管理。有的人开始毁林还田，有的因外出打工而土地已经荒芜，大多数是任其自生自灭。一个显赫而辉煌的产业眼看就要奄奄一息了，我看在眼里，急在心上，老祖宗留存并发展起来的优势产业就这样消失了吗？真的是陕北不适应红枣的生存发展了吗？随着时代发展，产业格局也要更换吗？我一直在思考着这些问题。但现实仍是现实，佳县红枣产业发展毫不留情地继续恶化。

2015年，佳县打响了脱贫攻坚战，我们单位的任务是驻村帮扶全县红枣名村王宁山。工作部署会上，同志们眉头紧锁，都觉得驻村扶贫是一块难啃的硬骨头，一则因为产业发展形势不好，扶贫效果堪忧；二来农村工作生活条件太差，长期不能回家，大家觉得太艰苦。我再三思索，觉得这是一次绝好的机会，在这次扶贫工作中，说不定我能找到让陕北红枣产业起死回生的方法，找到陕北农村产业发展之路……基于这些想法，我自告奋勇踏上了扶贫之路。

同事们不理解，觉得我年龄较大，进步基本没有多大空间了，这是自讨苦吃；妻儿老小也不理解，他们认为我应该轻轻松松地自然退休并安度晚年了。但我有自己的想法：

一则孩子们都已经走出校门步入社会，就业问题无须我考虑了，他们自己找到了合适的工作岗位。就是家有80多岁的老母亲和患脑梗后遗症的妻子，老母亲还硬朗，能自己经营生活；妻子虽有脑梗后遗症，但这几年恢复较好，能勉强自立，不会给家里带来什么拖累。再说驻村期间，我还能偶尔回家照看她们。二则我生在农村，长在农村，吃这点苦不算啥。三来心头总有一丝不甘，难道偌大一个产业，真的在佳县就走到了山穷水尽的地步了吗？真的就没有出路和希望了吗？我要去找一块试验田，说不定还能试验出一个名堂。这也许就是我要追逐的梦想，这么“高大上”的理由，当然说不出口，权当自己的“秘密”了吧。

90万斤红枣引我走上扶贫路

近几年，王宁山几乎三分之二的村民外出打工或陪孩子进城上学，留守在村里的多是老弱病残，60岁的算是居住在村里的年轻人。

进村后，我就入户了解情况。走进张来生家，院子支放着5个枣耙，每个枣耙上晾晒着满满的红枣，足有5000多斤。来到王增吉家，院子南边搭设的防雨棚下摆放着4个枣耙，晾晒着满满的红枣。刘学伟家、白贺清家、高爱琴家都是如此。几天走访了100多户，每一户家中，看到的都是还晾晒着的上年收获的红枣，有的一两千斤，有的三四千斤……和每一户交谈，问有啥困难、有啥想法、对村里发展有啥建议、村里存在哪些矛盾等，话音刚落，所有人好像商量过一样，都说：上年的枣还都在枣耙里放着，两毛的价钱都卖不出，还能再考虑做啥？眼下红枣卖不了，大家没信心，都在为此发愁。见此情景，我想，如果连王宁山的红枣都卖不出去，还谈什么大事，真是不切合实际，眼前最大的任务就是要帮助农民卖掉库存红枣。

跑了几天销路，终于联系了本县一家红枣加工企业，他们刚刚和外商签订了红枣供销协议，正好需要红枣资源。我央求企业负责人：王宁山是贫困村，请您少赚一点钱，将王宁山村库存红枣全部收购，只要高出当时市场价一分就行。对于王宁山村民来说，只要把枣卖出去，就心满意足了。企业老板很爽快，一口答应了我的请求，说："没问题，一定高出市场价敞开收购王宁山村红枣，不管有多少，一次收完。"达成协议后，我回到村里召开了"两委"会，商议配合红枣收购企业收枣事宜，安排村干部通知农户，特别强调，要讲诚信，不得以次充好，欺骗收购企业。经过十几天的收购，企业花了30多万元购买了王宁山库存红枣90多万斤，确实高出市场价，解决了村民眼前的困难。

帮助枣农卖掉家中滞销红枣后，我们继续入户走

▼红枣收购现场

访，了解群众家中困难和大家的想法。与上一次相比，这次就感觉融洽多了，也深受欢迎。不管走进谁家，都成了座上宾。家家户户热情招待我们，一进门就让我们坐在炕上，倒水，递烟，端红枣，端瓜子……互相聊起来感觉和亲戚一样。

寻觅扶贫产业

走张家串李家，进田埂到路边，上山梁下沟渠，会上会外，白天傍晚，哪里碰见人，哪里问。这里的群众确实困难：年过半百的张玉正手指头短缺残疾，老婆生下儿子就偷偷跑走了，留下父子俩相依为命；王润晨妻子智障，不懂人言，整日躺坐

▼王宁山有机红枣生产基地

在炕上，幸好两个儿女聪明伶俐，均已外出打工，老王担心妻子走失，出门经常反锁着门；张加祥妻子脑瘫；张未来妻子、儿子智障；白小田从小残疾……全村29户贫困户，普遍面临年老体衰、肢体残疾、重病缠身、智力障碍难沟通、居住环境差、住房危险等问题。面对这样的贫困局面，要在短短的三五年内培植产业带动脱贫，真不是一件容易的事。

对于王宁山来说，什么样的扶贫产业才能带动大家致富奔小康呢？王宁山红枣卖不了，那么实施扶贫的产业应该是啥？难道会是其他新的产业吗？我一直在琢磨。

村民张如怀说：“我们祖祖辈辈就会种植管理枣树，关于枣树我们还能说出个一二三，做其他的我们啥也不会。”张吉龙说：“枣树我们还会修剪、抹芽、防虫、晾晒，其他的还要从头学，实在难。”张宝宝说：

▼枣花芬芳

“我一辈子靠红枣做生意，走内蒙古，去新疆，红枣生意我还熟悉，其他新产业我啥都不懂。”张如福说：“我们都这么大年龄了，要重新学一门技术，已经过了学习的年龄了。”

挨家挨户走访，都是一种声音、一样的答案。确实如此，他们这里祖祖辈辈种植红枣，以红枣谋生，管理红枣大家都说得头头是道，要是离开红枣，两眼一抹黑。再说现在年轻人都跑出去了，老年人在家里，要在短时期内学会做一门新产业，实在是赶鸭子上树。

大家的意见，集中于一点，就是围绕“枣”字做文章。怎么做好枣子这篇文章呢？和过去一样管理枣园、采摘红枣、销售红枣会有用吗？这样做不是重蹈覆辙，照样增加不了收入吗？还不是一样贫困吗？

既然不能换路，那就应该转变走路的方向。当地的特色资源是区域发展的产业优势，也是农民最愿意、最认可的发展路子。红枣品种变不了，红枣面积变不了，就只能改变过去的生产方式、管理模式、经营形式以及经营思路，这就是我们讨论形成的王宁山扶贫产业发展思路。

给枣园“理发”

王宁山枣园大多是20世纪80年代栽植起来的。十几年前，这里都是富裕户，家家红枣收入上万元，生活过得很殷实。探其究竟，其中一条原因就是枣园年轻，“理发”效果好。经过近40年的生长，枣园密密麻麻，通风透光差，抗病能力弱，病虫害严重……枣树自然生长不好，营养供给不足，红枣长得大小不均，口感不好，品质差。

给枣园“理发”，我是行家里手，这不是吹牛。可一提到给枣园“理发”，好多人不同意，接受不了。村民王增吉问：“给枣园具体怎么‘理发’？”我告诉他，就和给人理发一样，该往短剪的就剪短，该给疏稀的就疏稀。既不能让密度过大，又不能让枝条过长。要让树与树之间留有一定空间，自由一点，让它生长得舒服一点。枝条剪短，能很快吸收到根部运送上去的矿物质和水分。疏除多余的枣树，树木不会互相竞争空间和阳光，以致长成光杆儿。顾生长就顾不了开花结果，因为精力有限。我的回答，似乎有一部分人听懂了。村民张江成说："那就先在我楼子湾枣树上开始'理发'吧。"老张这么一说，我们的技术员就指挥农民给枣园"理发"了。起初，理好一棵树要十几二十分钟。因为要一边"理发"，一边给农民讲解，剪哪一枝，在哪个位置剪？留哪一枝，在哪个位置留？都要给群众说清楚。十几分钟后，十几米高的树剪成了三四米高的树。一棵高大、蓬头散发的枣树被剪成了一棵规范、有序、整齐的树，好像一个披头散发的老头变成了一位年轻、干练的平头小伙，树内枝条空间摆放合理有序。不看理好发的树，老张只盯着树下横七竖八躺着的枝条，有的枝条碗口粗，有的枝条七八米长。他一直强忍着内心的纠结龇着牙笑，脸部的酸笑让人一看就知道他内心的痛苦。这时，旁边的高小青终于忍不住说："这哪叫剪树？简直就是砍树么！枝条都没有了，还能结上枣？与其结不上枣，还不如就让原来那样，能结多少就多少，省得人费精费神。"高小青这么一说，大家都张了口，你一言我一语，整个枣园吵成了一锅粥。这时内心早已动摇的老张，也张了口："哎呀，还是不要'理发'了吧，这样让人看不下去了。"

剪了一棵树，大家都有了抵触情绪，接下来就没法继续剪了。怎么办呢？想了一会儿我就说："大家不要吵，不是你们想象的那样。枣树'理发'效果很好，只是你们没见过效果。要是你们不相信，我可以给你们一个保证：如果到了秋天，'理发'枣树不结果、结果差，那咱们就给你们发补助款，往年一棵枣树卖红枣多少钱就给你们补多少，当然前提是正常年景、没有受灾。也就是说，'理发'枣树和周围没有'理发'枣树结果比较，如'理发'枣树挂果明显差于周围枣树，就给你们补，而且是我

▲为枣树“理发”

自己掏钱给你们补。第一年咱们‘理发’50亩，愿意‘理发’的报名。这是自愿的，不强求，这50亩的产量我个人还能支付得起……”

大家看见我这样诚恳，不像是在开玩笑，就有个别人想试试。接着村支书张宝宝，张如怀，枣树多的王增吉，我包扶的张如福等十几户同意“理发”试验。他们多数指认了枣树位置就离开了。我知道，他们的内心仍然在疼痛、纠结。

经过我们全程技术指导的50亩“理发”枣树，发芽早，枣叶墨绿，枣花瓣大肥厚，坐果多且均匀，到了秋天非常漂亮，红彤彤的枣果压弯了枝条。大家一看，“理发”枣树明显好多了。眼见为实，这时大家就没有了开始“理发”时的纠结，当然我也放下了心，不用给他们准备补贴的资金了。第二年、第三年，自然就不用我们费劲了，派技术服务队逐户逐块进行“理发”。理出的4500亩枣园，都像年轻小伙子的平头一样，整整齐齐，清清爽爽，远观近看实在漂亮，真让人心旷神怡。

红枣酒，张如福的脱贫酒

今年76岁的张如福，是我在王宁山村的帮扶对象，老伴刘思芳也74岁了。老两口有三个儿子、两个女儿，先前都已成家立业，且生活过得圆满。本该是享受天伦之乐的年纪，可是命运却捉弄了老张。五六年前，大儿子与二儿子因故不幸先后离开了他们，老张全家天都塌了。失去两个儿子的老张夫妇，整天痛不欲生，精神恍惚，加上身体不好，老两口生活的信心丧失殆尽，无心经营家境，生活一天比一天贫困。

为了改变老张的窘况，我可没少费脑筋，尽力帮助他们管理枣园，让老张看到一丝生活的希望。老张强撑着农家人骨子里的勇气带着老伴在10亩枣园中劳作。初秋，老张的枣园和王宁山所有农户的枣园一样，红玛瑙般的枣子压满枝头。眼看丰收在望，10月中旬连续七八天的阴雨却击碎了一切，满树的红枣裂了一大半，满园是跌落的破裂红枣。

看到这种情景，老张竟着急上火得了一场病。我心急如焚辗转找到西北农林科技大学李志西教授，请他来到王宁山村，试点用红枣加工原浆酒。试点成功后，村民们积极踊跃、热情高涨地开始生产枣酒。

这时候，我见张如福还没有行动，就又走进他家，给他做思想工作。老张说："杜书记，你看我这么大的年龄，家庭状况又特殊，自己根本没心思学蒸酒技术，做酒是有学问的，我一天记这忘那，实在不是学技术的年龄了。"老张指着晾晒红枣的枣耙给我说："这是我们老两口在裂果树上没明没夜捡回来的2000多斤红枣，至今无人收购。"听到老张这么说，我就接着给老张宣传扶贫资金资助建红枣小作坊的政策：设备自己购置，随后验收，补贴扶贫资金，农户是不出钱的。老张又说："设备不出钱，发酵技术虽然你们免费教，可做酒还得投资、投工，最重要的是做出的酒卖不出去咋办？”了解了老张的顾虑，我拍着胸脯说：“老张，村里其他人做的酒我不敢说，可您老做的酒，如果卖不出去，我拿我的工资包销，您放心，我说到做到。这点您不要顾虑。”老张听我这么一说，就高兴地眯着眼睛笑了：“要是这样，我就不卖枣了，今天就开始张罗建小作坊做酒。”就这样我把老张的工作给做通了。经过我们联系设备、购置材料、帮助兑现补助资金等一系列工作，老张学会了红枣酿制原浆酒，经过两个多月的发酵酿制，老张家2000多斤红枣变成了700多斤红枣原浆酒。

▲ 农户在酿酒

经公司收购，老张500斤酒变现7500元。手上捏着成沓的现金，老张两口笑得脸上像盛开的花。老张说， 十来年了，靠经营红枣没有这么高的收入。他一算，红枣发酵原浆酒利润可不小了，由每斤红枣两三毛，能提高到三到五元，比做啥都利润大。拿到卖酒的钱，老张再也坐不住了，一门心思想着红枣酿制原浆酒。本来准备把自家的2000多斤红枣做完就收拾摊子准备过年，可这样的高收入刺激得老两口根本闲不住，便在邻村收购了3300斤红枣，整日按照技术操作发酵蒸馏红枣原浆酒。白天劳累了，喝一二两红枣原浆酒，临睡前，再喝一二两，喝得舒心睡得香。就这样又酿制了三个月，老张将购买的3300斤红枣蒸馏成了红枣原浆酒。将近六个多月的时间，老张两口做了2100多斤红枣原浆酒。按照之前的销售价计算，他做的酒能收入31500元，去除本钱纯收入达20000元。老张的枣酒变现后，心情也好了，喝红枣原浆酒喝得红光满面，气色红润身体好。他逢人就说，红枣酒实在好，喝得我腰椎间盘突出都好了，感觉身体有劲了。

红枣串起产业链

“老张，您咋把酒糟给牛喂了？”看见老书记正提着一桶早已凉下的酒糟给一头老黄牛喂，我好奇地问。老张抬头笑着说：“杜书记，牛可喜欢喝酒糟了。原来我每次给它饮水，它只喝一桶。自从做酒开始，我不舍得倒掉剩余的酒糟，试着给它饮，结果它一头扎进桶不抬头，一股气喝完。看见它喝得很香，一桶喝完，还眼巴巴看着桶，好像还想喝。就这样，几个月我天天给它喂酒糟。你看，它现在精神好，膘肥体壮，比原来好多了。”听老张这么一说，我就探问邻村饲养猪的秋宝。“秋宝，你给猪喂过酒糟没？”“呵呀！酒糟是喂猪的好饲料。原来我给猪喂玉米粉和谷糠麸皮，自从蒸酒以来，舍不得倒掉酒糟，试着在玉米粉里掺一些酒糟，猪吃得可香了。每顿吃的量比原来多了，吃起来好像很香，不挑剔一股脑儿就吃完了。”他继续说：“杜书记，自从我蒸酒两个多月来，猪的长势也很好。毛顺色泽光亮，长肉很快，猪都长壮了。”“看起来，酒糟还真是饲养猪、牛的好饲料。”我说。

王宁山购置了160台蒸酒器，建了好多小作坊，蒸酒户家家院落墙根一堆堆酒糟，既浪费又不卫生。我心里琢磨着：这些酒糟不能喂猪吗？家家户户喂三四头猪该有多好！既利用了酒糟，又增加了收入。可跑遍了酿酒户，有的怕饲养猪满村臭味，弄得邻里关系紧张，有的怕价钱不稳定影响收入，都不愿养。这该怎么办呢？有没有好办法解决这个问题，我为此思考了好长时间。

一天，我无意中在网上看到农业部推荐农村发展产业项目的资料，名单上有利用酒糟饲养猪的介绍材料，酒糟饲养的猪肉品质好，成本低。看会之后，我就有信心了，召集村“两委”讨论利用酒糟养猪的事。

“两委”会上大家你一言我一语，说了好多意见。最后集中一点就是：要养猪，必须要离村远一点，还要集中养。问题是看有没有人有这个胆量愿意养。这可得费精费神，心力同济。我顺着大家的话题问：“咱们在座的，有谁愿意饲养？咱们争取上面政策支持。”听我这样一说，大家都笑着不说话，你看看我，我看看你。看着大家为难的样子，我就说：“今天的会就开到这儿，下去大家考虑考虑，另外再分别给其他农户也宣传宣传，看他们中间有没有愿意办养猪场的。”

不几天，张海勤告诉我：“杜书记，我想注册合作社建养猪场。”随即我就鼓励他：“合作社养殖国家有扶持政策，不过要带动贫困户入股分红。”他说：“这个没问题，我从小就爱好养猪，还经常打问猪价，向养猪户盘问养猪技术。就是常常感觉养猪投入成本大，自己又没有钱，不敢下手。如果政府能给予适当补贴，我给咱带头办养猪场。”听他这么一说，我感觉他还真是一个合适的养猪人，有爱好，有梦想，有养猪知识，就说：“好，我支持你。”于是注册成立了“佳县金龙养猪专业合作社”。

猪场修好了，每个贫困户利用到户产业扶贫资金5000元入股，74个贫困户签订了入股协议。养猪场规划饲养黑毛土猪1200头，酿酒小作坊蒸馏剩余的酒糟作为饲料，猪场的粪便经过腐熟形成有机肥，免费送给枣农，追施枣树，生产有机红枣。这样“有机红枣—红枣原浆酒—酒糟—原生态土猪—有机肥—有机红枣”的原生态生物循环经济产业链就建立起来了。

好消息不断传来。2018年6月16日，在同事们的帮助下，湖北绿得供

▲ 枣园现场培训

应链管理有限公司与佳县政府签订年产50000吨红枣酵素及万吨级红枣醋生产项目。在佳县注册“榆林绿得供应链管理有限公司”，与王宁山酒业合作社签订了年产5000吨红枣醋项目，将于2018年年底投产运营。

红枣深加工产业的发展，让红枣产业链条更加壮实稳固，农民收入稳定增长。每年流转费每户平均增加1000元，酿制红枣原浆酒户均增加2000元，4500亩有机红枣正常年景户均收入8000元，林下经济种植户均增加800元，工资性收入户均增加3000元，合作社带动贫困户户均增加分红收入5000元……产业不断发展，农户收入一天高于一天，王宁山村民脱贫致富之路越走越宽广。

（杜军锋　男，现任榆林市佳县林业局副局长。2015年8月至今在佳县木头峪镇王宁山村任第一书记兼扶贫工作队队长）

岩丰村的“蜜蜂书记”

◎ 刘翼飞

洋县华阳古镇岩丰村，是一个坐落在秦岭深处的小村子。在地图上看，这里已经非常接近太白县地界了；用村支书严顺礼的话说，这是个“山高皇帝远”的地方，也是洋县几个数得着的深度贫困村之一。

严顺礼算村里的能人，当村干部快30年了。他身体硬朗结实，一副黝黑瘦削的面孔，皱纹在他宽大的额头上留下了纵横交错的痕迹；眼睛有神，目光明亮，给人精明和深沉的感觉；说话中气十足，颇有条理，性格爽直，属于快人快语的类型。他骑着摩托车，带着我在村里沿公路的几个组察看了一遍，边走边给我介绍村里情况：“咱村偏远，也很穷，村里盖楼房的只有周代宏一家，一般的砖木结构的房子就算村里的好条件了。”

“房子普遍陈旧，没什么村民建新房啊！”我指着几户土坯房问。

“盖房子成本很大，砖沙水泥都要从100公里以外往回运，村里有实力建房的家庭不多。”严顺礼回答，“三个组住得都比较分散，通户路狭窄，盖个楼房不算材料费，单人工和运费，就是一笔不小的花费，有能力承担的家庭不多。”他接着补充：“村里有40多户已经移民搬迁到县城和华阳镇去了。”

我们沿着弯弯的山路，把村里几条沟都转了一圈。村庄分散在高峻的大山脚下，房屋都很古老，看上去像个沧桑、年迈的老人；又像被时光遗忘了的世外桃源，和晚霞下美丽而肃穆的群山相映，倒有几分人在画中行的感觉。

严顺礼告诉我，村里有一段顺口溜：“村头村尾土坯房，入户一脚烂泥巴。刮风下雨常停电，要找信号山上爬。”村子的落后，一方面是受自然条件限制。村委会距华阳镇有20多公里，距县城100公里，交通不便，信息闭塞，基础设施落后。一方面是经济薄弱，没有产业基础。村民生活主要靠几亩薄地，村里的青壮年劳动力都到外地务工去了。全村三个村民小组共85户，贫困户竟有80户。

“要想富，就得闯出一条路，突破交通和地理位置的制约，在产业发展上动脑子。三年后，要让咱村里80%的农户都增收，家庭收入起码是现在的3倍以上，有没有信心？”我问严顺礼。

他看看我，有些狐疑地说：“我看有些悬。村里老弱病残多，干啥啥不行。”又补充道：“你们城里人办法多，想法多，我看报纸上习总书记说了，‘绿水青山就是金山银山’，我看咱们就在‘靠山吃山’上琢磨点子。”

“对，靠山吃山，咱们这里山清水秀，出产的东西纯净天然、绿色健康，把咱们山里的土特产做优质量，做亮包装，一定能卖个好价钱！”我给支书打气。他一听乐了，挺挺胸，似乎有了信心：“人家说山货越土越好，咱俩想到一处去了。”

卖什么土特产能成为我们的突破口呢？走访中，我看到几乎家家户户的房前屋后都养有土蜂，最多的有上百箱，最少的也有两三箱。村里有两户土蜂养殖大户，一户叫刘水成，另一户叫朱成贵，家里都有上百箱土蜂。

我开始留意观察，发现秦岭腹地的岩丰村自然条件极好，每年从3月份到10月份，整整八个月内，山上几乎都有各种野花盛开，很适合养殖土蜂。这里的土蜂蜜因为品质好，市场售价比一般蜂蜜要高很多。一般商贩来村里上门收购，蜂蜜能卖到35元一斤。

刘水成父亲就会养蜂，手艺传到刘水成手里，已经是第三代养蜂人了。村里人养土蜂，基本都是用传统的圆木桶，这种蜂桶基本只在秦岭深山里才能见得着。刘水成很勤快，能吃苦，前年找木匠做了40多个圆蜂桶，高高地架在村前的悬崖峭壁上，远远看去，就是一道别样的风景。靠着养蜂，一家人日子过得踏踏实实。

“一年能收入多少钱？”我问刘水成。

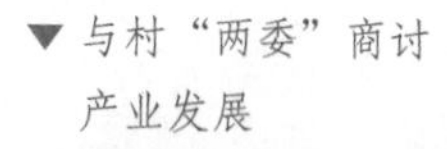

▼ 与村“两委”商讨产业发展

“蜂蜜卖不掉啊，一年只能卖一半，要是都卖了会有六七万元呢。”刘水成回答。

“为啥卖不掉呢？”我问。

“能来的都是以前来过的商贩，要的量有限，咱又没有门店，一半的货屯在家里，等到第二年再卖。”

在我的追问下，刘水成告诉我：“要是碰上哪一年花开得好，蜂蜜就割（收）得多；哪一年花开得不好，蜂蜜产量也就低了。”说到这里，刘水成脸色有些黯然，接着补充道：“要是碰上哪一年天冷，蜜蜂就有损失，收成基本也是靠天。”他告诉我，养蜂不出大力气，投入的劳动力少，收入也还行，就是不稳定。

我又走访了朱成贵家，了解到的情况基本一样。在另外几户农户家里，他们都表示土蜂养殖可以发展，最大的问题是自然灾害和蜂蜜销售难题，要是解决了这两个问题，家家户户都可以靠养蜂来增收。

我琢磨着将养蜂作为村里的致富产业之一，应该可行。

秋天里的一天，我回家时特意带了刘水成家四瓶一斤装的土蜂蜜给西安的朋友，请他们品尝。朋友多年食用土蜂蜜，很有品鉴经验，品尝蜂蜜后大加赞扬：“这土蜂蜜太好了，有一种野花的香味，这是我喝过的最好的蜂蜜了，比市场上买的好多了！”另一位朋友尝过后还让我再给他买20斤，说要送亲戚。得到几个朋友的一致肯定后，我有些兴奋，也有了自信，相信在秦岭土蜂蜜上做点文章，将它发展为村里的支柱产业之一，这个方向没错！

回到村里，我马上和村“两委”开会讨论发展土蜂养殖的可行性，得到了大家的支持。我又赶快动员刘水成和朱成贵：“村上准备成立一个土蜂养殖合作社，你俩来当技术顾问，咋样？”随后我给他们详细讲解了土蜂养殖计划和土蜂蜜的市场前景，他俩爽快地答应了。我给刘水成和朱成贵打气：“你们负责养好蜂，负责蜂蜜的质量和产量，产品包装和销售交给我，到时候收入都是合作社的，每个人都有份！”

目标一致后，大家开始想办法，怎样才能做出真正的好蜂蜜，卖出好价钱。最后一致认为：先外出取经，把蜜蜂的病虫害防治技术学会，把控好蜂蜜的质量，这才是根本。

我联系了几个汉中的朋友，又多方联系到了佛坪和留坝两个县的土蜂养殖合作社负责人，带着村干部和村民代表前去取经。

3月，秦岭深处还是一片冰封大地，我们从村里出发去留坝县学习规模化养蜂技术。5个人，只有一辆客货两用车，怎么办？我对村主任谭李文说：“我们再借一辆车吧，货车不能载人。”“哪有那么娇气，我们农村人经常坐货车。抓紧时间，人家留坝合作社的负责人在等着我们呢。”谭李文回答。为了节省时间，我没有坚持。驾驶室

▼走访农户

除司机只能坐两个人，我跟村监委会主任陈昌明坐到没有车篷的车厢里。冷风嗖嗖地吹，我俩缩成一团，被风吹得张不开嘴，睁不开眼，一开口，冷风就顺着舌头往肚子里钻。车还没到县城，我感觉身体已经被冻僵了！

但只要一切顺利，辛苦也值了，我在心里默默安慰自己。走了六个多小时，到了留坝县土蜂养殖合作社。我们说明来意，人家说，参观学习都可以，就是不卖蜜蜂。

怎么办？我一边听讲解，一边联系朋友给合作社理事长打电话，同时表明我们的诚意。留坝合作社负责人终于被我打动了，答应先卖给我们200箱土蜂，但当知道我们要先赊账时，又不愿意了。没办法，我出示了自己的警官证，表明了身份，加之带了村上的介绍信，好说歹说，他们总算勉强答应了。

搬蜂箱时，我们发现这些蜜蜂比见到的蜜蜂体积小，就有些疑惑，留坝养蜂合作社负责人几句话打消了我们的疑虑："你们要的是土蜂，这200箱都是土蜂，体型比中华蜂要小一些，产糖（蜜）量也要小一些，但蜂蜜质量却是最好的。你们放心，一年后你们自然会验证我今天的话。"合作社负责人又给我们具体传授了蜜蜂安全过冬的防范措施："土蜂寿命只有三四个月，冬天要给蜂箱穿棉衣，围稻草和包裹棉絮都是不错的办法，蜂箱上面加盖石棉瓦效果更好。蜜蜂生病时一定要及早发现，及时请专家来治病。"感谢留坝的热心养蜂人，不但给我们传授养殖技术，还让我们欠着钱先带回了价值12万元的200多箱土蜂。

运输车出了留坝，已经是下午3点多了，我们却还没吃午饭。由于车上全是蜜蜂，在人口密集区不能停车，我们就在路边找了一家小店，只有凉皮供应。又冷又饿的我们顾不上别的，每人吃了一碗。凉皮可真凉啊，一个下午都感到身体是冰凉的。晚上9点，我们终于将蜜蜂安全运回村里。

▲蜂场

在留坝，我们参观了土蜂养殖合作社的运营模式，请教了土蜂的养护和病虫害防治相关知识，详细跟踪学习了土蜂蜜生产过程中蜂场环境、蜜源、蜂机具、引种、蜂群管理、蜂场与机具消毒、蜜蜂病敌害防治、蜂产品生产、储存各环节的技术和常识，深深感到，要办好土蜂合作社，真是不容易。

第二周，我又带了几个技术骨干和村干部，到200多公里外的佛坪学习蜜蜂的养殖技术。在佛坪县，我们重点在县里两家较大的合作社学习了土蜂的引种、人工分蜂、人工育王、选种、繁育和保种等育种环节的技术，学习了蜂种的提纯复壮、纯种选育和杂交育种等育种方法，还有蜂蜜的提纯和质量保障技术。两天下来，我们每个人都记了满满一大本子。特别是两个养蜂户，学习参观让他们大开眼界。“以前养蜂，我们是听天由命，人家是科学养殖，以后，我们也要科学养殖，要把每一分钱都花到刀刃上！”朱成贵对养蜂充满了希望。

为了让村里其他养殖户也掌握好养蜂技术，我又托朋友联系了西北农林科技大学的专家教授来村里办培训班，30多户养殖户参加了培训。

村里要正式成立合作社了，今天的村民大会，到会的村民异常整齐。等到讲明合作社的加入方式和享受的权益时，有人不愿意了，各种猜测和议论纷纷出来了。“这咋又回到大锅饭时候了呢？大家劳动，再一起分劳动成果。我不加入，你们谁愿意谁加入！”还有人说：“走，你们这是胡整么，动员我们都加入，要是每一户都入了合作社，大家都来分红，能有多少钱分到我家户下？总之我不信。”

贫困户严加成大声说道：“我们不加入，也不信你们，要是真为我们好，村上把这些蜜蜂分了，我们每户养几箱，自然也就增收了！”

“只有壮大了集体经济，个人才有分红。咱这也是响应现在国家政策要求。合作社有规章制度，也有严格的管理制度，请你们相信。只有形成规模化养殖，产品质量才有保障，才能和销售商谈得起价，说得上话，我们不会让大家吃亏的。”我解释道。

61岁的李茂强跳出来嚷道：“我自己就能养蜂，还有技术。我有几个问题，要是合作社几个人把蜜蜂养死了，咋办？他们几个要是把好蜂蜜带回自己家，把差质量的留给合作社，咋能卖上好价钱？”

“有合作社的制度约束，在技术上我们一直在努力，再说还有我在监督，还有省公安厅在监督，你担心的事情不会发生的！”我给村民一个一个做思想工作，算是勉强压下了大家的不满和疑虑。

一个月后，土蜂合作社由刚成立时的3户增加到36户。合作社技术员由刘水成和朱成贵担任，理事长由村主任谭李文担任，又确定了三个人担任其他职务，我们

▼察看土蜂

▲与贫困户谈心

的合作社正式投入运营。

创业伊始，大家热情高涨，每个人都一边学习养殖技术，一边挑选蜂场，平整场地。准备工作完成后，我们将临时放在村委会周围的蜂箱全部搬到了养殖基地。我跟着村民一起平整土地，搬挪蜂箱，已经是个地道的农民了。

说来也怪，自从养了蜂，几乎每年我都要遭受蜜蜂“亲吻”几次，有时即使离蜂箱很远，蜜蜂还是会“光顾”我。因为先后六次被蜜蜂蛰，村民送给我一个“蜜蜂书记”的外号。

到了7月份，我开始着手准备蜂蜜的包装设计。因为每年土蜂蜜10月份上市，蜂蜜包装必须要在产品上市前做出来。

以前村里土蜂蜜的包装基本都是简易的罐头瓶子

或者塑料瓶，既不卫生，也难看。我和支书严顺礼专门到县城超市一个个调研市场上销售的土蜂蜜的包装，拍了照片回来研究；又请教了省公安厅正在洋县挂职副县长的刘圣杰，让他带着我们找到专业的设计公司。通过反复比较和研究讨论，最终确定了富有岩丰村特色的美观大方的蜂蜜外包装，给土蜂蜜穿上了"新衣服"。岩丰村的土蜂蜜一下子洋气起来了。

当年11月，我们的土蜂蜜上市了。可喜的是，那一年秦岭的野花开得异常繁盛，合作社的土蜂蜜获得了大丰收，产量近1000公斤。我将村里的土蜂蜜拿到国家质检部门蜂蜜检测中心去检测，检测出具的报告表明岩丰土蜂蜜中含有更为齐全的花种物质、矿物质、氨基酸等。因为秦岭土蜂蜜保留了更多的花蜜香味，所以口感更好。饲养全过程不使用蜂药，营养价值、药用价值更是受到了人们的青睐。那两个月里，合作社工作人员比以前更忙碌了。等忙完所有工序，产品上市已经是半个月后了。

一上市，我们的土蜂蜜就大受欢迎，礼盒装的蜂蜜仅在西安一地就卖了1000多盒，纯收入达到近20万。

临近年底，合作社分红，入股最少的贫困户李茂财也分到了1000元。他拿着1000元分红，老泪纵横："合作社好，比咱自己养蜂养得好，蜂蜜也卖出了好价钱！"村民对合作社再无疑虑，都对未来的发展充满了希望。

正当大家都沉浸在欢乐之中，打算来年再上一层楼的时候，谁都没料到，我们的土蜂养殖将面临一场生死考验。

秦岭深处，立冬前后，气温很快就会降到10℃以下。2016年的岩丰村，立冬之后便开始进入严寒而漫长的冬季。对于土蜂养殖户来说，严冬是个难关。冬至后，天寒地冻，零下10℃左右的气温持续了近一个月。按照技术方案，我们提前把蜂箱用稻草密密地包了起来，以为这样就能安全过冬了，没想到偶然间发现几十个蜂箱一点动静也没有，打开一看才发现连蜂王在内的蜜蜂全部被冻死了！仔细一检查，五六十箱蜜蜂全部被冻死了。天哪，辛苦了一年的成绩被一场大雪全毁了！我心疼，支书和村主任看了也连连摇头，觉得可惜。我们赶快把蜂箱重新包裹了一遍，可随后几天，仍然有二三十箱蜜蜂接连被冻死。我赶紧拨通留坝养蜂专家的电话，对方说，秦岭今年气温异常低，蜜蜂保温要包上棉絮才行。可大雪封路，到哪里才能找到棉絮？我赶快给省公安厅在洋县挂职副县长的刘圣杰打电话，让他帮忙在县城买好棉絮。两天后，度日如年的我终于等到公路解冻了，便立即赶到城里，带回棉絮，将剩下的150多箱蜂包了个严严实实。尽管这一次我又被蜜蜂蜇了，但心里还是长出了一口气。

经历了许多波折，剩下的蜜蜂总算全部存活下来了。两年后，合作社的蜂蜜产量已经恢复到1000多公斤，为村里创造了20多万元的收入。

在养蜂产业欣欣向荣的同时，我帮村里协调扶贫项目资金，完成了道路改造工程，安装了路灯，对村民旱厕进行了三格化水冲式改造，将沿村河堤进行了加固美化改造。村里移动信号弱，网络不通，我帮着协调移动公司拉来光纤，建起了通信基站，实现了4G网络接入，村里的农副产品电销也具备了条件。

如今的岩丰村，再也没有以往穷乡僻壤的旧面貌，从内而外焕发着一派生机：家家门口都通了整洁的水泥路，村民们的屋舍修葺一新，农闲时村民们就在文化广场上健身娱乐，农家书屋里时刻都有读书的身影。田间地头，随处可见蜂箱和香菇大棚，地里种上了山茱萸、猪苓等中药材，到处一片勃勃生机。

（刘翼飞　男，现任陕西省公安厅警务保障部副调研员。2015年6月至2017年8月在汉中市洋县华阳镇岩丰村任第一书记）

道不尽的盘峰

◎ 韩秀高

驻村第四个年头了，第一书记的扶贫工作千头万绪，每个人都有自己独特的工作方法，我只是想用几个小故事和大家分享这其中的酸甜苦辣。

驻盘峰村的第一天我就遭到村干部质问："你是第一书记，我们村支书难道是第二书记？"我笑着解释第一书记的职责：指导党建，协助扶贫。"指导我们工作？我们不用你指挥。"村干部里有的人对我的到来没有好感，言语中带着一种敌意。个别村民也嘀咕："又是一个'走过场'的下乡干部。"

为了解除大家的疑惑，我在村口的砖墙上粉刷了一条标语："第一书记进村户，搞好党建帮致富。"没想到这条标语引起了村干部更大的误解，有人扬言要涂抹掉这条标语，一位村干部情绪非常激动，当着我的面喊："韩书记，你太想扬名了，我们村支部书记多少年都没有粉刷过书记的标语，你粉刷第一书记是什么意思？"我解释道：第一书记驻村搞精准扶贫，是全国的大形势。这条标语不仅给乡亲们解释我是来干什么的，更

▲ 和扶贫队友走过标语墙（张新龙摄）

是对我自身的一种提醒与鞭策，它会时时刻刻提醒我，进村的任务是搞好党建，助力脱贫。

小微信群的大能量

村里一位郭姓老党员，早年丧妻，独自抚养孩子过程中饱受艰辛，性格有点怪异。他任小组长时说话就有一点儿带刺，我们善意提醒后，他稍有转变。但自从不再担任小组长，全村的微信群里他成了最活跃的一个人。哪里有什么突发事故、低俗视频，他都是第一时间转发到群里，并且用语音在群里说一些不合身份、不符实际的评论，引起了一些村民跟风。

他还经常转发一些煽动性的谣言信息，我便及时在群里说："老郭，你是共产党员，你不应该转发这些东西。"他不说话，过几天又会发一些类似的帖子。我把微信截图收集后，和他进行沟通，同时和他一起学习新党章和十九大的会议精神，学习新的共产党员行为规范。通过学习，他认识到自己的错误，也清楚地意识到自己发的一些帖子的负面影响，并诚恳地检讨："我会以一个共产党员的新标准要求自己，你放心，韩书记，我以后不乱发东西了。"

老郭不再发那些有负面影响力的帖子了，相反，他发挥自己微信群比较多、信息量大的优势，每天会发一些务工信息，如"乌审旗要5个砖瓦匠8个小工，工资是200元和150元""元

▼ 和工作队员上门核对村民在微信上发布的务工信息，进行爱心积分，最后进行物质奖励

坪砖瓦厂要5个拉砖的机动三轮”“村里来了拉树苗的，挖树苗一天120元”……老郭发布的这些信息不仅给村民提供了务工的机会，同时带动许多长期居住外地的乡亲们，纷纷在群里提供一些可靠的就业渠道。

草饲料里的公道心

郭和平40多岁，身材魁梧，小时候发高烧导致智力受损。妻子是二级残疾，丧失了基本的劳动能力，两人没有孩子。针对他的情况，我们在羊产业扶持上大做文章，修羊圈，无偿提供种羊，高于市场价帮助他销售羊肉。

郭和平发展壮大了羊产业，为了增加饲料，就租了20亩苜蓿地。想不到苜蓿快要收割的季节，村里几户养羊大户却把苜蓿地当牧场了，郭和平准备好的冬季饲料成了泡影。更让郭和平难过的是，几位放羊户是他的长辈。仗着辈分大，加之郭和平没有孩子，他们放出狠话：“苜蓿吃了就吃了，能咋？”

我知道后，急忙带着村主任把几位放牧者和郭和平叫在一起，现场处理。蹲在地上的郭和平，一脸怨气，但是对着几位长辈又是满脸无助。我对几位放牧者讲了封山禁牧的重要性，养羊大户郭海明却喃喃自语：“我们又不是偷牧林地和草地，我们是在苜蓿地放羊的。”“今天重点就是说这件事，你们放牧是在谁的苜蓿地？”我扫了一眼坐在炕上的几位放牧者。“也不是他郭和平的。”几个人找理由为自己辩护。“我租了几年了，去年就在我的苜蓿地里放牧。今年一下子就把20亩的苜蓿吃得一干二净，冬天我的几十只羊没有饲料怎么办？”郭和平说着说着有点着急，眼眶里闪着泪花。

“你们几家放牧者人人有份，必须对自己的行为负责。”我的态度开始有点严厉。“他出多少钱租的，我们把租地钱给他补齐就行了。”几位放牧者想出了解决办法。“那点钱顶什么用？不够买几百斤草料。”郭和平时时刻刻记着他的羊，记着羊冬季要吃饲料。几位放牧者看着我，希望在我这里寻找解决办法。“你们放牧的三家也不要出钱了。”我说到这时，三位放牧者相互看了一眼，露出一种胜利者的微笑，蹲在地上的郭和平用诧异的目光盯着我，一脸的茫然。“你们等我说完，今年冬天的饲料，你们三家每人给郭和平1000斤干草。和平，3000斤，够了吧？”“差不多了，不知道他们给不给。”郭和平用眼角偷偷地看了看炕上的几位叔叔。

“必须给，从自己的草料里想办法，每一户1000斤，我到冬天了亲自验收。”我盯着三位，

▼ 和郭和平在羊圈前合影

“你们有什么意见没有？”“没有，韩书记说了，我们就给。”三位放牧者低下了头。“不是看在谁的面子上，是你们做的事有点过分。”村主任也对他们提出了批评。“还有，你们以后不要欺负郭和平，他如此可怜，怎么忍心欺负他？从今以后，谁如果在他面前无理取闹，我找谁算账！”

通过为郭和平主持公道，群众对我刮目相看了：“韩书记太正义！容不得恃强欺弱！”郭和平也高兴起来，逢人就说：“韩书记是好人，是我的大哥。”

小课堂与大前程

盘峰村纸坊沟组紧靠芦河西岸，榆林至靖边的高速公路和神木至靖边的铁路要占用纸坊沟不少土地。支援道路建设，是发展地方经济的前提，老百姓理应支持，何况国家还有补偿政策。可盘峰村一些群众却阻挠征地修路。

一天，我正埋头整理扶贫档案，办公室进来三个年轻小伙子，不等问话，其中一个开口了：“铁路上占了我们的地，不给赔偿。你们扶贫干部管不管？”

“不是有村干部出面协调吗？都建设两年了，怎么能说没有补偿呢？”我迎了上去。

“原来的补偿太低了，要重新补偿。”三个人是同样的态度。

“村干部现在不是在隔壁和你们村民代表在调解吗？”看到他们傲慢的态度，嘴上还抽着烟，我心中有点愤慨。

“村干部的处理意见我们不满意，看你们管不管，你们不管我们就去挡工队。还有，谁在山坡上建设的光伏发电，采光板占我们的地了，一分钱都没给，我们今天就去拆掉。”三个小伙子的声音高了起来。

“来，你们到院子里来，不要影响他们办公。”看到他们面面相觑，我声音提高了许多：“这里是无烟办公室，走，咱们到院子里说！”

出来到院子里，带头的张小虎给我递给了一支香烟：“韩书记，不好意思，您抽烟。”

“你认得韩书记就好，我从来不抽烟。”

张小虎给身边的两个小青年介绍：“这就是咱们村的韩书记。”两个小青年都点头微笑：“韩书记好，我们常年在外，但是知道您。”

“既然你们都知道韩书记，那么就听我说。你们几个常年在外打工，这是勤劳致富，是好事。但是我们不能把外出打工的经验当作回家闹事的一种资本，更不能把年轻气盛作为激化矛盾的导火索。无论是公路建设还是铁路建设，都是国家建设项目，补偿都有标准，不是谁闹事就给谁。过度阻挠项目建设会犯法的，到时候你们可是得不偿失。”听了我的话，他们三个都不再说话。

“还有你们刚才说的太阳能光伏发电设备，那可是市、区两级政府扶持盘峰村的大项目，投资150多万，你们想拆就拆？你敢拆？拆了你们就犯法了。”我乘胜追击，要彻底打消他们鲁莽闹事的念头。

“那，占我们组的地总不能一分钱都不给吧？”张小虎还是不甘心。

“光伏发电是上级部门投资的，但是卖电的钱是咱们村自己的钱，发电的收入村上会合理安排的。咱们村一年能增加近20万元的收入，哪个村民不高兴？你们还敢拆？”看到他们三个相互点头认可，我又叮咛他们：“遵纪守法是你们一生发家致富的前提，不仅你们要懂法守法，给家里上了年纪的父母也要做工作，相信政府，相信党的政策，不能见钱眼开胡乱阻工。”

看到三个年轻人从村主任办公室接走自己的父母，离开了村委会，扶贫工作队的同人们都说：“这堂课给他们上得精彩。”

▲盘峰村光伏发电现已并网发电，每年可为村集体增收20万元以上

半个月后，我在纸坊沟组的村口遇到一辆白色的越野车靠边停了下来，车里走出的是张小虎，他热情地叫一声韩书记，笑着说："谢谢你，韩书记，你上次的一番话让我们年轻人明白了许多，幸亏我们那次没有再闹事，要不然就坏事了。邻村的刘大叔因为阻挠铁路建设被关了半个月。"我拍拍他的肩膀，说："就是，靠自己的勤劳和智慧，才能创造幸福的生活，靠歪门邪道只能是自毁前程。"

郭海兵要返贫？

我出身贫寒，已经去世了十五年的父亲是靠爬行度过了人生的最后三十年，所以我对特困家庭非常关注，特别是患大病、重病的乡亲们。

村上的郭海兵本身有轻微智障，年近五旬才娶了一个连大小便都不分的妻子，2016年生下一个儿子，家里还有一位80多岁的老母亲。因为家庭的特殊情况，孩子就靠80多岁的老奶奶照看，每天都睡在冰冷的土炕上。

为了增加郭海兵的家庭收入，改善其家庭生活条件，我们为他修建了羊圈，购置了种羊；区政府还聘请郭海兵为护林员，每年工资1万元；全家四个人的低保每年1万元；区政府出资6万元给他修建了80平方米的新房；陕西省中医医院帮扶责任人为他安装了暖气，铺了院落，同时拉回了冬季取暖的煤炭。谁想，在脱贫签字的时候，他不想签字，担心以后不管他。我们扶贫工作队集体给他讲脱贫不脱人（帮扶责任人不变），脱贫不脱策（帮扶政策不变），并且列出帮扶过程中他的获得清单和他现在的生活水平，看到自己的生活水平远远超过贫困户标准，他才勉强签了字。

想不到今年他突然问我："韩书记，如何可以返贫？""你问这个为什么？"我有点疑惑。"咱们村都脱贫了，没有贫困户了，我还想当贫困户。"郭海兵说这句话时，脸上没有一点点羞愧，眼睛里闪烁着一种狡诈。"你现在的生活条件远远超过了贫困户标准，除非今年下来收入达不到全省最低收入标准，才有可能。你说说你自己，护林员工资一年1万元，低保全家1万元，仅此两项每人年纯收入5000元，再加上你的种粮、水果和羊产业的收入，人均好几千元，你能进入贫困户行列吗？"看他不说话，我接着说："万一想当贫困户，你自己申请把护林员和低保取消了，年终再算收入，看能不能到达全省贫困户收入标准。""那不行，一年2万元呢。算了，我不当贫困户了，我好好挣钱抚养儿子。"

现在，郭海兵精心打理果园和羊圈，细心照看着刚刚会走路的儿子和什么也不懂的妻子，还有举步维艰的老母亲。

盘在心头的乡亲们

从踏入贫困村的第一天起，我们就有一个“初心”，那就是一定要让贫困村变样，乡亲们奔小康。然而，扶贫工作也让我失去了许多和家人共处的机会。老母亲88岁，我驻村扶贫以来，她因为脑梗住院两次近两个月。但是，她住院期间，恰恰是我们脱贫攻坚最忙碌的时段。我只能开车将母亲安顿在医院，然后返回村里。夜深人静时，我回到家看看母亲，母亲睡了，妻子、女儿疲惫地守在床边。第二天，老母亲还在熟睡，我又离开了。

2017年5月，我在村委窑洞里连续住了半个月后，右脸麻痹不自知，直到下乡途中，乡亲们发现我的左、右脸不对称提醒我，我才发现右眼早几天就不能闭合，怪不得天天流泪，吃饭吞咽困难，随即在陕西省中医医院住院近两个月。直到今天，我的右脸仍抽搐得厉害，影响到了生活和休息，每天靠三次十多片药片维持。

扶贫工作最大的收获是得到了乡亲们的爱戴与拥护。我的一言一行老百姓看在眼里，接地气的关爱让老百姓感受到了前所未有的温暖，他们早已把我当成盘峰人，他们的亲人。很多人通过全村微信群申请加我为好友，有困难、有疑惑，总是第一时间找我。孩子上学、治病就医、外出打工，他们会通过微信或者电话向我咨询。同时，他们时时刻刻关注着我的驻村工作和身体状况。当得知我在西安住院时，他们发信息鼓励我，发红包慰问我，看到我退回红包时，有几个年轻人说：“韩书记，就是几斤水果钱，你看得起我们就收下，祝您早日康复。”有的说：“我们在外打工来不了西安，你如果不收这几十块的小红包的话，我们几个专程来看你。”在这些暖心话语的 “逼迫”下，我收过三位乡亲的红包，后来回村，我个人买礼品对他们进行了回访，其目的是让这份人间真情相互温暖，让我们都生活在爱的阳光下和感恩的海洋里。

正能量的辐射是无穷的。去年正月，下了一场大雪，坐出租车的时候我接了一个电话。司机回过头问我：“你是不是姓韩？”得到确认后，他说：“你是盘峰的第一书记，我在电视上看过你，在收音机里也听过你的扶贫故事，我在盘峰有亲戚有同学，他们都夸你是好人，你真的是一位好书记。”下车付钱时我发现身上只有五元零钱，他看见我在钱包里翻着，笑着说：“韩书记，我一分钱也不能要你的，什么也不说，你是我们年轻人的榜样。”不等我说什么，他说一句“注意安全，韩书记”就消失在了雪花中。我站在雪地里，全身暖融融的。

驻村扶贫，费时费力。只有不计得失，才会以良好的心态投入驻村工作，慢慢地便会发现，工作就是一种快乐，在快乐中工作，在工作中找快乐，扶贫工作才会风生水起，硕果累累。

（韩秀高　男，现任榆林市横山区社会抚养费管理办公室主任。2015年8月起至今在横山区横山街道盘峰村任第一书记）

雪地里的奔忙

◎ 吴昊泽

2017年冬天的第一场大雪，洋洋洒洒地下了一夜，关中东部的渭河两岸漫天皆白，尤其是河南岸的华州大地，积雪厚达八寸，这是农村人猫冬的大好时光。他们躲在家里，不是睡大觉，便是三五成群地聚在一起喝茶、谝闲传……总之，原野上空无一人。可华州城北，通往下庙镇的乡道上，一个30多岁、中等个头儿的小伙子，却深一脚浅一脚地在雪地里奔忙。

我叫吴昊泽，是渭南市华州区下庙镇康甘村的第一书记兼扶贫工作队长，现正在踏雪爬冰向康甘村进发。天刚蒙蒙亮，我就一骨碌从床上爬起来，要去下乡。当时父母、妻子谁也劝阻不住，我喊道："就是天上下刀子，也要去！"因为特困户、五保老人，还有和乡亲们亲手建成的百亩大棚和大棚里栽种的反季节蔬菜，他们的冷暖安危，搅和得我一夜都没有睡好，谁敢保证这滴水成冰的大雪天里没有什么事，或不出什么事呢?

寒风在耳边呼啸，时不时卷起一道道雪沙寒流。我的鼻子被冻得通红肿胀，手脚似乎也僵硬了。我走得慢，一步一个脚印，深深地踩在皑皑白雪上。

严寒使人清醒，跋涉中，不由地回想起自己将近一年的驻村经历……

一

那是2017年3月下旬，温暖的春天已来临，全年的各项工作已全面铺开。暖风拂面，旭日洒金，春天永远都是美好的。

可是，我从华州区委宣传部党支部书记办公室走出来，却一点兴奋气也没有。真没想到，领导让我去华州区下庙镇康甘村扶贫包队，当第一书记。生在城里长在城里的我，对农村比较生疏，认识也模糊，更不要说做农村工作了，尤其是当村干部。面对宣传部领导的安排，我又不能拒绝。

该怎么办呢？天知道！

回到家，我躺在沙发上，一句话也不想说。父母觉得我不对劲，忙问咋回事。我长叹一声，道出原委。

“要不，让我给你领导说说，就别去了。”爸爸上了几十年班，人熟，他站起来说。

妈妈也很着急地说：“还是别去了，你长这么大，单独干过啥？一个人去农村，谁都不放心。”说完后，眼巴巴地看着父亲。

妻子抱着孩子，苦着脸，一言不发，脸上透露出一百个不情愿：你若去了，孩子谁来管？

“单位只有我符合条件，其他人情况特殊，领导这样安排，也是有原因的。”我嚷嚷了一句，没人吭声了。

爸妈要找人疏通关系，这种事，我坚决不同意。但去农村，又担心这副担子我挑不起！因为对农村太陌生了，能干好这份工作吗？

烦死了，该怎么办？千万次地问自己。最终下决心，去！要想知道梨的滋味，就得亲口尝尝。既然组织选择了我，那就把这次下乡作为人生的历练，在学习中成长，在成长中学习。

二

到康甘村委会报到那天，村支部书记安排我住到队部一间放杂物的小房子。晚上，老鼠在屋顶乱窜，屋外时不时传来猫头鹰的哭啼，还真有些害怕。这是我头一次独自在农村过夜。既然睡不着，索性打开灯，重新整理一周来摸底的笔记，以便为制订脱贫计划打个基础。

康甘村，位于华州区下庙镇西南部，6个村民小组，355户1275人，建档立卡贫困户有64户220人。全村经济来源以蔬菜种植为主，散户经营，销售渠道单一，效率不高。

我反复琢磨着这些基本资料，心想："新官上任三把火，打拳先看前三脚。"得实实在在给群众办几件看得见、摸得着的好事情，才能取得大家的信任。

已经半夜三更了，我辗转反侧，回想起前两天有个村组长反映群众种的莲花白没价、难卖的事，更是没了睡意……

打开手机查询信息时，忽然发现渭南电视台《东秦百姓》栏目报道了下庙镇康甘村南甘组群众数十万斤莲花白滞销的消息。这毕竟是自己负责包联的村子，现在出了蔬菜滞销问题，我得想办法。当即从床上爬起来，准备回城找路子，这可是当务之急!

第二天一大早，我赶回区委宣传部，联系新闻媒体的朋友，通过网上发信息，线下多方协调打听，发出大量蔬菜滞销的消息。终于有朋友联系了一家客商，是当地塬区的养鱼专业户。我带着养鱼户主到村里的蔬菜地现场察看，通过沟通商议，谈好价钱，养鱼户主答应先购8万斤蔬菜。

客商下决心之前，撂下话：“我是喂鱼的，这菜无论如何不能出问题。我不管是谁介绍的，若有啥闪失，你可要赔偿的！我先把丑话说到前面，到时候真有事，可别怪我翻脸不认人。”

“没问题，出了啥事我负责。”当时，我不假思索地拍着胸脯打保票，满口答应了。

看着客商拉走了村里的蔬菜，我才长长地舒了一口气。

康甘村南甘组的甘育民接到菜钱，感慨地对其他群众说：“吴书记心里有咱村民，本事大着哩！我会主动给电视台打电话，说我们的蔬菜销路解决了。这要感谢村里新来的吴书记。”

▼改造村庄用水管网

我忙摆摆手阻止他，可别这么说，来这里就是为群众解决难题的，干点工作是本分！

三

通过解决蔬菜滞销这件具体事，我想到：如果帮扶村里办成蔬菜种植产业，大规模、集约化生产，带领大家抱团取暖，从根子上脱贫，共同富裕，那才是一种大作为、大手笔！渐渐地，建设康甘村扶贫产业园的思路在脑海里形成了。

起初，我找村支书、村主任商议探讨，建园区的好处就是跑市场的跑市场，搞新品研发的搞研发，负责生产的只管干，分工合作往前闯，形成合力赚大钱。可大家还是怕这怕那，最担心的是地分了多年，人心早散了，要收起来不容易。我多次做村干部的思想工作，经过不同观点反复碰撞，尽管意见还不完全统一，但在村委会上还是形成了搞蔬菜产业园区的初步设想。

我和村支书积极做好前期调研准备工作。白天烈日炙烤，我们在地里跑来跑去，实地测量考察；在村里走家串户，既调查民意，又做群众工作。晚上召集村委，研究方案，讨论办法……我们常常争吵到半夜三更，有时候为了坚持各自的意见，还争得脸红耳赤，甚至差点动手，大半天都互不理睬。

最终，在充分调查研究、反复征求意见和多方论证的基础上，形成了会议决议：建立扶贫产业园，模拟公司经营，贫困户劳力在园区干活实行计日累月工资制，与企业劳资管理相同。产业园分期分批实施，一期先建66亩设施大棚，二期续建60亩，见到甜头后上三期。参照康甘村多年的大棚种植经验，产业园种植草莓、哈密瓜、秋延辣椒等作物。若平安顺当，无大灾害，预计贫困户当年每户至少分红2000元以上，投入多的收益过万。当然承包土地流转费用另算。

方案决定后，园区项目资金成了突出问题，因此项目曾经暂时搁浅了一段时间。其间，我和村干部急得火上房，多次跑镇、区扶贫部门，跑社会，搞自筹，白天外出，晚上加班，黑白连轴转。

不知不觉一个多月过去了。当我又饥又渴地赶天黑前回到村委会，还没进门，就听见几个村干部议论："咱这第一书记，好像跑疯了，到咱这儿混日子来了，整天办公室里不见人，找都找不着，要他有屁用。"

当时我站在门口，没好意思进去，心里像打翻了五味瓶，说不出啥滋味。趁月光走出村子，坐在田埂上，抽了半包烟，感到特别委屈。我跑前跑后，倒贴钱为你们办事，竟然还落埋怨，冤不冤？大不了我不干了！真想拍屁股走人，可又一想，项目没结果，能责怪村干部么？开弓没有回头箭，是骡子是马，遛遛就能见分晓。第二天，还得加大力度接着跑。

终于，项目资金批下来了。土地流转、购买材料、划地建棚等等工作，都有条不紊地铺开了。大家非常高兴，村支部书记说今晚都去他家吃饭，庆祝项目上马。

四

在产业园区建设发动群众的过程中，我没黑没明地跑，走访了差不多全村的农户。果然如村干部所言，群众的心特散，对园区建设没信心，说啥的都有。有的认为干部想通过报项目骗国家资金，有的说建园区是私人设法捞钱，有的担心征地中间肯定搞猫腻，有的认为村委会定的土地流转金太少，还有的说给园区不划算，自己种比征用强得多！总之，说法不一而足，都属于信任危机。

我将存在问题“梳成辫子”，村干部分工包组，分头做工作。通过和村民面对面交谈，掌握了第一手资料，很实在，接地气。这倒使我摸清了农村贫困人口的构成与贫困的原因，逐户制订脱贫计划。

干群众工作一定要手勤、心细。每次进村，我都要带上一些新鲜水果和蛋、奶，给村里的困难户送去，以求赢得贫困户的信赖和支持，从而引导其他农户。

走进巷子中的两间木架房，一幅家徒四壁的景象：墙面泥土脱落，坑坑洼洼，屋里没有窗户，从门口射进来的阳光成了屋里的唯一光源。这就是康甘村的特困户雷桂香家。

因病致贫的雷桂香，今年60多岁了，自己无劳动能力。儿子虽然是大小伙子，但患有尿毒症，什么也不能做，常年卧床不起。家中本来有点土地流转收入，可儿子每周须到医院透析3次，这要花销1800元，再有钱也供不起。穷病了，病穷了，一贫如洗。去她家，没地方坐，家中连一件像样的家具都没有，只能坐在土坯上。每次看到她无奈的眼神，渴望的目光，我心里就特别难受……怎么办？咋个帮？

经过一番筹思，想先从帮助雷桂香家改善居住环境入手。于是，我说服老人，签订了危房改造协议，同意推倒破烂不堪的土木结构的房子，由政府出资，为他们家建一座20多平方米的砖混结构房子。这意味着年底之前，老人就可以住进新房了。

小康组有个男孩叫甘贝尔，今年12岁。他爸爸多年前在外打工意外身亡，母亲也早已改嫁，他和爷爷奶奶相依为命。爷爷奶奶年龄大了，身体也不好，家里无主要劳动力，只有流转的3.2亩土地。每次走访到他家，总能看到孩子在忙碌着，或做饭，或洗衣服。孩子非常有礼貌，每次都给我让座。我反倒不好意思了，赶忙帮他一块干家务。小贝尔劝我不用动手，告诉我说：“我已经长大了，能照顾爷爷奶奶了。我们家只要有我在，你

▲开展家风家训进万家活动

就不用操心了！”

听到这些话，我心里酸酸的。一个年仅12岁的孩子承担着生活的压力与苦楚，用弱小的肩膀扛着家庭的未来。艰难度日中，孩子学会了照顾老人的基本生活，他吃苦耐劳的劲头，就是成人，还真未必赶得上。

我把小贝尔家定为自己的包联户。这孩子聪明能干，在城区的南街小学上六年级，学习成绩很好。我首先将他家纳入村产业扶贫计划，接着为其申请了低保，落实了各项教育扶贫“两免一补”政策。平时有时间了，就到他家为他辅导作业，帮着做家务，和孩子聊天。没时间过去就时常和孩子奶奶通个电话，了解孩子情况，鼓励孩子好好学习。我心里清楚，孩子是这个家庭的希望，把孩子教育好，这个家庭才有可能从根本上脱贫。

此后，利用周末，我和孩子聊天谈心。每逢节假日、雪雨天，我必去贝尔家里，带些慰问品和学习用品。我决心把甘贝尔一帮到底!

甘家老人常拉着我的手说：“吴书记！就是自己的亲儿女，也没有像你这么关心我们的。是我拖累你了，给你添了这么多麻烦。”

我心里清楚，国家要富强，在全面奔小康的路上，真不能忘了那些贫困户。扶贫帮困，共同富裕，这才是共产党的初心。

人民群众最讲实际，他们从我平时的扶贫工作中看到了希望。连最爱说风凉话的康老二，也逢人便讲：“吴书记办实事，咥实活，是真正的共产党干部，他说建园区，我信了，不管咋弄我都参加。”就这样，绝大部分群众的顾虑消除了，园区征地签合同、腾地、量地、规划放线工作等很快就上了轨道。

五

有一次我正和村民修建蔬菜大棚，骑在高空中的钢梁架子上指挥安装龙骨组件时，大队部值班干部急匆匆地跑来告诉我：“你电话打不通，你父亲病重住院了。”我交代了一下工作，急忙赶到区医院，可大夫说已转到西安唐都医院了。

等赶到唐都医院时，家人在抢救室外抹眼泪。看到我来了，妻子一把抱住我不放，哭着说：“咱爸心脏病犯了，差点没了命。当时我打你手机，不通，跟前没人帮我。我赶紧跑到大街上，喊来邻居，他们拨打120，叫来救护车，拉到区医院，医生要求转送省城大医院进行手术，这才来到西安……”当班大夫告诉我，人要再来晚点就没命了！手术还算顺利，父亲逃过一劫。可真难为妻子和家人了。

父亲住院期间，我碰见了大学同学小杨，叙谈了毕业后各自的工作情况，这才知道小杨正好在医院医政科上班。当小杨谈到国家健康扶贫的相关政策和医疗下乡的事情时，我想到自己包联的康甘村，目下留守农村的大多是体弱多病的中老年，防病治病同样是防止返贫的一件大事，能争取到健康扶贫政策那该多好呀！

说干就干，等不及父亲出院，我就开始给贫困家庭人员联系免费体检。在区上跑了一个星期，跑医院，跑诊所，跑医疗机构，常遭到拒绝，多次热脸撞上冷屁股。但我没有气馁，继续坚持联系。

在一家医院里，院领导听说要给村民免费义诊、体检，半天不语，直勾勾看着我说："你是天外来的吧？太天真了！都啥年月了，你还想得美，我们也要吃饭哩，就是雷锋，在目下也要活命呀！"

从出生长这么大，我还没受过别人这么重的话！门难进，脸难看，事难办。

又一想：跑了这么些天没结果，难道让人说我瞎逛不成？我便和自己较起劲来，再跑！不蒸馒头争口气！继续跑！第二天一觉起来，硬着头皮再次奔波。

一个星期后，终于联系到一家医院，说明情况后，对方点头答应了。

5月17日一大早，康甘村委会院子来了不少群众。医院给村里120余人做了免费体检。随后，医生还主动为腿脚不便的贫困群众上门服务，并发放爱心小药箱，里面装满了常备医药用品。最后，医院向村民做出承诺："凡是到本院就诊的贫困户，门诊看病优惠20%，检查费优惠20%，住院就诊经合疗和民政报销后剩余部分再优惠50%，对于特困户由村委会出示证明，住院自付费用部分全免，并在治疗期间免费用餐。"

大家拍手叫好，再次为我这个新来的干部点赞。一位老大娘激动地拉住我的手，热泪盈眶地说："你是咱党的好干部，我心里有数哩。走，到我家吃饭去。”

义诊结束的当天傍晚，那位曾经误解我的村干部，主动来道歉了，说：“是老哥错怪你了。你确实为咱村民跑事哩！今晚哥请你喝酒，权当赔不是。”

六

天地转，光阴迫，眨眼进入冬季。村委会提前做了充分准备，把全村年终工作总结会和分红会合并进行。12月13日，村部场院里人头攒动，红旗招展，高音喇叭播送着欢快的歌曲，领收益的群众排成两行，男士们散烟、接火、打招呼；大姑娘、小

▼群众修剪冬枣树

媳妇整衣、问价、论家当；老汉呼朋唤友，咳咳咔咔；老太太搀肘抚手，嘻嘻哈哈……

参会的群众个个喜笑颜开。一扎子一扎子的百元人民币，码摞在铺着红台布的条桌上，堆积得像小山，几十万哪！村里的贫困群众谁见过这么多的钱啊？

村干部激动地宣布分红开始，声音有些颤抖沙哑。村支书喊一个名字，贫困户就上来一人领钱。会计按分红账单上的数字，将一沓沓崭新的人民币点数发放。贫困户找准名字，签上大名。有的高兴得手抓不稳笔，激动得生怕签错了地方；康高社兴奋得热泪直流，签下名就跑了，连钱也忘了拿……

各户都拿到了相应的分红，有些群众跑到我跟前道谢，有些语无伦次，有的只管傻笑说不出话，有的只是抓住我的手一个劲摇……大家都乐得合不拢嘴，还有人打趣当时想不通和不愿意出租土地流转给园区的人……

七

下午，雪花稀了，天地间银装素裹，冰清玉洁，充满了诗意。

这一天，在康甘村队部，召集了村委会成员开会；发动党员干部、小组长，组织村民打扫清理村道巷院的积雪；看望了特困户，发送了棉被、棉衣等慰问品；检查了危房改造户的安全问题；在雪野中一栋一栋检查蔬菜大棚的承重、安全与保温设备、设施……时不时闯进目光里的反季节菜果，那绿莹莹的韭菜，红艳艳的西红柿，五彩纷呈的菜辣椒，都仿佛在向我微笑哩……

等做完这一切，天已傍晚，雪霁天晴。

▲秋延辣椒青翠欲滴

当我恋恋不舍地离开康甘村，走到广袤无际的雪野里，蓦然回首，身后那一串串清晰的脚印，像一溜溜站立的“人”字，伸向远方，牵连着康甘村的剪影。这一切，在夕阳余晖的映照下，熠熠生光，更显得韵味悠长……

（吴昊泽　男，现为渭南市华州区委宣传部干部。2017年4月在华州区下庙镇康甘村任第一书记兼扶贫工作队队长，2018年2月至今在华州区大明镇寺王村任第一书记兼扶贫工作队队长）

我在九龙这一年

◎ 宋小娜

大荔县城南九里处有个九龙村，九龙村有个九龙庙，九龙庙旁有个九龙泉，潭里的水分成九股流进周围的九个小水潭，这就是大荔八景之一“九水同源”。九龙村，南北长、东西窄，南高北低，南片都是沙土地，北片都是河滩盐碱地，农民人均不足5分地，大部分群众一年就守着巴掌大的地种玉米、种萝卜，是远近闻名的贫困村。

修通环村“高速路”

“就顺着刚才咱们走过的这条路线修，这样修的话就能盘活村南的土地资源，九龙村整个就活了。”2017年6月20日15时28分，在九龙村南修路调研现场，当我提出这个方案时，所有党员和群众代表一致通过。

我到九龙村的第一天，心里就有些奇怪，本来应该是全村政治文化活动中心的村活动场所，为啥独独立在村南头？再往南全是沙土地，一条狭窄泥泞的生产路歪歪扭扭地插在玉米地中间。

“咱村部跟南边的242国道直线距离不到1公里，为啥不把这条路修通？现在从北边进咱村，要经过石槽村、三教村、新党村，多走这么多路，什么发展都慢了。”在村里调研了好几天的我，疑惑地问村支部书记王军虎。王支书无奈地说，首先是项目难争取，另外还有征地协调难、路线争议大等多方面因素。

晚上躺在床上，我辗转反侧。九龙村向南1公里就是242国道，1.5公里处就是县上的工业园区，但是现在群众去打工或者到国道，必须从北边多绕10余公里，费时费力。而且因为现有生产路狭窄泥泞，机械、车辆都进不来，村南片300多亩地只能耕种普通的传统农作物。酒香也怕巷子深，如果把这条路修通，无论是对村上的发展，还是群众的脱贫致富那都是重大机遇。

说干就干，我们工作队和村“两委”干部商议后，把修路当成头等大事，在村南跑了无数回，走群众，访党员，反复讨论商议。一个又一个方案被推翻，一个又一个方案重新提出来。为了方便讨论研究，我自己给村上手绘了一幅简易地图，在关于修路的第三次党员干部群众大会上，我指着地图上的路线给大家介绍想法、分析利弊，建议从村部向南，到红江门前那条路，绕到水

▲ 新修环村路前期调研

泥厂，经过桃园，直通创业大道。这一方案终于得到了大家的一致认同。

路线定下后，我们特别邀请了包镇副县长和镇上的主要领导，实地走了多遍，察看路线，估算里程，争取县、镇政府的大力支持。项目争取到了，沿路的征地赔产又成了问题，果树、坟头、厂区、菜地，群众一方面支持修路，一方面又心疼农作物，我们工作队和村“两委”干部一家一户做工作，从长远说道理，从当前看效益，终于，1.8公里水泥路顺利开工实施。

建成通车的那天，党员李江海开着三轮车来来回回跑了好几遍，高兴地对我说：“太好了，太方便了，这路一通，不用绕路还不怕堵车，宋书记，以后种啥都不愁卖了。”现在，群众出行比原路线节约近20分钟，而且不用从别的村穿行，直接到国道上，别提多方便了。村域面积直接扩大，在现有村庄建设饱和的情况下，又直接拉大了村庄框架，向南发展前景更好！最让群众满意的是，不光是村南300多亩土地，还有南片100多亩荒芜了几十年的沙土地，现在也方便耕种了，种什么都不愁了。

蔬菜大棚成“新鲜”

“宋书记，我对这建大棚还是有些顾虑。”平时不太抽烟的王支书点上烟猛吸了一口，接着说：“咱村十几年前就有人建过大棚，后来钱没挣下，跟媳妇还离婚了，棚也倒了，所以你看，咱村这十几年了，一说建大棚，大家都怕了。”

到村上多半年了，建大棚一直是我的心结。大荔县是有名的农业大县，瓜果、冬枣全国闻名，以洛河为界，洛河以北的乡镇整片整片都是大棚蔬果，设施农业发达，技术成熟，群众在这方面的收入非常可观。但是我们村在20世纪90年代末时，有户村民在村上发展大棚，投资了50多万，因为选在盐碱地种植，技术不过关，再加上管理出现问题等，大棚遭受了重大损失，导致我们村甚至全镇北片都是“谈棚色变”。

“嗯，我知道他的事，当时他是技术不过关，家庭也发生了变故，但这不是棚的问题。大荔县在全市甚至全省都是有名的设施农业县，安仁镇小坡村的大棚都快连成棚海了，一眼看不到头，家家户户都在棚里把钱挣了。远的不说，就咱镇上西阳村的大棚辣椒，咱几个去那看过多少回了，那一棚一年少说也卖两三万，咱村现在种的这玉米、红萝卜，同样的一亩地一年也就卖两三千，这是啥差距。”我给王支书倒了一杯水，跟他掰开了指头说：“我都问了好多人了，咱的干部、党员，还有一些种植大户，都觉得建蔬菜大棚是好事，现在都是思想上不过关，顾虑多。”

九龙村以前有几十年的种菜历史，是大荔县的“菜篮子”，后来开发区建起来后，村里年轻人大都出去打工了，但是中老年人种菜的技术还在。我和工作队同志在村里做了大量的走访调研，请教了很多专家和种植能手，并做了土质检测化验，发现村南片土壤、光照、水质良好，非常适合果蔬种植。现在路修通后，大型机械和车辆能直接进地，将来销售运输也非常方便，已经完全具备了发展大棚的基础条件。走访的过程中我发现，大家一方面羡慕别的村建大棚挣了钱，另一方面又害怕重蹈覆辙。

“我也知道这是好事，就是群众思想不好转变。”王支书说，“土地流转难，棚内技术也不好掌握，以前都没弄过，一说建棚，大家都摇头呢。”

“咱年初种菊花的时候，群众也不是很相信，后半年菊花大丰收，一年只干半年活，多卖一倍钱，群众一下认可了。现在咱路也修了，井也打了，土质、光照啥条件都具备，大棚这事，咱考察了这么多地方，人家都能弄成功，咱也能行。不但要弄，还要弄成。群众不敢建，咱就党员、干部带头建，请专家多指导，给群众做出样子。”经过多次商议后，我们和村“两委”一班人达成了共识，把建大棚作为九龙村产业发展的一个重要转折点，也作为“三变”改革、发展壮大集体经济的重要抓手干起来。

▲在大棚建设现场察看建设质量

流转土地时，群众不愿意，我们挨家挨户做工作；建棚没资金，我们多方筹措争取；筹建没技术，我们多方打听，邀请原县设施局副局长王金圣全程技术指导；种植没品种，我们多方比价，实地询问，结合农时确定最合适的蔬菜品种。

终于，20座保暖棚在新修的环村路边拔地而起，打破了九龙村甚至老石槽乡片区无大棚的历史，标志着一个新产业的诞生，一种新思想的改革。

60多岁的村民王春元站在棚前久久不动，眼眶含泪说："宋书记，十年前我就想弄大棚，没敢弄，现在你给咱带头弄起来了。这在九龙村是破天荒的事，是影响几辈人的事。我老了，干不动了，但我当时跟人学的技术在呢，你随时叫，我来给咱帮忙。"

"见太阳"就挣钱的新生活

"连上了，连上了！电表开始走了！"一时间，欢呼声四起，我再也掩饰不住心里的喜悦，激动得说话声音都开始发颤。旁边的王支书赶紧拿出手机拍照，说要记录下这一重大时刻。

2017年6月30日，虽已到下午，伏里的日头仍然晒得晃眼，沙土地里的干热让人喉咙冒烟，光伏发电现场的每个人衣裳都紧紧粘在身上，县上镇上的领导、村组的干部、驻村帮扶队员、电力系统的工人、一些跑来帮忙的村民，谁都顾不上去擦已淌成溪流的汗水，只是兴奋地互相握手、击掌、欢呼、拥抱……

整齐排列的光伏板泛着粼粼白光，折射出我们激动的心情，也预示着九龙群众以后的日子更加光明敞亮！我走到光伏板旁，轻轻地摸着支架和电表箱，烫热的触感直抵心头。看着开始跳动的电表度数，我百感交集，这一组组跳动的数字都是钱哪！

▲九龙村光伏分红现场

这是我们跑了近半年的项目，是给我们村贫困户解决实际困难的项目，更是渭南市委组织部进驻九龙后做的最大的一个承诺。

这个承诺，终于兑现了！

2017年12月14日，九龙村村部，光伏分红现场。

呼呼的北风卷着黄沙在门外肆虐，却丝毫不影响室内热闹的气氛，李有田、党有合正在喜滋滋地点着分红款，党会荣、王凤潮拿着分红红包喜极而泣，握着我的手迟迟不愿放下。现场一片喜气洋洋的气氛。

“大家停一下，我要说话。”突然，王江财站起来大声打断了大家的讨论，他从身后拿出一面锦旗，缓缓展开：“我家里的情况大家都知道。大儿子彦伟突然得了精神病，天天在家里打呢闹呢，儿媳妇受不了离婚走了。二儿子把老大接到广州，边打工边给他哥治病。屋里就剩我老两口，70多岁了还要管小孙女。这两年我真是越过越没心劲，有时候我真不想活咧，就是放心不下娃，放心不下孙女。”江财叔擦了擦眼角混浊的泪水，哽咽着继续说：“自从市委组织部派来了工作队，他们隔三岔五到我屋里来，陪我聊天，给我宽心，教我种菊花，给我收拾漏雨的房子，今天还给我们大家分钱，我觉得生活越来越有希望了。我谢谢工作队，谢谢你们！”

“驻村情系百姓，入户真心扶贫。”江财叔举着锦旗，指着上面印的字说：“这是我对工作队的感谢。”雷鸣般的掌声响彻会场，我们工作队三人接过锦旗，激动得不知该说什么好，只是一个劲给大家鞠躬。

“跟着工作队就没错！”王收麦喊了一句，大家一见收麦发话都笑了。王收麦53岁，身体也好，在农村正是干活的年龄，但是一直单身，生活没有信心，十几年了就靠低保混日子。我到村上核低保的时候，第一个就把他的低保取消了。为此，他专门找我闹了几次。每次他摔门走了我又追上去，或者直接到他家里找他谈，到处给他找工作。有的工作他嫌远，有的工作他怕生，有的工作他又没技术，后来，我们商量着让他在村里打扫卫生，专门负责一个路段。现在他认真负责，天天在路上打扫，见人老远就打招呼，走到巷里也抬头挺胸了。

其他人纷纷响应：“对，跟着工作队干，咱的日子肯定是芝麻开花节节高！”

新建的环村南路，复活了九龙村南片；新扎建的蔬菜大棚，开拓了九龙新思想；见天儿就转的电表，转动了九龙人的好日子，转出了九龙人的幸福新生活。

（宋小娜　女，现为渭南市委组织部正科级组织员。2017年4月至今在大荔县官池镇九龙村任第一书记兼扶贫工作队队长）

踏上黑东的土地

◎ 王 锋

为什么我的眼里常含泪水？因为我对这土地爱得深沉……

如今，水泥路已沿着大街小巷伸进了田间地头，世世代代生活在这片土地上的年轻人却成了匆匆过客，村庄的美丽里有些寂寞。有一天，我踏上了黑东村这片土地，心中突然升腾起一股如袅袅炊烟般的热流，才真正明白了乡村的意义——那就是家的感觉。

2017年6月，我来到了县城东南25公里处的黑东村。方方正正的村落，有6个村民小组，346户1446人。一个破旧的村委会就扎在那个仅仅被分割成三间屋子的一个“统一体”中。35名党员偶尔在这里开会，村组11名干部在这里办公，上个厕所还得大老远着急忙慌地去村头找地方。

我不解，满脑子都在想，黑东村不是属于抽黄灌区吗？3329亩的总耕地面积，怎么还会如此贫瘠？我隐隐感觉，这份环境萧条背后，人心的荒凉和胆怯才是最让人担忧的症结。我该怎么办？

手放到面盆里才能揉出筋道面

没有穷过，不会知道过穷日子的味道；没有病过，不会知道病人的艰难。所以，我一到工作岗位就对村里66户贫困户迅速展开信息核查，寻找真正的致贫原因。

我每天吃住在黑东村，没有周末，没有假期。一些村干部说：“王书记，不一定要你亲自一户一户跑啊，可以把各组组长叫来在村部开个会，你问一下就行啊。”我笑着说：“如果不亲自跑，我心里不踏实，我要的就是精准，要的就是致贫的真正原因。”

通过一个月的走访，全村66户贫困户的具体情况，特别是每户的致贫原因，我都牢记于心：王三荫，低保户，儿子儿媳智障，六口人的重担压在我心头；康正乾家，儿子因病去世，儿媳改嫁，留下的小孙子牵着我的心；屈菊秋，老伴早年去世，二儿子因病去世，小儿子从小走失，多少个日子她都是以泪洗面；低保户马八宝，只有老人一个，这日子可怎么过呀……

太多的问题扎了我的心，这时我才真正感受到父亲时常提醒我万事要亲自做表率的那些话的意义！对，老百姓真正需要什么，我们就需要给予什么：冷了去送保暖的东西，病的联系医生给看病，缺钱的就先给垫上，会手艺的就给找门路……没事，一个一个解决，我鼓励自己。

你心里装着群众，群众心里也会装着你，工作就好做多了。我很快得到了村“两委”班子和村民的认可，就像坐在自家门前绣花的一位大婶对我说的一样：“王书记，要不是你联系玉秀刺绣公司给咱农闲季节找这么个手艺活，我们还不都得打麻将去。现在可不敢打了，人家都在忙，谁玩谁少挣钱。”其他婆姨们也都笑了起来。这半年大家在一起谈的都是咋绣花咋选图，街坊邻里之间的矛盾自然也少了，都在想着咋致

▲帮助贫困户发展手工作坊

富，村风民风也越变越好了，打造文明和谐新黑东真的不是在做梦。

大家都说“看来这次来的干部可不是来作秀的，是真的想为老百姓做点事”，也都开始主动配合我的工作，心在一起了，再大的困难都能克服。当然，我也同样收获了信心，干工作的热情更高了。

每次出门，父亲看到我辛苦的样子就有些不忍，可他知道不能让我松劲，总是笑着说：“年轻人还是吃点苦好，这农村工作千头万绪，复杂着呢，不好做。你可不能当个甩手掌柜，手不亲自伸到面盆里是做不出好面的。”我暗下决心：既然踏上了黑东的土地，我就一定把这碗“面”做好，做筋道做香，做出一家人的亲切感觉。

低保户马八宝的变化

去年冬天特别冷，我就想着低保户马八宝老人怎么御寒呢？于是我拿着政协委员为贫困户捐赠的电热毯，来到他家里。老人正躺在床上，盖着厚厚的被子。

“叔，怎么了？躺在床上，是不是感冒了？冷吗？”我问道。

“这几天天气特别冷，有点感冒，没事，盖着被子睡一觉就好了。”老人有气无力地回答。

我摸了一下他的身子下面，褥子很单薄，冰得入骨。“你的电热毯呢？怎么不开啊？”我责怨道。

“早坏了，没来得及修，你看我这身子骨，哎……”老人长长地叹了一口气，满脸无奈。

我赶紧把准备好的电热毯拿出来，给他铺到床上。

一米八的汉子，一个饱经风霜的老人再也按捺不住自己感动的心，抖着结满茧子的手激动地说：“王书记，还是我自己来吧。这夏天时你送的凉席、夏凉被不是还在那呢，现在你又送电热毯。这些东西俺可是当宝一样得天天看着，那不是物件，是心意呀！你给了我这么多的帮助，我可咋回报呢？”

我被他憨实的样子感动了：“叔，我们的工作就是让百姓吃饱穿暖，夏天不热冬天不冷，您用不着感谢的。再说了，给你就是为了让你用的，可不是让你当宝贝放到那里的。”

前些日子，大雨倾盆，我心里总是不安，因为我知道马八宝老人家的房子不太好。于是我冒雨来到马八宝家，只见雨水已经进屋了。他家的房子是20世纪60年代的土木结构老房子，房顶有些漏雨，遇到下大雨，房子里和房子外是一个样，到处是雨水。院子又比较低，下水不通，有时候水就会倒流进房子里，根本没办法居住。这个问题该怎么解决呢？我思考着。

我先动员老人申请危房改造，重新盖房。但老人坚决不同意，说自己活不了几年，不想花钱再盖房，只要能住就行。

做不通老人的工作，那该怎么办呢？于是我就想，能不能动员一些有爱心的政协委员，通过捐款，给老人把房顶翻修一下，然后将院子下水改造了？我又一次和老人商量，不料想，还没等我说完，老人就犯难。

“好是好，只是这个要花钱，我没钱啊！”

“叔，只要你同意这个方案，钱不用你操心，我想办法解决。”

“那怎么能行呢？这下来得花好几万呢。我现在有政府给的低保金，已经够基本生活了，不能再给政府、给你们添麻烦了。”

“叔，没关系，这次不用政府掏钱，是县政协委员捐钱给你修建。你啥都不用管，匠人，修建的砖、水泥等都给你弄好，你只负责监管修建的质量。”

听我说完，老人满眼都是泪水，哽咽着说：“谢谢王书记，谢谢党和政府，谢谢政协委员，我一定把家里收拾好，好好生活。”

说干就干，我积极联系政协委员，通过爱心捐赠，用了不到20天时间，就给老人把家进行了修缮和改造。等再去老人家里时，眼前的景象彻底征服了我：门口打扫得干干净净，大扫帚、小笤帚和一把铁锨整整齐齐地摆放在墙角；老式二层门洞进去，干净的院落，新修建的房顶，粉刷的墙壁，撑起的木窗，放粮的大瓮，红漆的板箱，当然还有重新吊的屋顶，都焕然一新。

产业才是脱贫的根子。我积极联系派出单位和村里在外的成功人士，给每个贫困户争取到700元的黄花菜苗木款，让每户发展1—2亩黄花菜产业；再到林业局联系花椒苗木35000株，平均给每户发展2—3亩的花椒产业，230亩花椒产业扶贫园也建成了。

更令我欣慰的是，马八宝老人还申请了黄花菜和椒树园各一亩的产业补助实干了起来……

他已成了我的亲人，想起他那么大年龄，还要下地劳动，还要种地发展产业，我就有些舍不得。但是他高兴啊，老骥伏枥，志在千里。这正应验了习总书记说的那句话：“幸福都是奋斗出来的。”

我的心久久不能平静，只有暗下决心，告诉自己，以后要经常帮助老人下地干活，要让老人真正幸福起来。

以前都是小打小闹地种植黄花菜，所以只能自己晒干了再去卖，很是麻烦。现在好了，种植户多了，面积大了，商家自然也被吸引来了。收获时节，商家就在田间地头等着，一采摘马上就被装

▼举办妇女刺绣技术培训活动

车运走。一亩卖到1万多元，还收的是现成的钱，很多贫困户开始走上了勤劳致富的路子。有些人说："这年头，只要你不懒，跟着王书记的思路走，这日子就会红火的。"

扶贫，不只是送一些物品，而是要真正暖了群众的心，激发出他们乐观奋斗的精神状态。这只是一个村子，一个缩影，一个个更加美丽的中国农村画面正在徐徐展开……

家门口的爱心大超市建在了心坎上

日子还得向上走，如何更好地激发内生动力，办法还得想。从镇党委书记那儿听到：邓县长在兰考考察学习的经验介绍中说，爱心超市是一个激发贫困户内生动力的好办法。这一下子引起了我的注意，我迅速联系兰考政协，详细了解了爱心超市的情况，开始琢磨能不能在黑东也建立一个呢？

这个想法像春天里的小草在脑海里蓬勃生长，第二天就再也压不住了。一大早迫不及待地召开村"两委"会，我给大家详细说明办爱心超市的情况和意义，这个想法在村委会中赢得了全票通过的好彩头。

可是接踵而来的问题也很现实，资金呢，地方呢，货源呢，咋经营呢？一系列棘手的问题可还真不是只凭一句话就能解决的。

我又积极联系单位领导，召开专题会议，就如何建超市、货源等问题，反复讨论。经过认真谋划，多方协调，在黑东村建立爱心超市一事终于定了下来。地方就选在我办公室西边的那间大房子里，干净敞亮。爱心超市的货架、货物全部由政协委员、合阳县阳光超市总经理杨三忠免费配送，价值6万余元；合阳县爱心飞扬公益服务中心为爱心超市捐赠了价值1万余元的生活用品……

爱心超市不同于普通的超市，它不是随意购买，而是鼓励大家积极向上，通过辛勤劳动去换取。那么，如何进行积分考核成为一个难点，还得仔细琢磨使每家每户每个人都满意。专人管理，明细台账，统一验收，及时消毒，规范制度，真正让爱心超市服务脱贫攻坚。

超市正式营业那天，敲锣打鼓，是乡亲们最乐呵的一天。我们黑东村建立了全县首家规范化乡村爱心超市，这个消息如热搜一般在县城里迅速传开，也引来了媒体和一些外地的参观者。爱心超市挂牌那天，我们村党支部书记那颇具合阳乡音的讲话还未结束，人群中就已冒出了此起彼伏的欢呼声，雷鸣般的掌声响了很久。这个古老的村子焕发出前所未有的生机，孩子们迫不及待地向超市里挤去，那俏皮的脸庞里藏着灵动与希望。

“我们用积分领到爱心商品了！”手里拿着一瓶醋和两包方便面的二组贫困户党耀明笑容满面地说。

12月28日是黑东村贫困户首次在爱心超市兑换物品的日子。一大早，60余名贫困群众手里拿着红红的爱心积分卡，早早来到爱心超市门口，等着用自己的积分兑换商品。

贫困户王芳高兴地对现场采访的记者说：“以前，其他非贫困户都说，我们是坐享其成，等着政府送东西。现在有了爱心超市，再也没人说了，因为这都是我们用积分换来的。我们拿着这么多东西，腰杆也直了，也不怕别人议论了。”

贫困户王虎仁积了23分，是最多的。他兴奋地告诉记者，听说劳动、学习、参加村上组织的公益活动都能积分，自己没大本事，每次村上的集体劳动他就积极参加，没想到自己积得最多，非常高兴。

60岁的五组贫困户王天民因病致贫，他积了18分，领取了两大包挂面和食品。提起爱心超市，他心情颇为激动地说：“爱心超市方便了贫困户，多劳多得给了我脱贫的信心！我准备明年再发展3亩黄花菜，争取

▲贫困户领取爱心超市商品

早日脱贫！”

这些话充满了力量，可是谁能知道其中所付出的艰辛，乡亲们领了积分就像小学生领了奖状一样乐开了花。看到乡亲们幸福的脸庞，再苦再累都值得。

爱心超市开到了贫困户心里，贫困户得到了极大的精神鼓舞。经过一段时间的运营，我觉得这个办法可行，可以把积分兑换的政策拓展到全体村民，不过还得向贫困户倾斜一些：普通村民、党员、干部每季度兑换一次，贫困户可以每月兑换。这项积分兑换的创新方式有效地调动起全体村民奋斗的热情，一分耕耘一分收获在这里得到了最佳诠释。

提起未来，离每个人成为富翁还有很长很长的路要走。可是怕什么呢，观念变了，心劲有了，人勤快了，大家团结了，只要开始了，还有什么好日子不敢想的？

全新的黑东在阳光下

高大的仿古式戏楼能在一片荒废的坑洼地矗立起来，大家都觉得这是在做梦，这是几十年想都不敢想的事。青灰的仿砖型墙壁，中国红的大圆柱子，戏楼坐西朝东，接受着阳光的洗礼。南北两侧的配房成了为村民办公的地方，横贯东西的一排小平房是扶贫攻坚的各工作室，戏楼前面修缮成了大广场。最耀眼的是戏楼对面那高高的旗杆和迎风飘扬的五星红旗，昭示着一个新的开始。

站在黑东的土地上，看着这里的改变，回想起一年多来自己穿梭其中的身影，那些零零碎碎却坚

▼书画名家进村送春联

▲组织三大医院开展义诊活动

定不移的脚步，让此刻的我内心既满足又颇为遗憾。

我总是对自己说：踏上了黑东的土地，你就是一名干部，因为肩上担着责任，你得去干干部该干的事；踏上了黑东的土地，你再也不是一名干部，因为你心里得装着群众，你得变成群众去群众中做事；踏上了黑东的土地，你就是一颗种子，得实实在在地扎根、发芽、开花，直到结出乡村最甜的农家果实……

（王锋　男，现任渭南市合阳县委组织部党代表联络工作办公室主任。2017年5月至今在合阳县黑池镇黑东村任第一书记）

骆驼项村帮扶纪实

◎ 张星皓

2016年1月8日，《三秦都市报》上一则寻人启事《勉县花季少女失踪二十天至今未归，家人救助寻找》着实让我揪心，因为这位失踪少女所在的村子正是我即将要去驻村帮扶的贫困村——骆驼项村。

当西安火车站党委书记袁涛征询我个人意见时，我几乎没有犹豫就答应了去那里驻村扶贫当第一书记的工作安排。骆驼项村在哪里，又是怎样的情况？我上网一搜，没搜到关于骆驼项村的词条解释，却搜出了这则令人吃惊的寻人启事。

这姑娘去了哪里？还能找到不？瞬时，我的心一下子与这个陌生的远方村子紧紧连在一起了！

初到骆驼项村

汽车离开西安沿京昆高速西汉段向南疾驰。正值寒冬腊月，绵延起伏的秦岭山脉、荒芜的山头、冰冻的积雪、枯黄的树木、昏暗的隧道隔着车

▲骆驼项村万亩高山茶园

窗飞快地从眼前掠过。

凝视窗外，我心潮澎湃，浮想联翩。

“到农村后要注意安全，听从组织安排，多为老百姓办实事好事。我和你妈虽说年龄大了，但身体还算好，你就安心干好工作……”得知我要去驻村扶贫，有着60多年党龄的老父亲所给予的支持、鼓励和宽慰在我心头涌起一股暖流，融化了我心中因为将要远行而萌生的一些不舍和牵挂。

骆驼号称“沙漠之舟”，这个村子地处陕南，应该气候适宜、雨水丰沛，缘何称作骆驼项村？当地群众究竟贫困到了怎样的程度？还有，那条寻人启事登出来已经一周了，失踪的花季少女到底找到没有？……一个接一个的问号在我脑海中盘旋迸现，长途颠簸的旅途劳顿也感觉不到了。

勉县县委见面会结束后，我们很快见到了阜川镇副镇长刘杨会和骆驼项村村支书包自举。我很想问问包支书寻人启事里走失少女的下落，话到嘴边，又咽了回去。金黄的落日薄近西山，黄昏将临，刘镇长和包支书带着我和驻村队员张文达驱车前往阜川镇的骆驼项村。汽车向南出了县城疾驰一段路程之后便一头钻进茫茫大山。乡村公路蜿蜒曲折一边是山，一边是河，车身一路颠簸着缓慢前行。

途中，包支书把村里的情况给我做了简要介绍：骆驼项村占地面积很大，从村头到村尾跨度约

▼入户走访核查

10公里，全村345户1052人，其中有488名青壮劳力在外务工，务工地主要在江浙一带，留守在家的多是老弱病残。全村低收入人口100户226人，属于省级贫困村。近几年很多家庭都是夫妻俩在同一个城市打工，为了孩子上学，也都把孩子带出去在当地念书，所以，村里的学龄儿童寥寥无几……

从包支书如数家珍般的“一口清”介绍中能明显感觉到，这是一位长期从事农村基层工作，熟知全村各家各户情况和热爱农村工作的领头人。

汽车终于停在了骆驼项村村委会的门前。推门下车，空气清新而料峭，陌生感、新鲜感、好奇感和一股兴奋的热流在一瞬间袭遍我的全身。环顾四周，被淡淡夜幕笼罩的村貌依稀可见，散落在丘陵脚下村民家中的灯火在夜幕降临的山体映衬下显得格外明亮。在冬日傍晚寒冷的山间，远望这明亮的灯火，人的内心多半会生出一股融融暖意来。

住宿村委会的安排怕是要落空，因为整个村委会找不到一张能铺褥子睡觉的床板。最后刘镇长和包支书商量了一下，打算让我们暂时先住到妇女主任张彩芹家。说着，包支书拿出手机拨通了张彩芹的电话。

夜幕笼罩的山村一片沉寂，寒风在山谷间呼呼作响，不时传来的清脆犬吠声显得整个村落更加寂静。包支书开着他那辆“五菱宏光”，带我们走了两三公里路程来到张彩芹家，我和文达即刻被热情地迎进了温暖的房间。这是一座很干净的院落，张彩芹夫妇俩正在楼下烤火，饭菜和炊烟混杂在一起的香味扑鼻而来，一种回到家的踏实感和欣慰感在我心中涌动。吃饭间，我和张彩芹一家很快熟识了。当晚，我和文达被安排在二楼那间张彩芹准备来年给儿子娶媳妇用的新房里。初来乍到就住人家新房，我们非常难为情，最后还是向张彩芹一家人的执着和真诚“屈服”了。

入住骆驼项村的第一个夜晚，我真切地感受到了当地人的淳朴和热情。

寻访丽丽

山里的天气说变就变，一场纷纷扬扬的大雪让骆驼项村的四野悄然安静下来，洁白的雪花覆盖了山峦、农田、房屋、草木……

彩芹的丈夫吃完早饭开车去镇上上班了，儿子平时很少回家，她收拾完锅碗就和我们一起烤火聊天。问她是否有微信，她说手机功能差，自己也不太会用，我才知道宽带、互联网、微信对当地人来说还都比较陌生。这时候，我忍不住向她打听那位失踪少女的事。她说，那个女孩名叫丽丽，上周已经从南郑找回来了。并且告诉我们，丽丽家属于本村最穷的那种，天气晴好的话可以带我们去她家看看。

我有些坐不住了，说去就去，现在就走。我和文达互相确认一下眼神，这就动身。张彩芹还要在家喂猪，就给我们说明了大概方位。迎着随风飘扬的雪花，沿着湿滑的山间小路，我们去寻访那个刚被找回来的丽丽。我们一边走一边向偶遇的村民询问，绕过两座山总算找到了。

丽丽家是一排四间破旧土坯房，屋后是山，南侧靠近山坡处是一间柴房，屋顶已凹陷，柴房后面的一扇土墙已完全倒塌。柴房隔壁是一大间灶房，灶房的墙体开裂严重，四面透风，靠近灶房门口的地上、桌凳上杂乱地摆放着锅碗瓢盆和接顶棚漏雨水的大塑料桶。灶房最里面是一张挂着旧蚊帐的木床，丽丽和奶奶住在这间灶房里。北边两间屋子分别是丽丽的妈妈、爷爷和弟弟的睡房。

丽丽15岁，高挑个头，白白净净，一脸稚气；她的弟弟名叫小兵，13岁，念小学三年级。到了丽丽家，我们简单做了自我介绍，知道我们的来意后他们脸上都流露出朴实热情的微笑，这反倒让我心中泛起一抹酸楚和一丝歉意——在这寒冷的冬天，我们贸然闯来却未能给他们一家带来丝毫的帮助。我们被让进灶房，和他们一家围坐在一起烤火聊天。他们家没有取暖炉，在距墙根尺把远处挖一土坑，架几块木柴烤火。跳动的火焰映红了我们的脸庞，后背却是冷飕飕的，阵阵寒风不停地从土坯房的缝隙间挤进空荡荡的屋内。

和丽丽一家交流之后，关于她出走的一些情况我才有了具体的了解。

原来，丽丽念完初中就抱着将来就业有出路的目的，去汉中国际中学铁路乘服专业寄宿上学了。2015年12月的一个晚上，家里几经转述接到学校通知，说丽丽好几天没有到学校上课了！在这前后二十来天时间里，学校老师和家人四处寻找，始终没有丽丽的任何消息。《勉县花季少女失踪二十天至今未归，家人救助寻找》的消息发出后，引起社会广泛关注。2016年1月8日上午，一位叫晏辉的勉县爱心人士看到寻找丽丽的报道后也转发了消息。当天中午，晏辉及丽丽的姑姑分别接到网友打来的电话，说在南郑县周家坪"蜘蛛网吧"多次见到一个十多岁的女孩很像丽丽。丽丽的姑姑立即将这一线索告知派出所民警，当晚19时30分，丽丽的家人与公安干警从汉中出发，赶到网友所说的 "蜘蛛网吧"，果然在吧台前找到了正在打电话的丽丽。在公安民警的帮助下，丽丽及家人顺利返回勉县。随后，勉县"汉水人家""国风"等公益志愿者协会又开车将他们平安送回阜川镇。

我最关心的是丽丽为什么不在学校好好上学，为何要出走?

丽丽吞吞吐吐地向我吐露了实情：每学年学费3080元，每个月生活费330元，在外务工的父亲已经三年多没回过家了，也不给家里寄钱，家境一天不如一天，丽丽因此陷入了烦恼和忧虑。想到自己上完学出来也未必能找到合适的工作，反而还要给家里增添负担，何况还有个正在上学也需要用钱的弟弟……越想越看不到希望，心头就燃起了打工挣钱养活自己的强烈想法，于是她就到了南郑。因为自己和家里都没有电话，长时间无法和家里人联系，才引发了《三秦都市报》的寻人启事，同时也得到了不少

▲丽丽家的旧土坯房

▼丽丽家的新砖瓦房

爱心人士的关心和帮助……

寻访丽丽之后，我对贫穷的认识更直观更具体了：它不只限于引发同情和悲悯，也可能诱发无知和罪恶，或许能激发希望和力量！

春节一天比一天近了，我把丽丽家以及在村里看到的贫困情况向西安火车站领导做了汇报。车站领导立即在机关干部中发起为骆驼项村贫困群众捐助衣物送温暖活动，同事们积极踊跃，很快就捐出被褥、棉衣等300余件。此外，车站领导还采纳了我们的建议，为村委会捐赠了计算机、打印机和打印纸，捐赠物品很快被送到了村里。

在分发捐助衣物过程中，我和村支书、村主任商量，特意从中挑了几件适合老人、儿童和女孩子穿的冬装送到了丽丽家。

年后，镇政府参照“避灾”“危改”政策，由村委会负责实施，拆除了丽丽家的土坯房，帮他们在原址建起了一座崭新的砖瓦房。丽丽也被安置在公益性岗位上，当上了村委会信息员，由张文达负责教她计算机操作。这个最初连鼠标双击都不会的小姑娘，现在已经掌握了文字录入和简单的制表操作技能。

冬天过去了，明年怎么办，今后怎么办？像丽丽家这种情况在骆驼项村肯定不止一户……首次为村民实实在在地做了一次好事，我并没有感到丝毫的满足和喜悦，脑海中反而涌起了更多的忧虑……

牵线搭桥

陕南是个物产丰富的好地方。春天，野竹笋，香椿芽，清香诱人的茗眉、仙毫、毛尖、炒青等高山绿茶陆续登台亮相；夏天，胡豆、魔芋是当地人一日三餐离不开的美食；秋天，有野生猕猴桃和土鸡蛋、土蜂蜜；冬天，唱主角的当然是腊肉。这些山货野味深受城里人喜爱，但要让这些土特产走出大山，走到城里人的餐桌上并非易事。

2012年以前，每年采茶季都会从外地引来许多采茶女，她们受雇于茶园主人，每天日出前上山采茶，日落时下山交鲜叶，茶园主人要把一日三餐送到山上为她们补充体力。后来，随着大量青壮劳力外出务工，采茶女越来越少，而且，茶园主人大多年纪偏大，送饭上山对他们来说也越来越困难。所以，素以“万亩茶园”著称的骆驼项村茶叶产量并不高。

由于经济条件落后，村里一直沿用传统的制茶工艺：烧柴杀青、人工筛选。每天傍晚小茶厂开始收鲜叶，采集到鲜叶的村民陆续下山到这里排队，当场分类称重、结账兑现；当天的鲜叶收完之后，茶厂开始点火，烧柴升温，鲜叶经过杀青、揉捻、烘焙、提香等环节，新茶就制成了。这里的茶园海拔高、越冬时间长、昼夜温差大，每株茶树都经历了风霜雨雪的洗礼，最终形成了条索紧实、香气浓郁、持久耐泡的“陕青”。由于是半手工制作，茶叶卖相虽不如现代化设备制作出来的精美，却能以口感和汤色取胜。

我主动联系其他有特色农产品资源的驻村第一书记和“山居客”服务号，亮出“党旗领航，第一书记为贫困地区特色农产品代言”招牌，通过微信朋友圈、公众号、QQ空间和“今日头条”等平台宣传村里的绿茶和其他特色农产品。驻村工作队员协助村合作社在淘宝网注册了“陕南扶贫特产”网店，帮助扶贫户推销农产品，短短一个多月时间就售出茶叶40余斤、土蜂蜜70斤、鲜竹笋60斤、土鸡蛋1000枚、腊肉120斤，为当地村民创收25500元。

三年多来，还有来自西安、宝鸡、渭南等600多位同事、朋友以自驾游或乘坐高铁等方式来到村里，按照各自喜好，购买茶叶、香椿、竹笋、土蜂蜜、土鸡蛋，在增加村民收入的同时，也渐渐提高了当地知名度。

骆驼项村深处大山，民风淳朴。长期以来，老百姓养猪、熏腊肉主要用于自家搞基建、农忙等需要劳力帮忙时食用，从没动过“货币交换”的念头。西安有朋友想品尝纯正的农家腊肉，托我从村里带点回去。我找到离村委会不远的胡官林，他挠着头，不知该如何定价。

他老婆说：“家里腊肉多，20元一斤得了。”

我问他：“鲜肉啥价？”

他说：“带骨头12元。”

我又问他：“一斤鲜肉能熏多少腊肉？”

他说：“大概6两。”

我说：“那20元一斤腊肉你就要赔本了。一斤鲜肉加上食盐、调料、手工以及烧柴熏制等成本，怎么也不应该低于35元。如果是猪后臀、肩胛等肉多厚实的部位应该40元左右一斤就相对比较适合。”

▼田间劳作的村民

西安的朋友品尝到腊肉后，还将腊肉炒蒜薹、

腊肉炒竹笋拍成照片在微信朋友圈分享，直夸这腊肉“肥而不腻、瘦而不柴”，是难得的美味。

胡官林还告诉我，诚心想买腊肉，在平时就要留意谁家有年猪，还要早早和主家商量，告诉他，你需要多少斤。杀完猪，主家就会把肉割好，还会免费帮你熏制。如果等到家家户户把腊肉都熏上了你就很难买到了，因为他们多半都是计划好、为年内过事准备的。

当地农家熏腊肉，以青冈木、松枝或柏木枝做燃料，将用盐腌好的鲜肉高挂慢熏，一般要熏30多天才告成功。等出了正月，家家户户腊肉都熏好了，这时候，鲜竹笋、蒜薹也开始一天比一天多，腊肉炒竹笋、腊肉炒蒜薹这几样富含乡土气息的农家菜肴便成为开春后的第一道美味了。

山区村民养猪也格外精心，过完年买猪崽，一直养到年底小寒节气，足足要喂10个月。喂猪主要用玉米和猪草。他们说，玉米九毛一斤，猪饲料一元一斤，用玉米喂养不仅经济上划算而且肉质还好。家里的剩饭菜宁肯倒掉都不会用来喂猪，他们说，猪吃了含盐带油的剩菜，不长肉还容易生病。听了胡官林的介绍，颇受启发，我鼓励他，来年多养几头，好好喂，这种腊肉城里人喜欢，到时候我们一起来帮你推销。

传递爱心

村里一个叫小宝的贫困户，刚满18岁，正在县城读高三，母亲在女监服刑，父亲早年在外打工不幸遇难。据学校说，小宝学习成绩在班里名列前茅。考虑到孩子即将面临高考，待考试结束后免不了要上网查询报考信息和接收成绩通知，到时候肯定需要一部能够上网的智能手机。

▲骆驼项村新村貌

恰在此时，中国社会扶贫网开通了帮扶救助功能，作为帮扶干部，我试着帮小宝发布了一条求助智能手机的信息，很快便得到响应。捐助手机的是一位名叫王珍的汉中女子，她留言说，非常同情失去父爱母爱的孩子。

收到王珍寄来的手机，我第一时间拨通了她的电话表示感谢。在电话的另一端，王珍也向我讲述了她的不幸身世。

王珍祖籍河南，20多年前，父母像超生游击队一样流落到新疆。王珍上面已经有两个哥哥和姐姐，迫于生活压力，父母便将幼小的王珍过继给了婚后一直要不上孩子的工友。这位工友后来因酒后滋事被判刑，年纪尚小的王珍几乎流落街头，还是在社会好心人士的帮助下，王珍衣食有了基本保障，而且还得到了上学机会，长大成人后，应聘到汉中一家公司工作。随着年龄增长，王珍已结婚生子。有了自己的亲生骨肉，她逐渐萌生了寻找自己亲生父母的想法。在电话里她告诉我，看我能否帮忙，帮她找到自己的亲人。

王珍的境遇深深触动了我，我决心帮她圆这个梦，使爱心能够传递下去。于是，我在“陕南扶贫动态”头条号上发布了一则消息，简要描述了王珍早年的生活经历、当前生活状况和想要寻找亲人的想法。消息发出去不到10个小时便得到回音，王珍的哥哥和姐姐先后在头条号上读到了妹妹寻亲的消息，他们异常兴奋，迫不及待与我取得了联系。在我的牵线下，姐妹相认无误，王珍很快就见到了自己的亲生父母。

这段故事应该会成为我今后美好而又值得欣慰的回忆之一。

“零”的突破

“凌寒冒雪几经霜，一沐春风万顷黄。”春天是陕南一年当中最美的时节，一望无际的油菜花汇成绵绵不尽的花的海洋。今年3月24日，骆驼项村农家客栈终于实现了“零”的突破！为实现这次突破，驻村工作队已为之奋斗了三个年头。西安火车站职工李胜财组织4个家庭10口人来到骆驼项村，成为骆驼项村历史上第一批民宿客人。

陕南油菜花观赏节长达半个多月，县城旅店早就爆满，“县城一房难求，乡下空房比比皆是”的矛盾已经出现，同时这潜在的商机对骆驼项村再合适不过。对农户来说，按每人每天60元标准管吃管住，10个人一天就能进账600元。

世上最难的事是把别人的钱装进自己口袋，把自己的思想装进别人脑袋。自2016年进村后，我们利用开会、入户走访、在一起烤火取暖的机会，不厌其烦地给村干部和村民宣传扶贫开发政策，商讨致富策略。今年过完年

▲骆驼项村为民服务中心

又继续做工作，甚至帮他们计算前期投入、预计成本收回时间，以及如何管理和需要注意的细节等，村民的思想渐渐有了转变。但是，毕竟万事开头难，有一家农户满口答应，等我们把客人领上门，却又借故推说不行，弄得我们啼笑皆非。

耳听为虚，眼见为实，非得有人带头干，并且干出了成效，他们才有勇气跟进。所以，我们暗暗下决心，一定要孵化出本村第一只领头雁。谌日中、蒋海成两家很快进入我们的视野。这两家分别有两间房和三间房，每间房都是双人床，很适合旅游住宿。但是，两家农户都没有脱离陈旧的封建思想，他们说，男女同居一室主家就会倒霉，所以死活不让两口子住在一起。见农户一时半会儿说不通，我们就转过身去做游客李胜财的工作。李胜财几个都非常豁达，愿意入乡随俗，并且还帮我们开导老乡："城里任何酒店都不会限制两口子住在一起，很多旅行结婚的咋可能分开住？你听说哪家酒店因为这事倒霉了？"李胜财用一连串的反问句开导老乡要破除迷信，解放思想。

不管怎样，李胜财作为骆驼项村有史以来第一批入住客人，率先帮村里实现了"零"的突破！

正如长风（郝文锦）先生在《第一书记之歌》中描述的：

因何梦，为谁悲？
沟梁踏破觅朝晖。
春风吹暖农家日，
分付香花醉翠薇。

（张星皓　男，现任中国铁路西安局集团有限公司西安车站行政监察室主任。2016年1月至2018年3月在汉中市勉县阜川镇骆驼项村任第一书记）

我为扶贫唱支歌

◎ 李永涛

2016年，我荣幸地成为陕西省宝鸡市陇县新集川镇保家河村扶贫第一书记。保家河村坐落在陇县西北山区，山岭起伏，沟壑纵横。2月底，我正式进村，从此也有了一段令人难忘的扶贫路程。

“房东”老范

保家河村为两个自然村合并村，距县城35公里，有54户189人在贫困线以下。进村伊始，接到县委对驻村工作的要求：要住在贫困户，吃在百姓家，扎根在农村。在走访贫困户的同时，我也开始为自己寻找合适的住处。

有些贫困户家里面临搬迁，没办法入住；有些家里人多屋少，混住不太方便；有的离村委会太远，不利于工作。这天，走到四组贫困户范银气家里，我觉得“有门儿”。他家院子挺大，三间上房略旧，两间厦房，一间是厨房，一间堆放粮食。堆放粮食的房间里边有炕，有窗子，有插板，最重要的是独立开门，而且也在村委会所在组，我当即就向老范提出了想租住的想法。老范听我说要住他家，先是一愣，随后立刻大方地说："没问题，本来房子就闲着，只要你不嫌弃，没一点儿问题。"

说房子的事情，也顺便打听了一下他家的情况。户主老范，50岁，小时候右手摔伤，因家里穷没好好看，导致右手萎缩，不能劳作；其姐，从小耳聋，智力较低，精神有问题，一直未婚，由老范扶养；因家贫，儿子当了上门女婿；给智障姐姐过继了一个顶门立户的儿子，好不容易拉扯大结了婚，谁知生了个儿子却是脊柱侧弯，仅矫正就得近20万元。全家六口人就有两个残疾人和一个重病人，仅靠种二十几亩粮食、养两头牛和外甥外出打工挣钱维持生计。听老范面露窘色地说完家里的情况，看到他蜷缩着的右手，我沉默了，这就是一个多灾多难、命运多厄的家庭啊。但这家人精神倒不错，老范和我拉着家常，外甥跑进跑出张罗着挪粮食、扫房子，看起来确实热情好客。

从此，这里就是我的"家"了。我叫老范大哥，叫他媳妇老嫂子，闲暇时一起唠唠嗑，为他家脱贫出出主意，动员老范养了牛、羊，帮助老范办理了残疾证，跑跑合疗大病报销，也时不时捎些米面什么的。这家人也确实对我好，晚上忙完回到住处，炕永远是热的，电壶水永远是满的，那个装了核桃的碗一直满着，房子里添的东西也越来越多了。这一天回来，房子里多了个书桌；第二天回来，茶几上又多了一瓶土蜂蜜；隔天来，床头又多了一个手电筒……不几天，我没想到、没准备的东西老范都替我准备得差不多了，甚至后院的土厕，在我去后也挂上了门帘，摆上了卫生纸。

因为住的缘故，早饭、晚饭也多是在他们家吃。这里气候冷没啥蔬菜，但老嫂子还是变着法子做饭。又是压饸饹，又是烙核桃馍，又是弄拌汤，又是调玉米面节节，特别是野菜，苜蓿菜、刺椿头、灰灰菜等，只要当季的野菜下来都会去山里掐点做给我吃，每次还怕我吃不饱，都是盛满

▲李永涛的扶贫笔记

满一大碗。记得第一次吃完饭按标准给钱时，老嫂子先是一惊，然后百般推脱，最后我是好说歹说她才把钱收下……

就这样，住了快两年，早晚饭也几乎在他家吃了两年。我现在就像他们家的一员，每回吃饭时间不见我，老范都要找寻我。甚至每次我到村上去，他们家养的狗大黑都一路尾随，回到家都欢叫迎接……

时间流逝，又是年底，正是新集最冷的时候，也是我工作最忙的几天。记不得是第几个加班的夜了，从村上回到住处已经10点，老范、老嫂子还在等我。早在10月初就给我搭好的炉子炭火正旺，熬的稀饭，腌的咸菜，烧的热炕。

吃完饭睡觉后约11点，又被一阵声音吵醒，原来是老嫂子给我烧炕的声音。晚上太冷，怕我受冻，他们这个点还操心为我添柴烧炕。突然我眼睛湿了，想起了驻村后的一切一切。工作是累，生活是苦，但是有群众的支持，有老范这么好的后盾，还有什么不能坚持的呢？我没有了睡意，翻身写了一首诗：窗外风声紧，冷夜思绪行，心忧扶贫事，重担催人勤。我有一壶酒，足以慰风尘，尽倾江海里，愿民全脱贫！

“菜单式”扶贫

驻村扶贫，住下来更要扶起来。说实话，刚开始，我确实一筹莫展，怎样才能把贫困户真正扶起来？要脱贫就得解决问题，就得增加收入，贫困户只有发展好产业才能增加收入。我也明白这个道理，那到底怎样发展产业？发展什么产业呢？

说起来，保家河也算是全县的烤烟大村，但烤烟产业作物技能、气候条件、投资、规模和劳动力缺一不可，而且靠天吃饭，一遇雹灾便损失严重。由于条件限制，很多贫困户无力发展，我急需帮助他们发展适宜他们并能长期增收的致富产业。正在我发愁之际，县上解了难题，很快推出以政府“配菜”、贫困户“点菜”、部门“上菜”为主的菜单式脱贫模式。依托奶山羊、核桃、烤烟、中蜂、旅游等特色产业发展基础，为贫困户订制了种植、养殖、就业、生态四大类21个产业清单。针对有的贫困群众想养牛但是缺资金，有的想养羊但是没规模没效益，有的想种植但没技术，有的想打工而没门路等问题，精准对接贫困户诉求，群众想吃哪盘“菜”，适合吃哪盘“菜”，就给贫困户上哪盘“菜”。

我拿着产业清单，一家一家去做工作，让村里的贫困户们根据自己的

▲走访村民

意愿和能力选择产业，再结合产业扶持政策以及当前的发展形势提出自己的意见建议，并及时把扶持资金发放到位，尽量引导更多的贫困户尽快找到致富门路，最好能多条腿走路，多开一条致富路。

54岁的保小平是五组的贫困户，全家7口人。80岁的老母亲，眼盲体弱，长期吃药；儿子保会会几年前出了交通事故，赔了对方一大笔钱，最后和媳妇一起外出打工，长期不回，留给他两个年幼的孙女。家里可说是上有老，下有小，里缺钱，外欠账，入不敷出，贫穷不堪。在村里，保小平的同龄人，种烤烟的种烤烟，务工的务工，只有他没办法出去，也没办法发展烤烟，全家就靠几亩薄田勉强维持。

▲走访村民

我到保小平家里时，他正在喂鸡。说起菜单式产业发展，我提出建议，由于他本人现在就养着20只土鸡，有丰富的经验，可以扩大规模、大胆发展。保小平也很肯定我的提议，但就是缺少资金。我告诉他，只要他发展到位，县上无偿补助5000元扶持资金，而且我可以帮他销售。听到有这么优厚的政策，他当时就决定，大力发展土鸡养殖。

创业是艰难的，也是快乐的。5月起，保小平的大规模土鸡养殖开始了。他一口气购买了500只鸡苗，圈起了鸡圈，购置了喂食喂水设备，还买了很多土鸡养殖图书，边学习、边实践。特别是利用居住地山坡草厚虫多的自然环境，全部自然生态养殖土鸡。到年底，500只土鸡个个膘肥体壮，鸡蛋个大皮厚、营养丰富。因为绿色生态味道鲜美，十几天就卖空了，一下赚了2万多元，保小平高兴得合不拢嘴。

还有崔保生，一个62岁的老人，和60岁的妻子相依为命，妻子还有风湿性关节炎，全家几乎无劳力，家庭贫困不堪。让他发展什么好呢？种地吧，体弱没能力；打工吧，年龄太大。想来想去不知道让他发展啥，这时候看到他院子里有一只羊。养羊不错，他以前养过一只羊，算是有点经验。而且村里饲草丰富，大都是放养，不费多大力气。这个行！瞅准最适合他的产业后，我和他商量起来。听到国家有产业补助，养羊还是他拿手的项目，有什么说的呢。他也就放手干了起来，筹措资金4000元，一口气购买了11只奶山羊，还改造了羊舍，走上了发展奶山羊养殖这条产业之路。

2016年底，老崔的羊群下了6只羊羔，县上也发了产业补贴，他不仅还了借款还有不少盈余。崔保生终于过上了一个快乐祥和的丰收年，他说："以前没养过那么多，现在一算账，发展养殖业，就是要有规模，一只也是放，十只也是放，但十只的效益好多了。"

和保小平、崔保生一样，"菜单式"产业激起了全村发展产业的热潮。贫困户范锁林前前后后和我探讨了三次，最终不仅自己出去打工，还给家里买了10只奶山羊；马学家里种烟，我硬是做工作让他又发展了养牛，多一条腿走路；最让人欣慰的是五保户陈天兴，老人年老干劲足，在家门口养起了7窝中蜂，不仅自己有吃的蜂蜜，还能增添收入……

现在，全村所有贫困户除4户五保户确实无力发展产业外，其他的都有了适合自己的"菜单"产业，养牛、养羊、养鸡、养猪、养蜂，种核桃、种烤烟，外出务工……全村一片热闹景象，到年底算账的时候，再也不是白纸一张了，大家都有了自己的脱贫之路。贫困户保宝存一见我就高兴地说："李书记，咱们个个都有了产业，这下不怕脱不了贫了！"

榜样父亲

自从我当了扶贫第一书记，我们全家人也开始关心起扶贫，关心起我的工作。特别是我的父亲，这位年逾八旬、党龄多年的退休老法官，以老党员的身份不断教导我："虽然苦，虽然累，但一定要干好工作，这是国家的大政策，不能偷奸耍滑，不能浮在上面，要真正关心群众，解决实际困难。"

在父亲的鞭策督促下，我几乎天天在村上，有几次单位有事叫我回来办理业务，父亲就把我说好几天，让我快点到村上去，不能误了扶贫工作。每次我回家，他总是问我最近都干了些什么，哪些干得好，哪些没干好。有次我随意间说起，走访的时候有个贫困户家里太穷了，那个老婆婆都没衣服穿，夏天还穿的是厚棉袄。父亲听后，立刻进屋，收拾了好多他和母亲的衣服，让我赶快带给那家。

2016年8月，我又一次走访贫困户，来到二组黄玉梅家。这家贫困户的情况比较特殊，丈夫出车祸死亡，全家只有母女两人。女儿到西安务工去了，仅剩58岁的母亲在家，而且母亲还患有严重的妇科病，没有劳动能力，只能干一些简单的活计。我动员她养鸡，说了半天，她有点心不在焉，又有些欲言又止。我看她的样子，估计有什么事想说，就问她是不是有事。她从柜子里拿出一份判决书，终于说出了自己的难处。其实她家以前日子确实不错，丈夫是村医，开了小卫生室，全家其乐融融，生活安逸。大概是七年前，丈夫骑车，在火烧寨村和一名骑车青年相撞，丈夫当即身亡。随后，法院做出判决，让肇事青年赔偿9万元。谁知，那名青年家里也是一穷二白，根本没能力赔偿，后来外出打工，多年不见行踪。法院执行难，执行了一部分后，别的实在是没办法执行，就暂时放了下来。

得知这个情况后，我第一时间想到了父亲。打电话给父亲说明了情况，虽然已经退休多年，但父亲二话没说，立刻放下手里的事情找到法院，联系上以前的老同事，说明了情况。法院也有难处，对这个案子一筹莫展，确实是出了不少力，想了不少办法，因为肇事方的原因始终不能得到赔偿。父亲提到这家的困难，建议法院通过多方途径解决其生活困难。

最后，法院提出给黄玉梅家申请司法救助。经过多方争取，最终黄玉梅获得了3万元的司法救助金，全家的生活大为改善。

2017年5月的一天，我正在村里忙着整理扶贫资料，突然亲戚打来电话说，快点回来，你爸妈都得病住院了。这可怎么得了，我赶快放下手头工作，连夜驱车赶到医院。医生挺体谅父母，把他们安排在一个病房。走进病房，八十高龄的老父亲和七十好几的母亲双双躺在床上挂着吊瓶。老爸是高血压，老妈是眩晕症，都需要人伺候。看到父母亲那满头白发和孱弱的身体，我立下决心，这一次说什么也要请假好好照顾父母几天。谁想，正在写假条呢，镇上打来电话，紧急通知要尽快开展扶贫对象核实及数据清理工作……我还没说什么，听到电话的父亲硬挣着坐起身，说："工作要紧，你快到村上去。我和你妈能照顾好自己。"那斩钉截铁的样子不容我一点拒绝。就这样，我噙着眼泪，把假条卷成一团，第二天一大早又赶到村上。

父亲始终对我说的一句话是："要干就干好，不图别的，就图心安。"扶贫后，我真正体会到了这句话的含义和一名老党员榜样的力量。

"大朋友圈"

自我感觉，为了村里贫困户的脱贫工作，我确实想了不少办法。除过按照政策开展工作外，还积极争取资金，跑项目办实事，但总觉得对贫困户个人的支持还欠缺那么一点……

2016年5月，得知我在扶贫，几个同事、同学、朋友都捐了些衣服让我给贫困户送去。这当然是好事了，我开着车将衣服拉到村上，按照贫困户的身材分别挑选整理后，给几家送了过去。也是为了给朋友们一个交代，让支书拍了几张送衣服的照片，发到了微信朋友圈里。内容大概是这样的："感谢同事，感谢同学，感谢朋友，大家捐赠的衣物，我会经过整理，陆续送到贫困户手中……让我们携起手来，为还在贫困线上奔波的群众尽一点绵薄之力。"后边号召的话是随口加上去的，但没想到朋友圈一下热了起来……

有打电话的，有发微信的，有问地址想寄快递的。特别是西安利君制药集团的一个同学，得知这个事情后，在单位号召收集，一周后竟快递给我十几大袋子挑拣后的衣服，最少有500多件，光运费就花了500多元。

11月，县网络广电公司给村里的贫困户免费安装了有线电视，但仍有几户没有装，询问之后，原因竟然是家里没有电视机……这让我有些震惊，也让我痛恨自己的粗心。近一年，家家户户跑了无数次，竟然没有注意到有的家里还没有电视看。心里无数次自责后，我觉得应该给没有电视看的贫困户想点办法。我家里有一台坏的，修理后应该可以看。但统计下来整整有6户，我一个人解决不了这么多。

12月1日，经过深思熟虑后我发了朋友圈，向朋友再次号召："2016年年底，新集川镇保家河村仍有5户贫困户没有电视看，为解决边远贫困山区困难群众买不起、看不到电视的问题，让党和政府的政策、声音能正常传送到贫困群体家中，我倡议，各位爱心人士，家里有旧电视的，献出你的爱心，请和我联系！"这次的呼吁，又一次沸腾了我的微信朋友圈。

刚发出一分钟，宝鸡日报社的一位朋友就打来了电话，说她家正好有一台旧电视，如果可以的话，可以捐赠给贫困户。随后，我所在的"会计群"有朋友联系我，也提出了捐赠电视的意愿……而且，这一次的社会参与度也让我大吃一惊。很多朋友把我的消息转发到自己的朋友圈或者群里，很快越来越多的人知道我们村需要电视的消息，有不认识的朋友打来电话，让我去取；县政府一名工作人员花钱修好自家的电视拿给了我；甚至有几个朋友说，他家也没有旧电视，但是需要的话他可以买新的捐赠……就在我微信朋友圈消息发出后两天，我就募捐到5台，很快解决了贫困户看不上电视的难题。

年底，贫困户保小平的鸡养成了，但销售成了问题。为了让他的鸡尽快卖出去，我在微信朋友圈和各

▼为贫困户送电视信号接收设备

个微信群发出消息："想吃纯天然绿色环保无污染健身锻炼款土鸡的注意了，本村贫困户散养土鸡，每天纯粮喂养，登山锻炼，夜宿露天，偶食杂虫山草。个个肌肉结实，身高体健！欢迎购买品尝。每斤12元。"并附了很多土鸡跑动的照片和自己的信息。消息发出后，一石激起千层浪，很快得到大家的回应。有自己打电话联系的，有托我捎买的，有自己上门购买的，没到年根儿，保小平养的500只鸡就全部卖完了。

在得到社会力量支持的同时，朋友圈也让我感到温暖。我每次发些工作生活的信息后，都有扶贫干部、村民、朋友、亲人第一时间给我安慰，给我鼓

▼走访养鸡户

励，给我点赞。最让我欣慰的是，一次发了回家陪儿子玩耍的朋友圈消息后，村里一位贫困户给我的评论，他是这样说的："好好陪陪家人，不要老是一门心思搞扶贫。总是加班到深夜，真的辛苦你了，为了你的付出，我们都会好好努力建设新未来。家人也需要你的陪伴，回家了就放松放松，别老想着工作……"

他的话，让我浑身充满力量。

"网红书记"

驻村扶贫后，工作确实紧张繁忙。在贫困户家里入住，看不上电视，也没有网络，每天下班之后，回到小屋不是看书就是睡觉，突然想起上学时候弹的吉他。2017年2月，到村上的时候我把上学时买的老吉他背来了。晚上回到住处，忙完工作之余，偶尔弹弹琴，唱唱歌，调节调节生活，也觉得日子不是那么枯燥。

那段时间，赵雷的《成都》火得不得了，我也特别喜欢，就找了谱子练了起来。很快就练熟了，边弹边唱，还像那么一回事。

有天晚上，给贫困户开会，宣讲脱贫攻坚政策，也说了说一年多来的工作成绩。大家都很激动，贫困户们踊跃发言。有的说自己产业发展了多少，增收了多少；有的说自己房子问题解决了，生活变化有多大；有的说门口的路修好了，出行方便多了；有的说扶贫干部有多好，对自己帮助很大……和大家交流探讨，我也是激动不已，心里别提有多美了。回到房间，躺在床上激动得还是睡不着。

那就弹弹吉他吧。关紧门窗，我拿起吉他，弹起了《成都》。突然，脑海里灵光一闪，涌出一些歌词来。对了，按照《成都》的谱子，写首扶贫的歌曲。这思路不错，说干就干，我趴在炕头，写了起来……脑海里，一会涌现出刚来村上看到贫困户生活困难的样子，一会涌现出家人关心支持我的话语，一会出现修路、建广场、拉水的热闹工地，一会又是贫困户们发展产业齐心协力的种种场景……边想边写，边写边改，很快，一首《扶贫路上》的歌曲跃然纸上。

> 让我掉下眼泪的，是贫困的朋友；面对生活的磨难，还在为日子发愁。大家放心不要忧，国家已伸出援手；我们并肩一起走，脱贫就在前头。让我依依不舍的，是家人的挽留；脱贫攻坚开始后，奔波在村子里头。也想陪爸妈走一走，也想牵妻儿的手；舍小家来顾大家，是我坚守的理由。我们并肩在脱贫路上走喔哦喔，发展生产摆脱贫困一起来加油；从此看病上学无忧，搬迁贷款助你增收；直到把贫困甩在身后，让生活从此无忧。我们并肩往小康路上走喔哦喔，发展生产摆脱贫困一起来加油；你要努力向前奋斗，我会始终伴你左右；同吃同住同劳动，幸福向我们招手！

没有想到，从有想法到初稿几乎是一气呵成。写出来后，自己弹着《成都》的吉他伴奏试了一下，还挺像那么一回事。

周六回家，闲着没事，拿起家里的吉他自弹自唱起来。媳妇突然说："哎，你这唱的《成都》，怎么歌词不对？"我笑着告诉她，是我自己写的。媳妇就鼓励我，这个作品很好，应该做成视频留个纪念。

媳妇的鼓励让我有了制作视频的念头。过了几周，自己利用闲暇时间把歌曲练得更熟了。一个周日的早上，天气晴朗，我就约上一个朋友去做视频了。朋友拿着能摄像的照相机，我抱着自己心爱的吉他，新农村的场景，自弹自唱的镜头，用录音笔做出来的音乐，加上剪辑的驻村扶贫照片，一天时间，一个简陋的作品《扶贫路上》就做出来了。朋友发给我，我和媳妇趴在电脑前一起看，虽然粗陋，但是自己亲手写出的东西，是自己内心真实想法的体现，还是感到了满满的幸福。

没想到的是朋友竟然把这个视频发到了网上，更没想到自己的这个小作品能引起那么多人的共鸣。很短时间，《扶贫路上》歌曲视频就在网络上火了起来。认识的不认识的，扶贫的没扶贫的，大家都在朋友圈纷纷转发，越来越多的人给我鼓励，为我加油。几天过后，《中国扶贫》《陕西先锋》《公务员内参》《基层干部》等官微都相继把《扶贫路上》发了出来。最让我激动的是，《人民日报》的一篇文章《第一书记真扶贫》竟然也提到了在朋友圈和各大视频网站蹿红的《扶贫路上》……

不知不觉间，我竟然成了大家口中的“网红扶贫书记”。朋友们纷纷打来电话，网友们也纷纷留言。网友L留言说：“我也是第一书记，刚毕业参加工作。扶贫工作很辛苦，驻村环境也确实不好，但是有时候想想，努努力就能让老乡们离脱贫更进一步，有动力，没的说！撸起袖子接着干！”刘丹说：“这首歌在看病的路上又听了一遍。现在是脱贫攻坚最关键时刻，希望扶贫人齐心合力，为所有贫困户带来一个幸福的生活，我要快点好起来。”……一段段真挚的留言，是一颗颗心灵的激荡。大家都支持我勉励我，纷纷说“为奔赴扶贫一线的英雄们点赞”。这一条条打动人心的留言，让我由衷感到扶贫书记这份职业是多么光荣。

2018年春节，宝鸡电视台邀请我上宝鸡春晚表演《扶贫路上》。从小到大，自己从来没上过舞台，而且是这么大的一个舞台，确实有点怯场。但是朋友们都说，要上，要展示我们扶贫书记的形象。在大家的支持鼓励下，我登上了宝鸡春晚。

那天晚上，炫目耀眼的灯光，热情鼓掌的观众，在众目关注中，我抱着心爱的吉他，唱起了这首《扶贫路上》。这一刻，没有紧张，只有激动。我热泪盈眶，脑海里不由回想起自己两年来的扶贫历程：面对农村生活乏味、条件艰苦的那种困难，面对群众有时候不配合不理解的那种丧气，面对父母孩子照顾不上的那种思念，面对镇、村干部支持配合的那种感动，面对群众尊重认可、党员鼎力帮助的那种欣慰，面对贫困群众纷纷脱贫致富奔小康的那种满足……

我突然有一种强烈的感恩之情，感恩人生，感恩扶贫书记这段让我成长与荣耀的奋斗历程。我为自己是一名光荣的扶贫第一书记而永远自豪！

（李永涛　男，现任宝鸡市陇县县委宣传部网管办副主任、县文联副主席。2016年2月至2017年12月在陇县新集川镇保家河村任第一书记）

“迷彩女书记”扶贫记

◎ 杨启卫

吴起县位于白于山区西南麓的黄土高原深处，这里沟壑纵深，贫困程度深。和许许多多的扶贫干部一样，我经常要奔走于山山峁峁和乡间地头为群众办事。因时常身穿一套迷彩服，我被当地老百姓熟知并亲切地称呼为“迷彩书记”。

“我本身就来自农村，我把每一个贫困户都当成自己的亲人一样对待，他们的事，就是我的事……看到他们一个个脱了贫、致了富，我比谁都要高兴！”三年来，我如是说，也如是做。

我的初心

2015年9月，我在白豹镇政府爱人那里度假，组织干事王德荣的房子挤满了人，他们都在议论纷纷：“县委组织部要求，县派的干部不够任村第一书记，我们乡镇要派一批优秀干部任村第一书记。”

我心里急得如热锅上的蚂蚁，抱着娃娃急忙跑过去，就想报名。因为我出生在农村，父母都是面朝黄土背朝天、老实巴交的农民，爸爸在村里担任了三十年村干部，给我树立了一心为民的好榜样。我挤在干部人群里，总算报上了名。放下笔的那一刻，心里的那块大石头好像落了地。经过镇党委会同意，决定由我担任白豹镇白豹村第一书记。

镇党委发文的那天下午，单位楼道里闲言碎语很多。有的干部说："乡派第一书记不给补贴，只有县级以上包括县里下派的第一书记才给补贴，再说你有10个月的孩子，乡镇林业站单位多清闲。"我没搭理他们这些话，就想去基层锻炼自己。

上任那天，天刚麻麻亮，我就收拾好孩子的备用品，开车把孩子送回老家。虽然心里老不是滋味，但是我和老公商量还是把10个月大的孩子交给老家年迈的公公来照顾。回到家，公公二话没说，颤抖着的双手从我手里接过哇哇哭个不停的孩子，还语重心长地叫着我的乳名说："酒国，我虽然腿不好，只要你们往前干，我累点也无所谓，娃娃交给我，你就放心工作吧！"我和老公看着一瘸一拐的公公抱着正在撕心裂肺哭的儿子，一边给孩子嘴里塞奶嘴，一边唠叨说着孩子听不懂的安慰话。随着车子越走越远，孩子的哭声渐渐听不见了，我的眼睛湿润了……

回到单位，我觉得这一天日子过得特别慢，整理好自己洗了好多次的迷彩服，背起沉甸甸的行囊前往白豹村……

入驻白豹村的第一天，我在村部遇见村支书李文军，他笑眯眯地说："快回家看孩子，村上有啥事，我再叫你，没事，你也就别来了！"我并没有那样做。虽然我是女同志，在别人眼里好像啥也干不了，我也为此失眠过，迷茫过，但是没有放弃过！

记得第一次召开村党员大会，全村有42名党员，只来了6人，而且到会的党员议论纷纷。有的说："婆姨女子弄不了个事。"有的说："白豹村那么复杂，政府驻地村，娃娃拿不哈来（干不了）。"

▲走访群众，掌握村情民意

会开完，已经是晚上10点了，我给自己定下第一书记枕边言，每天睡觉前必须在自己枕头底下的小本子上记录当天发生的事情。我把手放在自己的心口窝，眼睛瞪着天花板直发呆，久久没有睡意……

为什么参会党员那么少？为啥群众怀疑我干不了？第二天一大早，我带着问题去走访村上德高望重的老党员，其中有一位84岁的老党员许秀珍和我促膝交谈："娃娃，你要想让党员参会率高，作为第一书记，你要了解每个党员的家庭、生活及身体情况。要为党员定制度，没有规矩，不成方圆，他们入党的时候对着党旗发誓，现在表现又咋样？党员要为群众起带头作用。娃娃，《党章》规定，半年不参会的党员，自动退党。有句土话，'牛头煮不烂，火小……'"听了老党员的话，我心有感慨，立马行动！走访每一位党员家庭，和他们谈心谈话，拉家常……每天回来，我随身携带的笔记本记得满满的，心里感觉就像秋天收获一样满载而归！

根据入户调研情况，我制订了党员学做计划、党员考勤制度、党员积分制，依靠制度约束人。我还自掏腰包买了个大音响，会前播放《没有共产党就没有新中国》《团结就是力量》等歌曲活跃学习气氛，嘹亮的歌声在白豹村部响起来了。党员们个个衣着整齐，胸前佩戴着明亮的党徽，嘴里哼着歌曲往这里聚集。"会议开始了！请参会党员全部手机静音，今天会议由我主持！"全体党员肃穆，举起右拳，重温入党誓词，唤醒党性。会中，党员们踊跃发言，老党员赵明山高兴地说："杨书记，我们党员来这里学习、开会，就要有个样儿。今天党员大会开得不错。" 坐在一旁的党员边占来也急忙站起来激动地说："杨书记，以后就这样召开党员会，党员承诺制，这个办法好，我赞同！"会场顿时响起了热烈的掌声。不能到会场的，农忙的，生产一线的党员，我以帮学的方式，在田间地头和生产一线给他们上党课。

▲党员大会重温誓词

党员们整体理论水平提高了，参会率也达到98%以上，但是老百姓没有长期脱贫致富产业，是摆在我和村干部面前的“拦路虎”。村上集体经济非常不好，我彻夜难眠，心里如潮水般一浪推着一浪涌过来，最后终于想出办法：积极请示镇主管领导向上级部门争取项目资金。

白豹村的故事

盛夏的白豹村，太阳毒辣无比，村里静悄悄的，只有树上的知了还时不时发出些许声响。我背着大大的水壶和沉甸甸的背包，一步一挨地走在乡村的路上，心里还惦记着正在建设中的大棚，上午刚刚安装好的水泵、滴灌是否能正常工作，我急需与村干部一起去察看大棚供水情况……

端午节当天，村里下起了暴雨，贫困户谢金华气喘吁吁地打电话给我："杨书记，大山缝里下来水，把我家快淹没了，咋办啊？"我一手炒着菜，一手接着电话，满口答应："好，你别急，我马上到你家看看。"我一把放下锅铲，大步往马路上跑。一边电话联系原村主任马生春，一边着急在马路上雇车，见车就招手，有的司机停下车，把车门打开喊我是个"疯婆娘"，有的出口喊我"傻媳妇"，还有人讥笑我"先人手里没当过第一书记，大暴雨往哪里跑"。我先后叫了10辆车，司机都是摇头摆脑，就像提前商量过一样，都说："不去，那里路太难走了，多掏钱也不去！"叫了第11辆车，那个司机才勉强同意去。距离谢金华家还有两公里土路，车不能去，我只有步行。村道崎岖，雨水淹没了道路，我摸着石头过河，一走一滑。头顶雷声隆隆，脚底稀泥拦路，急性子的我索性把鞋脱了提在手里，赤脚加速前进。走着，走着，不小心村道上的石头擦破了我的脚，硬物插进趾甲缝里，我疼得脸部抽动，龇牙咧嘴，两眼冒火花，但是顾不上停下脚步歇一歇，忍着痛一瘸一拐地走向谢家。看到谢金华家三分之一已被水淹没，我急忙挽起裤腿，拿起水桶，一桶一桶帮着清理完屋子里的水。收拾完临走时，我再三叮嘱谢金华，不要住危房了，尽快搬进这次向政府申请的临时帐篷里。忙完后，我才发现脚已肿得像个面包，用手在脚面上轻轻一按就有个杏子大的坑，又急忙去乡镇医院看脚，医生叹气道："这娃娃工作也太认真了，端午节，不好好过节，抗洪救灾，这脚趾甲里的东西插得太深，现在没法取出，只能去县上的医院看了……"

天已经放晴，一条彩虹挂在天边，太阳马上就要落山了，我忍着疼痛一瘸一拐往家里走。刚走在大门口，大儿子急忙跑过来说："妈妈，您怎么了？"又急忙说："妈妈，您中午走得急，忘记关火了，菜全部烧焦了，邻家阿姨来咱家时才发现的，要不，咱家就要遭火灾了。我和爷爷一天都没吃饭了。”此刻，我全身被雨水淋透，泥巴裹满迷彩服，肚子一阵咕咕叫，只好拖着疲惫的身体去食堂买晚饭。

记得在一次全县秋冬农业农村工作检查中，县委组织部部长指出：“白豹村实现了蔬菜大棚、山地苹果、生猪养殖和陕北小杂粮等多产业融合发展的新路子，破解了本地农民增收难题。那谁是这个村的第一书记？”站在一旁的党委书记指着我说：“部长，就是穿迷彩服的这个女干部。” 部长又好奇地问：“你咋穿这一身迷彩服？”我手里捏一把汗，心里非常紧张地回答：“部长，我穿西服裙子之类的，深入农村不舒服，老百姓看了说，这个娃娃看着就是洋气娃。再一个，我每天走访入户帮老百姓干个体力活，迷彩服也方便。”部长又问我：“每座大棚每年收入多少钱啊？钱从哪里来？”我回答：“每座棚每年收入达到5万元；在镇党委领导的大力支持下，我和村‘两委’班子从上级部门争取水利资金200万元，为果农大户设立果园浇灌管网3处9000米，解决了苹果的灌溉难题，累计发展果园3000亩，让山地苹果成为白豹村持续增收的致富产业。”我一口气全给汇报了。部长点了点头一边继续往前走，一边表扬道：“女同志，能下得去，待得住，会干事，好样的。”

有付出就有收获。在各级领导的大力支持下，白豹村发生了翻天覆地的变化，最关键的是，老百姓的钱袋子鼓起来了，日子过得越来越红火，我心里也踏实了许多。

原王元沟村的故事

刚刚放下白豹村第一书记的担子，我又来到了吴仓堡镇原王元沟村。

原王元沟村是沟壑地带，坝地多，是全镇“挂上号”的复杂村。该村

▲帮老婆婆喂牛犊

有116户408人，贫困户27户84人。我以解剖麻雀的方式入户走访，用了不到一个月的时间，将27户贫困户全部走访了一遍。

贫困户刘兴全肢体残疾，家有4口人。妻子十年前因一场车祸离世，母亲年迈，儿子上大学，女儿打零工，未嫁，一家人的主要经济来源仅靠5头牛。我得知后，立即与镇党委领导和帮扶干部对接，给刘兴全预借5000元，小额贷款30000元。劝说刘兴全又购买了7头牛，8只猪仔。刘兴全修圈舍时家里没钱，工人怕欠工钱，七天叫了三组匠人都没把地基打好，最后全部调头走了。暴雨期就在眼前，我心里急得不知所措。最后，我做担保说："刘兴全不给你们工钱，我拿我的工资给你们付。再一个，刘兴全还要当小工，我每天来给你们做饭菜。" 工人们笑眯眯地说："杨站长，有您这句话，我们马上行动起来。” 只用了7天时间，就建起了标准化牛圈、猪圈。刘兴全感激地竖起大拇指连声夸赞：“杨站长，你真是好人，要不是你帮我，我的牛、猪都要打野了。”如今，刘兴全建立了养殖产业，农闲时还在周边打零工，2017年人均纯收入从原来的5000元增加到10000元。

在一次周末走访过程中，我在村部桥头碰见了贫困户王桂林，她脸色非常难看，手里拖着个男孩子。她两眼泪汪汪见到我，伸出一双长满老茧又冰冷的手，激动地说：“听说咱村里来了个好干部，今天终于见到你了，我儿子因一场车祸离世已五年，媳妇改嫁。老伴也去世早，我今年65岁了，得了脑瘤，什么也干不了。孙子李振伟在吴仓堡小学上四年级了，我也不识字，每个周末回来，娃家庭作业完不成。活成我这个下场，不如死了算了！”说着说着，眼泪流了出来……我当时心里特别难过，一边帮王桂林擦眼泪，一边握着她冰凉的双手满口答应：“阿姨，您孙子的家庭作业我每周末来帮他辅导完成。” 有一天，我去帮李振伟辅导作业，发现他的作文本上写着这样一句话：“我见到杨阿姨，就像见到我的亲妈妈一样。”瞬间，眼泪模糊了我的视线……

前些天，我在回家路上碰见王桂林婆孙俩，她两眼炯炯有神地看着我，热乎乎的双手拍着我的肩膀说：“杨站长，你知道我干啥去了？”我说：“阿姨，我不知道，你领低保了吗？”她笑眯眯地说：“不是。”说着，从兜里拿出一张成绩单。我急忙接过来打开一看，啊！好样的，李振伟的数学竟然考了85分，以前及格都很难啊！王桂林说：“这都是杨站长的好处。” 我摸着李振伟的头，心里顿时暖洋洋的。

贫困户谢辉，离异，家有5口人，上有老，下有小。家庭主要经济来源靠谢辉在烧烤城打工，有时早晚出发错过公交车，出租车又太贵，他只能徒步回家。我得知后，便把家里年前给大儿子买的还没骑过的新自行车送给了谢辉，好让他方便上下班。谢辉高兴地说："杨站长，你真是个好人，我这下子再也不愁回家难了……"

经过一年多的努力，原王元沟村不一样啦！贫困户猪圈里的猪仔增多了，牛棚里牛的叫声越来越亮，苹果园里的幼苗管理得一家赛一家，家家都喝上可口香甜的天然水窖水，贫困户都搬进舒适安全的新房子了，帮贫困户办理小额贷款5户13万也落地生根了……2017年原王元沟村荣获吴起县吴仓堡镇"脱贫攻坚先进村"荣誉称号。

心中永远藏着一个大家

家，是我们的归宿，我心中永远藏着一个大家。时间如流水，一晃一年多过去了，小儿子在公公的精心呵护下也渐渐长大了，他开始牙牙学语，会叫妈妈了。现在每周末提前到单位成了我的工作习惯。早上太阳还未露出半个脸，聪颖可爱的小儿子却撕心裂肺地在哭，湿漉漉的双手紧紧抱着我的腿，久久不松开，嘴里还嘟囔着："妈妈，别走，再陪我玩一会儿"。瞬间， 我的眼泪不由自主地滴在了迷彩服上。 午后，我忍着心酸，还是依依不舍地松开了儿子那嫩小的双手，一步三回头地看着他向我招招手的可爱动作，一边回应一边前行地离开了家。坐在颠簸的长途班车上，似乎五脏六腑都要跳出来了，心里老是感觉空荡荡的，还一直惦记着常年患有尿潜血的大儿子，每次周末他都是自己在家里煮方便面。母亲节那天，大儿子在自己的日记里写道："妈妈，你虽然不在家，我依然祝你节日快乐！"深夜，我睡在单位冰凉的床上，无数次辗转，怎么也睡不着，眼泪打湿了枕头。我一直忙于脱贫攻坚，错过了爱人病情的最佳治疗时期，一直说，你吃点药，再坚持几天，等我把这几户贫困户的牛圈和猪圈建起来 ，就陪你去查病。结果爱人十二指肠大出血，送到省交大二院时 ，大夫认真地说："再

▲察看大棚蔬菜长势

迟来几个小时，就有生命危险了……”我在医院只陪了他两天，就又回到了脱贫攻坚的一线。

作为母亲，作为妻子，作为儿媳，我对这个家总是心怀愧疚，可是我不能落下一个贫困户，不能落下一个乡亲。因为我的心里，藏着一个大家。

（杨启卫　女，现任延安市吴起县吴仓堡镇经济综合服务站站长。2015年9月至2017年6月在吴起县白豹镇白豹村任第一书记，2017年7月至今为吴起县吴仓堡镇黄砭村王元沟组，即文中原王元沟村扶贫包村干部）

“留守”麦王村

◎ 牛 伟

去年4月，一个春风和煦的日子里，我被派驻麦王村担任第一书记，从此开启了我作为一名基层干部值得铭记终生的一段人生历程。回首过去的一年，难忘的经历一一浮现：磨破了底的两双运动鞋，支部会上的一次次争执，进门入户的一次次谈心，田间地头的一次次调查，还有深夜里委屈的眼泪……面对这一切，我也曾犹豫过，彷徨过，也曾想过后退撂挑子，但最终我还是选择了坚持。一年来的事实证明，我的努力没有白费。苦尽甘来，麦王村的面貌焕然一新，我心潮澎湃，信心倍增。

“懒汉”不见了

为打开扶贫工作的局面，我花了一个月的时间，深入走访了麦王村64户贫困户。现在，村里谁家有大学生，谁家有留守儿童，谁家有几亩地，谁家养了几只羊，甚至村边的一草一木、沟沟岔岔我都如数家珍，了如指掌。

经过一段时间的观察走访，我发现，除了客观条件差以外，内生动力不足、发展意愿不强成为制约贫困户脱贫摘帽的主要原因。比如有的热衷于打麻将；有些无所事事，庄稼不好好种，也不外出打工，坐等政府的扶贫救济；个别人甚至以偷窃为营生……我深知人是生产力中最重要的因素，只有想方设法扭转麦王的村风民风，转变观念，扶贫工作才能从根本上干出成效。

有个村民成天沉湎于“赶场子”打麻将，地里活不干，也不想着出外打工赚钱，没钱就卖粮食，粮食卖完了就去借。找他谈了多次都不领情，麻将依然打得热火朝天。我就托人传话给他，让他到村委会来一趟，有好事。第二天午饭

▼ 给群众讲解扶贫政策

后，他斜叼着一根烟来到村委会，一见面就兴高采烈地说："牛书记，听说你找我有好事？有啥好事？得是给我发钱呢？赶紧啊，这几天手气臭，场场输，腰里的'铜'都快没了。"我接过话说："这回找你还真有好事，你爱打牌，我也会打，是这，今晚我约了个包工头，你再找个牌友，咱合伙把他'脓水子'给挤了！"他一听非常高兴，连忙点头答应说："好，好，好。莫麻达。"一切都按计划进行着。晚上在麻将桌上，包工头现身说法，把自己由一个赌徒把家产输得精光到戒掉赌瘾努力奋斗，再到如今吃穿不愁颇有积蓄的变化，一五一十地讲给大家听。刚开始，他还不当一回事，一脸不屑的样子，嘴里嚷嚷着："打牌就打牌，说这些干啥？可给我补课呢？"随着包工头动情的讲述和我的劝说，慢慢地他不好意思起来，脸上有点挂不住了，打牌的动作也变得磨磨蹭蹭，没有了之前的流畅，好像心不在焉的样子。牌场快要散摊的时候，包工头说："如果信得过伙计，明天就到伙计的工地上去，再甭靠打牌过日子啦！"其实让这个人去打工是我事先跟包工头说好的。到了工地，他从脏活累活干起，不到两个月，人就变得很精神，像换了个人似的。从此，很少再听见他家的吵闹声，听说还添置了不少新家当。

麦王村还有一个人，手上不太干净，喜欢占小便宜，在村里名声不好，派出所也拿他没办法，村民一提起他来就头疼。我找他谈了好多次，好话说了几车，工作做了好几个月，磨破了嘴皮子，磨薄了鞋底子。我不断鼓励他到城里打工，不久，这个人在村里"消失"了。过中秋节时，他给我打了个电话，说他要回来，希望我能在村口见见他。我按照约定的时间来到村口，约有一支烟的工夫，一辆出租停在我面前，车子右前门被打开，他从副驾驶座上跳下车，紧紧地握住我的手憨憨地说："牛书记，特别感谢你当初开导我，把我引上正路。我听了你的话到渭南去打工，干干净净地挣了不少钱，比偷鸡摸狗强多了！今天让你在村口等，一是要当面感谢你，二是担心卸行李的时候村里人说闲话。”看到他的惊人变化，我也激动地说：“俗话说得好，‘浪子回头金不换，身正不怕影子斜’，你就把心放到肚里，从今往后再也不会有人怀疑你，冤枉你了！大家都知道你走上了正路。”

做好思想工作要会说农家话。于是，“人活着就是要有点精气神”“你自己可以吃糠咽菜，总不能让子孙后代也戴着穷帽子，把穷锅一辈辈背下去”，类似的话语我经常挂在嘴边，入户讲，开会讲，拉家常时讲，不厌其烦地讲……如今，村民们

▼农家大丰收

都说麦王村大变样了，吃了饭没事干蹲在门口谝闲传的少了，没黑没夜“垒长城”的散伙了，偷鸡摸狗的事儿再也没有听说过。

脱贫摘帽进行时

夏收时节的一天，我到三组了解夏收情况，路上看见一个上了年纪的妇女拉着架子车非常吃力地走着。走近一看，原来是贫困户王西军的老伴张桂芳，车上满载着几蛇皮袋子麦子。看着脚下坑坑洼洼的路，看着满头大汗的张桂芳，我一阵心酸，急忙走上前要替她拉车，她忙着拒绝道："牛书记，咋能让你拉呢？你在城里工作，没干过粗活，这一车麦重着呢！""我想试一下！"看到我态度诚恳坚决，她没办法，把车把递给我。不试不知道，那个装满麦子的架子车让我这个年轻人拉得非常吃力，弓着腰，蹬着腿，肩膀被绳子勒得生疼。帮老人把麦子拉到她家门口时，我气喘吁吁，满头大汗，几乎直不起腰来。老两口硬拉着让我进去喝口水，盛情难却。提到村上的路，王西军的老伴一下子来了精神，似乎有说不完的话："牛书记，咱村上这烂路实在该修修了，外村人都不愿到咱这儿来，一下雨人都没处下脚，更甭说骑摩托、拉架子车了。如果修成光光的洋灰（水泥）路，刚才那一车麦我老婆子拉起来也不咋费力！"

她这番话在我心里引起了强烈的触动，"要想富，先修路"瞬间从一个口号演化成一个活生生的现实。说干就干，我立即行动，向上级打报告。经过努力，资金经多方筹集全部到位，先后为麦王村硬化道路8000多平方米。如今，一条条硬化了的道路就像一根根幸福的彩带，不仅把麦王村的家家户户联系了起来，而且把麦王和外界联系了起来。

基础设施得到改善，就为产业发展打下了基础。如何走出一条适合

▲果满枝头

麦王村发展致富的路子，成为当务之急。麦王村靠近渭河，农业底子不差，但主导产业不明晰，长期以来产业结构相对单一，经济效益一直不乐观。通过摸底调研，我瞅准了“特色化、品牌化”的发展方向。当我把自己的想法向大家说出后，不少人建议说，赤水大葱有多年的种植历史，在附近有一定名气，周围各村多年来种植大葱收益不小，如果我们村也能栽植大葱的话，肯定能够形成规模招来客商。大家的建议似乎不无道理，值得重视。但是，现代特色农业的发展应该建立在科学发展的基础上，周围各村适宜大葱栽培，麦王是否也适宜呢？带着这样的想法，我联系了农业局，让他们派专家和技术员实地勘察。专家给全村农业资源来了一次彻底的“体检”，告诉我们，这里的土壤条件很适合种植猕猴桃、花椒等特色经济作物。这下我心里顿时有了底气，带上村里主要干部对猕猴桃和花椒的市场前景进行了摸底，回来后立即召集召开村级一揽子干部会议，决定放弃种植大葱的提议，栽种猕猴桃和花椒树。

但是，阻力来了，一些村民说，咱祖祖辈辈都没务过那东西，种下去长不出来咋弄呢？长出来了不会经管咋办呢？有的村民说，咱就是收成好，往哪哒（哪里）卖哩？有的村民说，咱手里本来就没啥钱，买种子苗子就得东挪西借，万一卖不出去赔了本那就亏大了……面对种种顾虑，我们组织了一次包括所有贫困户参加的村民大会。在会上，我郑重地讲：“各位的担心我完全理解，但请大家放心，技术和资金都不是问题，我们可以请上面派专家来进行指导，钱的事可以从上面争取资金。至于销路，大家也不要担心，我们已做过市场调研，猕猴桃和花椒的市场前景不错，到时候只要品质好，村上帮大家联系客户。”我的一席话给大家吃了定心丸，村民们一下子来了兴致，纷纷表示积极响应村上的号召。

说到就得做到。为了科学栽种，我请来相关专家给种植户传授种植技术。去年年底，根据相关政策，我为发展经济作物的贫困户共争取到8万余元补助款。贫困户们纷纷放下了思想包袱，积极投身猕猴桃和花椒树的栽培中。目前，小小的麦王村发展猕猴桃500余亩，花椒80余亩，产业前景十分乐观。

▲希望的田野

当好“留守书记”

麦王小学的学生中留守儿童较多，家里经济都比较紧张，父母管不上，爷爷奶奶只管吃管喝，对孩子的学习也是有心无力，孩子回到家没有课外书读，学校也没有像样的图书室。但孩子们求知的愿望很迫切，面对一双双渴望知识的目光，我自费购置了120册课外书送给他们。每当看到孩子们拿着那些书如饥似渴地看着，我就为自己的一点小小付出感到十分欣慰。

张桂芳和老伴王西军是两位空巢老人，王西军患脑梗留下后遗症，行动极为不便，要张桂芳伺候。由于憋在家里长时间出不了门，王西军脾气很不好，动

▼ 麦王村村委会

▲焕然一新的办公环境

不动就给老伴发脾气，摔家具，张桂芳为此背地里没少偷偷抹眼泪。了解到这一情况后，我就隔三岔五到王西军家帮忙打扫卫生，干些重活，说说宽心话。去的回数多了，老两口就和我不再生分，有什么话都跟我说。尤其是张桂芳，受了老伴的委屈给我诉苦，遇到难事请我出主意，一点儿也没有拿我当外人。去年12月11日晚，寒风瑟瑟，我正在村支部办公室加班，突然听到敲门声，打开门一看，原来是张桂芳。我以为她有什么事情找我，就问道：“张大妈，这么晚了有啥事吗？王叔可给你气受了？”老太太说：“没有，你王叔好好在家睡觉呢。是我看你灯亮着，就给你送些吃的。”说着把拿来的香蕉、饮料、面包，一股脑塞到我手里，临走还叮咛我注意身体，早点睡。吃着老人送来的晚餐，一股暖流涌出心田！

春节前走访，村里有个五保户说夜里冷，让我给他买床被子。这句话一下子提醒了我，我估摸了一下，村里五保户加老弱病残共10户，就自掏腰包买了10床被子、10袋面粉，给这些人家一一送去。在慰问张喜德、张宏德兄弟时，我把两套棉被、两袋面粉送到他们手中。张喜德激动地说："感谢政府，感谢党啊！"以往从媒体或有关资料上听到或看到这样的言辞，我总感觉说话人在客套，但张喜德的眼神分明充满了真诚和质朴。当我把棉被和面粉送到贫困户张九如老人家里时，老人紧紧握住我的手激动地说："我今年得了一场大病，多亏党的好政策，要不然，我早就入土了。现在好了，区上、镇上、村上都帮衬我，我感谢政府，感谢党啊！"听到老人家发自肺腑的感谢，我觉得自己吃住在村，"留守"在村的日子是值得的。

今天，走在麦王的田间村道上，暖风习习，柳绿花红，猕猴桃树冒出了浅浅的嫩芽，花椒树的嫩叶在阳光的抚慰下格外翠绿。这块土地，正蕴蓄着蓬勃的生机，绽放着无比的热情……

（牛伟　男，现为渭南市华州区社保局干部。2017年4月至今在华州区赤水镇麦王村任第一书记）

王道一村的驻村记忆

◎ 杨 磊

2015年6月底，我只记得是个星期一，早上8点半，局长把我叫到了办公室，神色严肃地跟我说："现在市上正在选派干部驻村担任第一书记，任职时间一至三年，局里考虑再三决定派你去，如果你没有意见，就上报组织部了。"当时我呆若木鸡，脑子闪现出很多问号：什么是第一书记？为什么要去农村工作？我到了农村能干啥，该干啥？为什么是我？……

王道一村离镇政府大概有4公里，是包村干部张永强骑着摩托带我去村里上任的。到了村里，我们没有去村委会，直接去了村主任家。我还没开口问，他就说村委会没人，村主任在家办公。

村主任家房子很是阔气，门前的白瓷片一贴到顶，20多米跨度的宅基在农村很少见。天气很热，村里的巷道没有什么人，但树上的知了叫得让人甚是心烦。

我和包村干部用力推开村主任家厚重且有质感的大红铁门，但刚一进来我就头皮发麻，吓得只想往包村干部身后躲，一条肥大且皮毛光滑的狼狗蹲坐在地上，离我们3米多远，两只耳朵竖得笔直，眼睛直盯着我和包村干部。狼狗没有叫，也没有扑过来，但我当时真的很害怕。

包村干部看着我，笑道："孟主任的狼狗很听话，不会咬人，害怕啥？"

"不怕不怕。"我嘴说着不怕但心里嘀咕着："狗我确实不太害怕，害怕的是狗没拴。"

我和包村干部进来后，孟主任很自然地招呼我们坐下。我们表明了来意，他不紧不慢地说："是这，以后没事你和我一起去钓鱼，村里有事叫你，没事你就不用来了。"他一边说，一边用热水烫着茶杯。

"孟主任，我的意思你看能否把村干部召集起来开个会，认识一下，顺便再说一下我的驻村职责和工作。"我的语气有些重。

"哦，那也行，不过现在算了，支书和其他村干部可能都不在，要不你晚上8点半来，村干部应该都回来了。"孟主任表情严肃地回答。

晚上8点我就到村里了，但开会已经快10点了。会是在孟主任家里办公室开的，参会的除了孟主任只有支书和会计。会很短，只开了10分钟左右，村干部说不行喝点啤酒再回去吧，我说我回去要开车，改天吧。夏天的夜里明显能感到一丝凉爽，我的心里也很凉。

立　足

2015年7月17日，星期五。和往常一样，我早上7点钟就习惯性地起床了。洗漱完毕后，开着我的蓝色"丐版"小晶锐去村里上班了。

已经8点半了，村委会没人。一把"大将军"守在门上，外墙上面全是灰，墙角还有密密麻麻的蜘蛛网，透过窗子能看见里面的办公桌椅，桌子上面放着几张报纸，满是浮灰的椅子上还有两个硕大的脚印，地板上有些零散的纸张和垃圾，但均尘封已久。

拨通了孟主任的电话，传来睡意蒙眬的声音："昨晚睡得晚，你等等，我起来了就来。"没办法，等吧，可是我坐哪啊？坐车里吧，热！开空调吧，费油！还是在村里转转吧。

王道一村委会在全村的正中央。据村民讲，王道一村有5个村民小组，1700多口人，全村以孟姓和严姓居多，人均耕地不足1亩，农业收入主要靠小麦和玉米，青壮劳力大部分在外务工。村部的周围有10多条巷道，但却有6条没有硬化。

我在村里的小卖部买了瓶水，坐在小卖部门口的台阶上准备小歇片刻，急促的电话铃声响了起来。已经快11点了，孟主任让我去他家中，我也感

▼村委会办公

觉T恤有些粘背了，去孟主任家吹吹空调吧。

“来来来，热不热？你早上来得太早，都没起来呢，以后别来这么早，有啥事你打电话就行。”孟主任说话时刚洗完脸的样子很明显。

看着孟主任的光头和啤酒肚，我脑子里突然有一个之前根本没有准备过的念头。我很客气而且谄笑着说：“你还没吃饭呢吧？要不别吃了，你叫上支书、监委会主任和其他村干部，我请大家吃饭如何？”

孟主任听完愣了愣，随口说：“杨磊，你没啥事吧？有啥事你就说，吃啥饭啊，以后大家多来往，都是朋友。”

我嬉皮笑脸地回答：“真的没事，就想和咱村干部聚聚。我也刚来，大部分村干部都没见过，就是吃饭联络一下感情，以后还得在一起共事，人熟了好干事。”

孟主任停了许久没出声，最后还是把大部分村干部都叫上了，选了个不太高档的饭店，不知道是觉得有些不好意思还是想给我省钱。我把包村干部张永强也叫来了。席间，孟主任带着醉意给我说的那番话是我请这顿饭最想听到的：“杨磊，我知道上面派你来是来监督我们的，以后咱就是兄弟了，有什么事情你尽管说，我也知道你是来镀金的，说不上啥时候就走了，村里的事情咱们看着弄，相互支持，出格的事情咱保证不干，共同把村里的事情弄得美美的……”

修　路

记得8月初的一天下午，孟主任急忙走进村部，见我劈头就问：“杨磊，我刚从县城回来，听说交通局有个什么村村通项目，给农村修路，你看咱王道一能弄不？”

我笑了笑说：“孟主任，别急，我之前已经去过交通局了，我有个同学在那儿。咱村不是还有6条巷道没有硬化嘛，咱俩抽空再去趟交通局，找找姜局长。”

孟主任听完后说：“要是能行，我意思把咱的通村路再拓宽些，现在的路面会个车都成问题……”

项目实施得很快，从我们跑项目到完工仅仅用了40多天。施工顺利有序，中间只出现了一点小插曲，但我认为也是这点小插曲促进了整个工程快速顺利进行。那是在初期巷道路基修缮的时候，那天天气还是很热，早上11点左右，监委会主任孟华昌急火火地跑到村委会，气急败坏地跟孟主任说：“卫平，这路基我看修不成了。路基放线后，牵扯很多人家的门口台阶，要让路宽达标，这些台阶必须砸掉，群众都不让砸。我跟几家都说了，咱修是

▼ 王道一村的通村路

公益项目，让大家都配合一下，但是不顶用，一家都砸不下去。”

孟主任皱了皱眉，挠挠头问：“牵扯多少家？”

“大概20多家吧，其中还有你二大（二叔）。你也知道，你二大很难缠。”华昌扫兴地说。

孟主任听完后没有出声，顺手从桌上的烟盒里摸出一根烟点上，猛地吸了两口。我在一旁能清楚地看到孟主任无奈的表情，插话说：“孟主任，你也知道，修路是咱村的大事，工作要是做不下去，咱前期的路基就白修了。”

孟主任看看我说：“你不知道，牵扯这么多群众，还有我二大，很难弄。”

我说：“再难弄也得弄，你二大的工作还得先做。要不咱俩现在就去你二大家，给说说，总归是你二大，他不能从家里把你赶出来吧！”

孟主任面露难色，我攀着他肩膀拽着他笑着说：“你二大，你不去谁去，再难也得去。”

在孟主任二大家待了两个多小时，中午饭还是在他家吃的，孟主任二大的工作最终做通了。孟主任当着全村群众的面，亲自抡锤砸了他二大门口的台阶……

精准识别

一场秋风一场凉，不经意间我已经从短袖换上了外套。11月底的一天，我早上从镇上开会回来，带了下发的一叠文件，其中有一份是王道一村贫困户花名册。

下午1点左右，孟主任、支书、监委会主任、会计和我开了个五人小组会议。“咱们村现有贫困户175户688人，这个数字真的把我吓了一跳！

咱们村有没有这么多贫困户，全村总共不到400户人，接近一半都是贫困户？”我说的过程中虽然语气重，但脸上是挂着笑的。

孟主任听完后接茬说：“我和支书是今年刚换届的，上任后就是这么多贫困户，估计是当初为了申报贫困村，怕贫困人口不够，所以报得多，都是上届干的事情，我也不知道。”

我紧接着说：“那咱就按照文件上的要求，把这175户齐齐走一下，对不符合条件的和家庭情况触线的可以按照程序清除，重新上报。我意思咱们得商量着弄一批出去……”

我还没说完，孟主任就迫不及待地说：“跑啥啊，村里就这么多人，哪家我不认识，哪家屋里我不知道情况？！他屋里谁在哪儿上班，谁一年能挣多少钱我大概都知道，咱就拿着表光勾就行。”

看着孟主任不耐烦的样子，我解释说：“还是跑跑吧，一来我也能和这些群众都认识下，二来咱不去也不符合程序啊……”

孟主任没有跟我一起入户，大部分贫困户是监委会主任和会计领我去的。在有些贫困户家里我停留的时间很短，因为他们的上线情况很明显；个别的我站在门口就知道他们家不符合条件，因为一贴到顶的白瓷片和门口停放的轿车“出卖”了他们。

贫困户剔除的拟定名单出来后，我非常认真地核对后拿给孟主任看。那天孟主任看了名单很明显急躁了：“杨磊，我觉得这个名单不行，是不是清得太多了？还有一些，你了解清楚了没，屋里的情况你弄清了没？”

看着他，我很严肃地说：“孟主任，名单上的贫困户都是我和村干部去过家里的，家里的情况都是了解核实过的，是不是符合条件我想都经得起考验。至于你说的这个名单不行，是哪里不行，还是上面的贫困户名字错了，还是我从中弄虚作假了？”

孟主任的急躁表情加重了，甚至有些愤怒地说：“我说不行就不行，咱拿这个名单让村干部议一下，支书肯定也不行……”

那天我和孟主任闹得很不愉快。我当时估计可能是自己和主任沟通的方式有问题。之后我把名单让支书、监委会主任、会计、妇女主任都看了，大家都没有说什么，都是看完笑了笑。

自驻村以来，我第一次感觉到有一种被捉弄、被讽刺的感觉，甚至还有强烈的羞辱感。最后还是支书一句话点醒了我：“王道一村大部分贫困户都姓孟……”

这一晚我失眠了，脑子里全是孟主任的表情和村干部的笑声，心里很窝火，躺在床上翻来覆去睡不着，觉得孟主任太不给我面子了。我在王道一村没少下苦，说到底我还是村里的第一书记，是市上派来的，太不给我面子了，我是不是应该跟镇上反映反映？是不是应该跟支书私下沟通沟通，强行下茬剔除？是不是应该开个会，把孟主任这种对待精准扶贫的态度通报下？……一连串的“应该”萦绕在我的脑子里，突然想起了一个在乡镇工作的朋友说过的一句话，我做了一个别样的决定。

第二天一早，我没有直接去村里，也没有去单位，而是去超市买了一箱特仑苏牛奶和一把香蕉，先去了孟主任家。孟主任看了看我，从兜里掏出烟来，发了一支给我，一边给我点烟一边说：“来啥呢吗，老母亲就是感冒，这两天都快好了。”

“你看你说的，你母亲病了，我应该来看望一下，都是弟兄们，你还跟我见外。”说这句话时我脸上微微发烫。

从孟主任家出来，我和孟主任一起去村委会。去的路上，孟主任低声给我说：“在村委会人多，有些话我不方便给你说。就说这个贫困户剔除的事情，你给我看的单子上的人数太多了，不是我不愿意剔除，都是邻里邻居的，你把谁弄出去了，谁心里都不高兴，弄到最后都是我的难过，还得得罪这么多人……”

没等孟主任说完我紧接着说："我知道你的难处，你只是磨不开面子。要不这个白脸我来唱，咱把初选名单拿到会上，让大家来评判。牵扯哪个村干部的利益我来说，这些贫困户的家里我都去过，哪家好，哪家差，我基本都能说上来。"

孟主任挠了挠头，表现出一副极不情愿的样子，说："你这名单里其实有好多都是村干部的亲属和朋友，我要是把这些人都弄出去，其他人怎么看我？我也刚当上村主任，总不能把人都得罪了，以后村里的事情怎么干啊！"

我随即又说："我相信，如果你能先带头剔除你的朋友，其他人我觉得不会说什么，就像你砸你二大的台阶一样……"

孟主任默许了，但是强调了一句话："也只能这样了，但我觉得不要剔除得太多。"

王道一村贫困户筛选甄别工作按照我的预想基本实现，再回想我那位乡镇工作的朋友说的那句话，我真的觉得很正确。如果我要是硬憋着气和村干部对着干，怕是也没有现在的结果，那句话也再次得到了验证和实践："在农村工作，最不值钱的就是面子。"

爱　心

精准扶贫，"扶"是关键，再好的机制，再好的政策都需要落实。29岁的大学生严卫军一直想发展大棚蔬菜，为了打破王道一村原有的传统农作物种植格局，发挥高效农作物的示范引导效应，我帮助他建起了9个蔬菜大棚；村里的贫困户孟选臣有养猪的经验，我帮助他联系了5万元贴息贷款，扩大养殖规模，从原有的7头发展到30多头；贫困户孟玉昌是种葱的好手，在帮助联系贴息贷款的基础上，我和村干部帮助他流转土地9

▲开展募捐活动

亩，把种葱的规模扩大到11亩；针对贫困户中的闲散劳力，我通过朋友介绍13名贫困户到西安雪花啤酒厂务工……

正当我为扶贫工作东奔西走、忙得不亦乐乎时，村里的贫困户李平选家里出事了。

那天我正在村委会打印资料，支书慌忙地进了门，见了我就说："杨磊，我得跟你说个事情，李平选家里出事了，听说他儿子李杰得了坏病了，好像还很严重……"

"走，叫上孟主任咱一起去看看。"说着我就和支书出门了。路上，支书一边给孟主任打电话，一边和我讲李杰的家庭情况和病情。

李平选的独子李杰今年30岁，结婚刚三年，他和60多岁的父母仅靠一亩多地和打零工维持生活。4月的一天，在外打零工的李杰突然回到家中，流着眼泪告诉父母一个做梦也想不到的噩耗，在一次医院检查中他被查出患有严重的白血病。父母闻讯后顿时失声大哭，看着李杰掉落的头发无所适从，全家的生活被一记惊雷砸得七零八乱。

到了李杰家后，看到李杰一个人坐在床边默不作声，头发已经所剩无几，房间内非常糟乱，结婚的照片挂在床头，两岁的儿子绕膝攀附着父亲牙牙学语。此情此景，我的鼻子突然很是酸楚，眼泪不由自主地夺眶而出，我试着把眼泪擦干，但又很快泪若雨下。我急忙走出房间，背过身去极力平复自己的心情和状态，但内心根本无法平静。就在我站在房间门口揉眉止泪的时候，我听见李杰的母亲突然哭了起来，她一边哭一边跟支书说："娃这都回来几天了，成天就钻到屋里不出去，吃饭也不行，孙子这才两岁，我这可咋办啊……"说完后，她的哭声更大了。

从李杰家里出来，我当天召开会议，号召全村党员干部发扬一方有难、八方支援的奉献精神，并带头为李杰捐款。全村群众捐款热情高涨，仅一天时间就为李杰筹集了6800余元。另外，我还利用电视台、"微华阴"等宣传媒体，为李杰募集治疗资金2万余元。

李杰是三个月后去世的，我知道我们所做的无法扭转现状，但这件事一定得做。

步入寒冬，贫困户的衣食冷暖一直是大家关心的事情。经与各方协商，根据家庭实际情况，我们为全村48户贫困户采购必要的过冬生活物资：严小平家取暖成问题，我们就为他送去了采暖炉和煤饼；孟华平因病卧床长期用药，我们就为他送去了在药店现金办理的药卡；孟欢石因腿脚不便，平时采购粮食都是邻居帮忙，我们就为他送去了大米、面粉、食用油和各类调味品……

慰问完贫困户，回到村部办公室，我琢磨着，今年的工作也该好好盘点、总结下了。落笔间隙，不经意抬起头，发现窗外铅云密布的天空已下起了雪，很大。鹅毛般的雪花，玉一样纯，银一样白，纷纷扬扬，从天而降，亲吻着久别的大地。雪花洒脱快乐地飘落，投入大地的怀抱，不给世界带来任何声音……

（杨磊　男，现任华阴市罗敷镇副镇长。2015年7月至2017年4月在华山镇王道一村任第一书记，2017年4月至今在罗敷镇金岩村任第一书记）

一花引来万花开

◎ 张少华

仲春时节，草长莺飞。走在乡间的小路上，我没有看到想象中破败脏乱的村舍，反而田里的庄稼倒像是得到了额外的眷顾，绿色的麦浪一波接着一波。“这是何家村吗？如果是，为什么何家村还是贫困村？我该做些什么？我又能做些什么？”我心中暗喜又茫然不知所措地进入我的“根据地”。

村里传开了我到来的消息，竟然有一大堆人蜂拥而至，七嘴八舌也随之开始了：“这么年轻的小伙子，还是县上派来的第一书记？”“文绉绉的，能撑多久？”“就看啥时候会卷铺盖走人？”……怀疑和打量的目光使早先激动满怀的我多了一丝失落，但耳边响起领导的殷殷嘱托：“你可是咱县最年轻的驻村干部，可要给咱‘国土铁军’争气啊……”我暗自打气，既然来了，就一定要干出个样子来！

戴上党徽，提起水杯，夹着笔和本，我便开始了下组串户走访调查。

“张书记，靠种小麦落不下几个钱，给娃以后娶媳妇都是个问题啊。”

“张书记啊，有补贴领，当贫困户有啥不好的呢？”

……

就这样，近一个月时间，村民提出的各种各样的问题已记满了我的小黑本。看着一个个问号爬在本子上，顿时，我倍感压力！

乡村的夜色很迷人，如水的月光从天宇轻轻流泻，仿佛要浸润整个村庄，几颗星星缀在遥远的天幕，似乎在窃窃私语。我伏案细心整理汇总村民关心的热点、重点、难点问题，生怕有丝毫遗漏。

村民叫我“花书记”

何家村是雍川镇八个贫困村之一。全村无集体经济收入，产业结构单一， 以种植小麦为主；村民思想保守，矛盾突出，“等、靠、要”思想严重。

经过不断考察论证，村子地平如镜、土地肥沃的优越条件，正是发展生态苗木花卉种植的理想之选。于是，我租车带领村组干部去宝鸡、杨凌等地实际考察学习种植经验，并引进了冰菊、波斯菊、松果菊等10个投资小、收益高、周期短、好作务的热销花卉品种回村种植。

花卉品种引来了，宣传动员必须同步进行。村里的老赵看到我在推销自己的“产品”，蹲在路旁的大石头上“吧嗒吧嗒”地吸着老卷烟，还时不时抱着怀疑的态度说：“你别胡诌了，农业产业市场风险太大把控不了，要是赔了可咋办呢。走，走，谁跟我打麻将去啊，刚好三缺一……”周围的村民三五成群，众说纷纭，交头接耳地嘀咕着。为了树立群众的信心，我一如既往拿出胸有成竹的样子：“大家大可放心，咱们的花卉种植客商免费提供种子，全程技术指导，采取签订单式回购的方式回收花籽。此项产业每亩纯收入达到3000元左右，贫困户流转土地政府给咱每亩还有400元的补贴呢……”两天下来，“演讲”宣传让人口干舌燥，可效果并不明显。毕竟这样的事情在何家村还是头一回，我暗自打气：“万事开头难，等咱这挣了钱，还不相信你们不变态度！”

空口无凭，眼见为实。为了打消村民们的疑虑，给他们吃上“定心丸”，我再次租车带领部分贫困户赴杨凌、宝鸡等地实地体验观摩。还记得那天参观了大半天以后，都错过饭点两三个小时了，他们仍兴致勃勃地边参观边询问。从清早来时大家七嘴八舌地满心怀疑，到晚上返村途中个个沉默寡言，若有所思，我大概明白了他们心里在想什么。

到了村里下车道别时，没想到老赵赶了一步握起我的手，有些不好意思，半低着头给我说：“张书记啊，今天的参观，收获可真不小，我明白了咱们跟人家的差距在哪儿。啥也不说了，咱跟着你干……”经过一个多星期的宣传动员和精算收益，终于，部分村民同意进行流转土地来连片发展花卉，首批规模就达到近100亩。

行胜于言。那几天老赵每天来得最早。我背着水壶，挽起裤腿，拿起铁锨与村民一起育苗。只见他们有的把毛巾往脖子一围，紧握铁锨翻土筑苗床；有的全家齐上阵，给架子车装上灌满水的大塑料桶，你拉我推，给田间育好的苗床进行漫水；有的边后退边播撒花种……田间地头人头攒动，拖拉机、三轮车、架子车往来穿梭于田间小路，但井然有序。爽朗的笑声，大嗓门的问候，时时传入耳中，一天到晚劳作的人们来来往往，直至育苗结束天黑了才渐渐散去。

花苗管护期间，我多次邀请农技专家到田间地头现场授课，重点开展花卉病虫害防治、苗木管理等技术培训。经过10个月努力，按照初期规划实施倾力打造出何家村“一路一带”种植示范基地，即以村口主干路为中轴线，沿路两边一、二、三组辐射带动，形成“花海”一般的花卉种植

繁盛的松果菊

示范带。在集中发展花卉种植产业的过程中，我的眼界也渐次打开，及时调整思路，突出产业周期长短结合，以打造“特色精品种植示范园”为目标，在四、五、六组连片种植了精品大红袍花椒、黄桃、李子等1200亩12万多株，逐步做大做强了全村产业。

花卉、花椒等一系列种植产业可谓行之有效，也让村民看到了变化和希望。从那以后，我便被群众亲切地称为“花书记”。群众对我的认可，是我此行最大的收获和快乐。

再开“福良”花一朵

大力发展种植产业增加收入的同时，也要在“扶志”上有所作为，精神上的“瘦骨嶙峋”远比生活上的“面黄肌瘦”更让人痛心。

让我印象最深的是贫困户赵福良，43岁，小学未毕业。早年妻子因不堪病痛折磨喝农药自尽，他在打小工时曾受过腿伤，家里有上初中的儿子和体弱多病的老母亲，无一技之长，也不思进取。一家三代人一直靠着低保勉强度日，是村里有名的贫困户。

第一次走访入户时，我眼里看到的这个家真可谓是“一贫如洗”。木头支撑着土坯房，墙体裂缝隐患重重，墙角到处是蜘蛛网，土灶台和简单的厨具是厨房唯一的家当；卧室里阴暗潮湿，远远地就闻到一阵阵发霉的味道，一台老式电视机是仅有的家用电器……穷！穷得真正是超出我的想象。该如何帮助他脱贫？我的心里五味杂陈，难以平复。拿出纸笔，我想耐心细致地了解他的生产生活家庭状况，只见他蓬头散发，衣衫不整，话语不多却一副满不在乎的样子，我一边询问，一边在心里盘算着如何让这样的贫困户摘掉“贫困帽”。

“恰逢村上修建文化活动广场，可以给他找个小工活！”我灵机一动，赶紧联系包工头，咨询用工情况，通过多番沟通，终于找到了一个适合他干的活。

“腰疼得很，不去！”

这如一盆凉水从头浇下，遇谁，心里都会凉意四起。他的回答让我这个第一书记无言以对。强按住郁闷，再次耐心地和他谈：“福良哥，你以后有啥打算？想做点啥？”他支支吾吾说不出来。放弃只能是延续贫穷，我不信，有哪个贫困户真的不想靠自己的双手过上好生活？从那以后，只要一有空，我就到他家里拉家常，慢慢了解并体会到，由于以前不如意的人生遭遇，自暴自弃、自甘堕落就成了他掩盖内心希望的最好屏障。通过持续不断、耐心细致地讲党的好政策，并带他去杨凌等地参观学习开阔眼界。最终，

▼手把手教赵福良培育菊花苗

精诚所至，金石为开，赵福良先从改善家庭面貌开始，进行了自我“革命”。他借助扶贫惠民政策，加上东凑西借的钱，积极实施了危房改造。

搬进新房后不久，他第一次主动来村委会找我，谈了想承包土地发展花卉种植产业的想法，但也提到刚盖完房手头紧，需要贷款来搞花卉种植的实际困难。对于他的改变，我是喜在心头。我和帮扶干部一道积极奔走，为他申请到政府无息贷款3万元，最终他流转了同组村民土地22亩用于发展花卉种植。炎炎夏日，他起早贪黑细心钻研花卉种植技术，全身被太阳晒得发棕，加上汗水

▼指导赵福良对花卉进行夏季防虫

的浸泡，浑身油光闪亮。周边的村民都觉得他的变化有点不可思议。“功夫不负有心人”，当客商来地头订单回购了部分花籽，将1万多元递给赵福良时，他抖动着手边数钱边乐呵呵地笑着说：“这可是咱‘第一桶金’啊，可多亏了‘花书记’……”此刻的画面一直烙在我的脑海里，终于实现了让他用双手，用自己的辛勤劳作和热血汗水增加收入，争取早日脱贫的初衷。

现在，每当路过赵福良的地头，看到满地黄灿灿、红艳艳的菊花时，我的内心真的无比欣慰。夜晚的微风轻抚整个村庄，月亮明亮，犬吠让整个村庄变得更加

▼ 指导赵福良进行冬季花卉管护

宁静，我看了看月亮，弯弯得像是在微笑，我也暗自笑了，拿起笔，在本子上写了这段话：

“帮扶贫困户，一定要让他们明白：不要怕穷怕贫，贫穷不是‘错’，没有人心甘情愿守着清贫。没有摆脱不了的贫苦生活，因户施策，幸福生活就不会遥远。”

至今，在我的村宿办公室墙上还悬挂着赵福良送来的“驻村帮扶促发展，情系百姓解民忧”锦旗。它就像一面镜子，时刻提醒着我，心系群众，求真务实，为民造福。

▼ 赵福良花卉产业收益的“第一桶金”

百花齐放才是春

“不给解决问题，我就背上干粮去北京上访……”接起电话就听到一阵嘈杂、烦躁的声音。电话是镇上同志打来的，何家村村民苗奶奶的堂弟因给她建房问题正围堵政府机关，他们正在协调。

五保贫困户苗奶奶，七旬高龄，从小智障残疾，丧失劳动能力。虽依靠同组堂弟代为监护，但她一直独居。事情的焦点在于其堂弟想靠危房改造政策，不出建房自筹款，让政府“买单”建房。我得知情况后，立即安排专人前去安抚并劝返接回。后经核查，苗奶奶家里确实无安全住房，所住宅基地是建于20世纪60年代的土坯房，院落狭窄且年久失修，破烂不堪。去年夏季持续强降雨后，该房当时因漏雨损坏严重，随时都有坍塌造成人员伤亡的危险。我主动联系住建部门给危房做了鉴定，她所住房屋属于D级危房，可以列入危房改造项目，但问题是自筹部分的钱谁出呢？抓耳挠腮的我突然想到了一个点子。

“老苗啊，你堂姐这么多年也给你添了不少麻烦，经村上研究决定，准备送到县城养老院集中供养。但有条件，只要将你堂姐的银行折子上交，以后你也就不用操心了。你说政府就是好啊，每年光你姐享受所有福利补贴也有六七千元吧……”我胸有成竹地说。

“这，这，这怎么行呢，我姐邋遢惯了不讲卫生，再说年龄大了去了也不方便……”老苗看起来有些惊慌失措。

经过多次上门劝导和感化，其弟终于表态愿意承担苗奶奶危房改造自筹资金部分，还进一步表示同意将苗奶奶改造房屋建在自家后院空闲处以方便照顾，原宅基地危房拆除平整后交给集体。

经多番努力后，苗奶奶的新房在去年入秋后开始动工建设，不到一个月就顺利建成了。其堂弟也履行了承诺，将苗奶奶接去和他家同住一个院子，以便照顾。

经过大家共同努力，去年底何家村顺利出列“摘帽”。现在的何家村，人们的生活水平像芝麻开花一样节节高，老人们悠闲地坐在广场上摇着扇子，下着象棋；孩子们围着大树跑着，累得满头大汗；劳作之余的妇女们围坐在一起，扯上几句家常话，笑声不断蔓延开来；宁静的夏夜，蛐蛐唱着动听的歌曲，风儿吹过树缝发出“沙沙”的声音……我看着这幅美妙生动的生活美景图，捋了捋衣服，暗自握紧拳头，心里想：“咱还应当继续干！”

（张少华　男，现为宝鸡市岐山县国土资源局干部。2017年5月至今在岐山县雍川镇何家村任第一书记兼扶贫工作队队长）

桑梓情

◎ 梁小平

兴许是上天有意安排，抑或是机缘巧合。不曾想到，三十五年前，为了梦想走出山沟沟的我，而今又回来了。眼前的一草一木是那样亲切，走过玩过的沟沟岔岔是那样清晰，和小伙伴们成群结队逮知了、西场“攻城”、打链子枪的场景依然历历在目……

“回来了，就要脚踏实地，实实在在为乡亲们做点事。”望着眼前熟悉的一切，我在心里默默地告诫自己。

结“亲”帮扶

“大，四队的梁抗战你知道不？”我问父亲。

“乃（你）知道么，按辈分还把我叫叔哩，你问他奏（干）啥？”父亲疑惑地问。

“他是咱村的贫困户，现在是我的帮扶对象……”

回村第一天，我便急切地向父亲打听着抗战家的事情。

了解了抗战家的概况后，我便叫村干部一同前去抗战家认门“结亲”。

首先映入眼帘的是一扇大红铁门，因风吹日晒褪色不少，有的地方红漆掉落，露出点点铁色斑底。从大门中的一侧小门穿过，走进院子，红门白墙的传统砖瓦平房扑面而来，呈“ㄱ”形布局。厨房与卧房间的镂空处堆放着一个小小的粮囤，墙根边一层层柴火垒得整整齐齐，几乎与院墙一般高。

“屋里有人么？”村干部顺口喊了一声。

“有有有，谁呀？”伴随着急火火的答应声，笑嘻嘻地出来一个老头儿。只见老人皮肤黝黑，有点秃顶，左手戴一只白线手套，随胳膊肘成直角置于胸前，黑色上衣和灰色裤子上，还依

▼入户宣传扶贫政策

稀能看到一些土印子。

“老哥，你好，我是接替薛主任来帮你的。”我一边自我介绍，一边迎上去握住抗战的手。

“哦？！好好好，欢迎欢迎！”抗战好像一时没有反应过来，略微迟疑了一下又连声说道。当他知道我也是本村人时，特别高兴，顺手将凳子向我这边挪了挪，滔滔不绝地讲起我爷爷和父亲的故事。有的事我已没有什么印象，但却一下子拉近了我与抗战的距离。

梁抗战，64岁，一家五口人，肢体三级残疾，因小儿麻痹留下后遗症，造成左手腕反向耷拉无力，没有知觉，完全丧失劳动功能，整个手腕像是安装了弹簧，扳正又反弹回去。69岁的妻子张凤玲常年慢性病缠身，两个儿子在外漂泊，多年不归。平日里，只有老两口与孙女佳怡共同生活，相依为命。

“哎——孩子在外打零工，今在这儿，明在那儿，连自己都顾不上，好几年不回来不说，还给我留下个娃。”

“种庄稼没效益，打工又嫌我是老汉、残疾人……”

我仔细听着，心里像灌了铅似的沉重，但脸上并不表现出来。一阵沉默后，我清清嗓子，看着抗战说：“老哥，你不要丧气，我们同心努力，相信日子一定会一天天好起来的。”

“哎——”抗战似乎并不抱多大希望，长长地叹了一口气，点起一支烟独自抽起来。

一回生，二回熟，加上又是同村老乡，我的这个“亲戚”很快就结上了。

劳有所得，不劳不得，解决眼下难题，首先得从找活做起。很快，我联系村上志强农贸公司，介绍抗战在其公司打零工，干些扫地、拔草、喂鸡等力所能及的活，每日挣得100元的酬劳。后来，抗战又给公司晚上看大门，家庭月收入稳定在2000元左右。

“毕竟64岁的人了，哪天干不动了怎么办？不能光靠体力，还要有技术。”我躺在炕上翻来覆去睡不着，想着抗战家后面的事情。经过多次与抗战唠嗑，他消除顾虑，在信用社大胆地贷了5万元，入股志强农贸公司，在得到树苗、化肥、农药物资扶持的同时，还学到了花椒专业管理技术。打工挣钱的同时，坐享3000元的保本分红，真是一举四得。

生活慢慢有了起色，在旁人看来，抗战像是掉进了棉花堆，真是让人“羡慕嫉妒恨”。但他没有就此停步，更没有“睡大觉”“等着送”“伸手要”。他白天干活，晚上学习，那股认真劲活像个小学生。每每入户走访时，我都劝他注意身体，他却笑着说：“忙不怕，有事干，心不慌。”

一分耕耘一分收获。梁抗战，越干越有劲，精神

▼花椒丰收

矍铄，一点也不像60多岁的农村老汉。一只手的梁抗战，成了村上管理花椒的技术能手。在他的精心管护下，栽植的7亩花椒长势喜人。现在的抗战越来越自信，时常奔走于周边各村组，滔滔不绝地给群众讲起了课，他风趣幽默的言语和身残志坚的事迹，赢得了群众阵阵掌声和发自内心的尊重。

低保——曾经给这个贫穷落怜的家庭以最低生活保障，帮助抗战一家渡过了一个又一个生活难关。2017年6月，一家五口人的低保被取消了。我怕他难过，到他家做工作，老梁却没有丝毫的怨气，更没有像有的人那样，大呼小叫，不停上访。他对我说："宁占天恩，不占皇恩。低保总不能吃一辈子，我的生活好了，就要给更需要的人。"

"独臂人"梁银行

抗战生活的好转，离不开志强公司。要说志强公司，不能不提公司法人梁银行。在文明塬，梁银行可以说是第一个"吃螃蟹"的人，靠着种花椒发了家，他的故事，方圆几十里没有人不知道。

梁银行，46岁，时常穿一件白色衬衫，摇摆着一只袖子，急火火走来。吃饭穿衣早已是驾轻就熟，一只手骑摩托、开汽车、使农机，样样机械在他手下犹如玩具一样使唤，人见了都不得不竖大拇指，都说："别看银行是一只手，啥都能弄。"

梁银行的残疾源于一次意外。18岁那年，梁银行外出打工，因为塌方砸伤了左臂，好好的壮小伙儿，令人痛惜地成了一个独臂人。屋漏偏逢连阴雨，不久，妻子患上了肝癌撒手人寰，看病的巨额支出，给他留下了一笔不小的外债。那时孩子还小，家庭接连发生的重大变故，犹如一座大山压在他身上，让人翻不过身来——梁银行成了贫困户。

▲位于文明塬村的人才基地

“那个时候，就像天塌了一样。”梁银行回忆起那段黑暗的日子时说。

日子虽然清苦，生活还得继续。梁银行没有向贫穷低头，更没有向命运屈服。只身一人跑去西安打工，抱着不让人瞧不起和一股子不服输的拼劲，后来竟在西安开起了超市。

出人意料的是，2012年，闯荡得有模有样的梁银行选择了回乡创业，承包了村子里20亩地开始种花椒。由于他胆大心细，头脑灵活，几年下来花椒品质竟高出其他农户好几倍。初尝甜头后，他又扩大种植面积，流转村民300余亩土地，全都种上了花椒。后来，他又成立了王益区志强农产品贸易有限公司，养了2000余只土鸡，搞起了林下经济。花椒地里散养的土鸡和土鸡蛋，直销省城，且供不应求。梁银行的日子一天天好起来，不仅自身脱了贫，还当上了老板，这在村民中引起了不小的震动。

论辈分，我把银行称叔叔，一有空，我便到他那谝闲传。慢慢地，我和这个老板叔成了无话不说的“铁乡党”。

“银行叔，你是扶贫政策的受益者，现在生活好了，能不能把咱村的困难群众给带动带动呢？”一天，我鼓起勇气说出了自己一直埋藏在心里的话。

“不是叔不帮，有些事你不知道，咱村的人话难说，事难办，热脸贴冷屁股，出力不讨好啊！”梁银行皱着眉头满脸踌躇地说。

“群众的眼睛是雪亮的，不能因个别人、个别事就以偏概全，一棍子把人打死。我看咱村的老百姓还是很朴实的，只要你秉持一颗公心，实打实为群众办好事……”

田埂畔、花椒林、林道弯、办公室，晨曦夜幕中，艳阳高照下，这样的叔侄对话经历了多次。

“都以为你回来镀个金就回去了，没想到，你一门心思扑着给村里的老百姓办事。咱都是一个村的，给自家乡党办事，还有啥说的！”银行嘿嘿笑着。

听到这话，我简直高兴得要跳起来！

要真正冲破思想藩篱，还要从培训入手，为了让村里人，尤其是贫困户掌握一门实用技术，实现凭本事、靠手艺吃饭过日子，我又积极争取本单位的大力支持，将王益区农村实用人才培训基地落在文明塬村志强农贸公司。两年来，培训基地运转良好，已先后组织开展了花椒管理、烹饪、养殖等实用技能培训，聘请西北农林科技大学教授、韩城专家、市园林站农艺师多次现场教学。志强公司累计带动37户残疾人、16名贫困户就地就业，支付雇工工资、慰问金达30万元，19名贫困户实现了增收脱贫。

扶幼助长

对贫困户来说，家里上学的娃可是一家人全部的希望和寄托。怎样阻断贫困的代际传递，使孩子们心里萌发出坚强的种子是我驻村以来一直思考的问题。

佳怡是抗战的孙女，今年12岁。孩子刚一出生，父母离异，她由爷爷奶奶抚养长大。初见佳怡，她不爱说话，不愿与人交流，让人有种浑身是劲却使不上的无奈。“妈妈”这个温暖的字眼，我在佳怡面前未敢提过，生怕给孩子带来不安和悲伤，只是小心翼翼地关心着她的成长。

为了给像佳怡一样的孩子们更多的关爱，我多次联系妇联，邀请市家庭教育服务中心惠老师，专程给全村的留守儿童、贫困孩子和家长们进行心理辅导。生动的课堂内容，在场的人听得津津有味，你问我答的互动场面大不同于平常。村民们对子女健康教育知识的渴求，使我第一次真心地体会到农村青少年心理健康教育的缺失和珍贵。

开学的前一天，我再次和妇联的蒋主席来到抗战家，亲手给佳怡送了3000元的妇儿维权救助金。小佳怡抿着嘴腼腆地站在一旁，并不说话，两个浅浅的酒窝显得乖巧而漂亮。抗战和老伴高兴得不知道说什么好，一边抹着眼眶一边连声说：“感谢共产党！谢谢！谢谢你们！”孩子心灵的伤疤难以愈合，我深知自己做得还远远不够，只希望自己的用心付出，能给她幼小的心灵带来些许抚慰，给她生活上提供些许帮助。

2017年暑假，得知一个“爱国主义国防教育”研学的消息，我便立即东家进西家出地通知起来，不料想这么好的机会，却没有人愿意去。

“娃长这么大，还没出过远门，我放心不下。”

“吃住管不管？交不交费？”抗战不放心地问我。

“这次活动有老师全程陪同，管吃住无费用，来回路上我开车接送！

请老哥和嫂子一百个放心。”

最终，小佳怡平生第一次参观了八路军西安办事处纪念馆、曲江海洋馆、陕西自然博物馆、陕西科学技术馆等地方，增长了见闻，交了新朋友。这次之后小佳怡又多次参加了类似的活动。如今，我去抗战家，佳怡已经没有了之前的生疏，像是自家人一样。

“升升考上大学啦，还是一本。”这个消息在村子里很快传开来。

“升升不是万民的孙子么？”我脑海里像放电影一样闪现着他家的情景。

董万民，年近七旬，五口之家，头戴一顶老式鸭舌帽，帽檐下垂，颜色泛白。像陕北人一样，他经常围着个白布腰带，一杆用了不知多少年的旱烟锅锅就别在腰间。这老汉说话嗓门洪亮，无论如何也看不出来是个做过癌症手术的人。老伴瘫痪在炕多年，儿子茂锁一人在外没黑没白地打工挣钱，养家糊口，供孩子上学。

万民的家庭情况，不由得使我想起自己当年上大学前，父亲白天黑夜四处借钱的情景，几分伤感顿时涌上心头。

“不能因为穷上不了学呀！”我主动给茂锁打去电话，“哥，祝贺你为咱村培养了个大学生，孩子上学的费用，我这边帮你想想办法。”

没想到我会给他打电话，而且一下子还说到心坎上，电话那头的茂锁激动地说：“好书记哩，我正为娃上学的事发愁呢！谢谢你为我家的事操心。”

之后一段时间，我马不停蹄四处奔走，多次联系教育、民政、慈善协会等单位，咨询了解助学政策。为确保申请一次过关，我将升升接到自己原单位的办公室，全程指导写申请、开证明、填表格、印证件、交资料……

功夫不负有心人，最终争取到1万元的爱心善款，帮助升升如愿以偿地圆了大学梦。

▲ 文明塬村级光伏产业园

都云扶贫苦，难言其中味。在家门口工作，回家不是什么稀罕事，可就是因为近，反而让我没有了后顾之忧。常常加班到夜深人静，顶着月光走在乡间马路上；来来回回一天几趟路过家门，有人开玩笑地对我说，“你比大禹还大禹”；不知不觉间少了陪伴孩子的时间，晚上一直喊着“爸爸”入睡的人换成了妈妈。

几分期许，几分满足，几分歉疚……

我站在村子最高处的峁顶上，望着满山遍野的花椒树，闻着沁人心脾的泥土芳香，听着熟悉的乡音家话……为了桑梓的那颗赤子之心，随着新一轮的朝阳徐徐升起！

（梁小平　男，现任铜川市王益区考核办副主任。2017年6月至今在王益区黄堡镇文明塬村任第一书记兼扶贫工作队队长）

我们村的那些事

◎ 张 宇

在距潼关县城北3公里的地方，有一个美丽的村庄——庆丰村。这里岳渎相望，民风淳朴。2017年春天，我有幸做了这里的第一书记，从此，这里的1315户5926人都在我生命中留下了深刻的印记。落日余晖，漫步村野街巷，孩子嬉闹，小狗穿梭，每每此时，我总是想起这一年来驻村工作的点点滴滴。在这里，我想给大家说说我们村的那些事。

消失的街巷流动商贩

驻村工作，经常会与群众在田间地头和街巷照面。一天晌午，我和岳渎景区的同志从村上的黄花菜基地往回走，远远看到管南巷口围着一圈人，我们的好几个贫困户都在那里。

我心里正寻思着，莫非村里来了耍猴的了？快到跟前时，才看见大家围着一辆农用小三轮，三轮车上放着几个黑乎乎、脏兮兮的塑料大桶，桶里边是醋、酱油、辣子酱、粗盐、油等，这些食用的物品没有加盖任何遮挡防护，任由风沙尘土飞扬其中。一问，醋一块钱一斤，酱油一块五一斤，其他食品价格也非常亲民。商贩一边用手赶着围在面酱桶上的苍蝇，一边给贫困户老刘往瓶子里装辣子酱，嘴上还不忘给大家介绍着他的产品：货真价实质量好。但这些不经意间散发出阵阵让人说不出的怪味的食品，家里条件好的人都围在跟前看，并没有买，只有老刘、老孟和老陈那几户贫困户在买。商贩直感叹这么好的东西却没啥人买，生意越来越难做了！

我问买了辣子酱的老刘："这酱好吃么？"

他说："好吃！用热馍馍一夹，香香的。"

我说："还香？你看那桶也不盖，土都吃进去了。"

他说："便宜么，这一大瓶子才3块钱。咱穷苦人，命不值钱，成天跟土打交道呢，吃了身体没事。"

我说："有事就迟了，你没看电视上说这些人卖的东西不能买么？这些对身体伤害太大了！"

这回，老刘不好意思地笑了："知道，知道，咋能不知道么。还不是咱日子不行么，你看人家日子过得好的，谁买这呢？"

老刘这么一说，我倒没话说了。可不是么！你在这里当第一书记呢，你的贫困户是这些流动商贩的"忠实"买家，你还嫌你的贫困户买了，哪个条件好的人愿意买这些廉价劣质品呢？我在反问自己，为自己感到脸红。

一连几天吃饭时，我总是想起那些围在三轮车边买东西的贫困户，他们就因为是贫困户就低人一等吗？我要让这些流动的黑心商贩在我大庆丰没有市场。我想通过大家的捐赠，先为贫困户筹集一部分资金，用于每月的油盐酱醋等补助，让他们吃上安全放心的调料。但我也有顾虑，毕竟大家已为贫困户做了很多，每个干部也有自己的小日子要过。后来，在与县镇村干部的交流中，我把自己的见闻跟大家谈了，并试着了解大家的想

▲邀请技术专家为贫困户进行花椒种植培训

法。出乎意料的是，所有跟我交流过的同志都表示愿意尽自己的力量改善贫困户的生活需求。于是，在庆丰村脱贫攻坚临时党支部会议上，我向所有帮扶干部讲了贫困户购买流动商贩廉价食用品的事。大家建议采取党员干部捐款和单位筹集资金的形式，先募集一部分资金，用来补贴贫困户日常油盐酱醋生活开销，待秋季村合作社有了收益时，再拿出一部分资金建立长效补贴机制。

临时党支部的作用是非常明显的，大家很快就筹措了35400元。按照每户每月50元的标准制成购物卡，按月发放给贫困户，自此，庆丰村的贫困户告别了吃粗盐和调色酱油的日子。秋季收苞谷的时候，那个开着三轮车拉着各种食品桶子的商贩又来了。他村前村后转了很多圈，大家都在围着看，有人跟他开玩笑说："今后，你不用到我村来了，没人买你的东西了！"

商贩不紧不慢地说："不急，你村还有几个人没来呢？那个腿不美的，老爱买我的东西。"

旁边老薛歪着头斜看着他说："你不用等了，我村里来了个第一书记，你呀，今后在我村上没市场啦！"

大家哄笑着，商贩得知村里的贫困户也能吃上超市里的正规油盐酱醋了，悻悻地又问了好几个人后，就开着三轮车走了。这一走，离现在也10个月了，我再也没见到那个沿街叫卖的商贩。

争当贫困户的女人

一天，我正在村部院子更换电子显示屏上的标语，村支部书记老杨在清理院子的树叶，一个衣着光鲜看起来比较富态的中年女子抱着孩子，领着一个白发弓腰的老婆婆向我们走来，那人一看见老杨就阴阳怪气地说："哟，村里来了个女书记，你堂堂的大老爷们都变得这么勤快了？"

杨书记说："大老爷们扫个地咋了？村干部也要与时俱进么！你看你，怕是又来说你妈当贫困户的事了吧？"

那人说："是，但今天不找你，找这个县上来的第一书记！"

她咄咄逼人地问我："你就是村上的第一书记没错吧？"我点头。

她说："你承认就好，我问你，为啥不给我妈办贫困户！"

我并没有接她的话，而是掏出自己低血糖时吃的巧克力递给孩子，顺势抱过孩子采了一朵小花挂在孩子耳朵上逗着玩。几次女人要接过孩子抱，娃都躲在我肩膀上。女人看孩子被我逗得笑个不停，语气平缓了许多，她说："给我妈办个贫困户咋样？我妈年龄大了。"

我笑着说："行么，嫂子，我不了解老人的情况，她要是比咱村关明、侠娃这些贫困户可怜，或者你看要是和咱村里这58户谁家的情况一样困难，村里就给上边报。"

她看贫困户公示栏时，我一边跟孩子玩一边又给她讲了贫困户的政策。那女人走时，有些不好意思地说："我就是来问问，我这条件，我妈要是当了贫困户，人家都笑话我呢。"

老杨望着她的背影说："这个人呀，为了让她妈当贫困户，到村里镇里县里都闹过好几次了，谁说都听不进去，把咱村干部骂的，没想到让你说着笑着把她的火给泄了。"

飞到北京的桃子

2017年夏天，天气异常炎热，田地里的玉米叶子都拧在了一起，一切都奄奄一息、垂头丧气的样子。我和扶贫办的同志从管南走访了一早上，刚回到村部，热得也不想吃饭，洗了把脸，准备睡一觉，出来泼脸盆里的水时，看到村口的老槐树下，杨老汉端着大老碗，一边吸溜着面条，一边跟身边的梁嫂拉着话。他们正熬煎着段名成片的西瓜和已经成熟的桃子咋卖得出呀。

只听杨老汉说："咱农民就是可怜，一年忙到头，遇到这吃人的鬼天气，可惜了！"

梁嫂说："最让人恓惶的是黎家庄老陈家，早上我下地去，看到老陈拉着一架子车桃去县城卖，老汉儿说，将就着卖卖算了，能换几个钱是几个钱，要不全烂在地里咋办？”

杨老汉说：“哎，我刚摘花椒回来，碰到老陈了，他从县城回来还剩半架子车桃。老汉儿说，桃本来就熟过了，被人一翻，软得皮就烂了，更没人要了。眼看快12点了，他要赶紧回去给他那两个可怜的傻傻娃做饭呢，就又把没卖完的拉回来了。”

听了杨老汉和梁嫂的对话，我再也安然不下了。戴上帽子，叫了村上的支部书记老杨，老杨塞给我一个馍夹红辣子，我们边吃边向段名走去。

去段名要经过黎家庄，刚走到黎家庄的路口，正好就碰到70多岁的老陈，他正奋力拉着一架子车桃子，智障的儿子和儿媳在边上护着车子往回走。老陈穿着打补丁的黄胶鞋，裤腿挽到膝盖上，灰色的布褂子被汗水全部浸湿了，贴在身上。由于用力，他黝黑的手臂上冒出一道道青色的筋，像一条条蠕动的蚯蚓。他儿子和儿媳走起路来，腿撂得很高，东拐西拧的，让人总担心他们会摔倒。老陈看到我和杨书记向他走来，就刹住了架子车，急忙挑了一个最大最红的桃子，在裤子上蹭了蹭递给我。他跟我和杨书记打着招呼，稀疏的头发紧紧地贴在头皮上，酱紫色的脸上布满沧桑，而他那小心卑微的眼神让我不觉心头一阵刺痛。那一刻，我想到了我的父亲！接过老陈递过来的桃子，喉咙像被什么堵住了一样难受，我狠狠地向桃子咬下去，心却在抽搐，只想要把困扰着农村与农民的贫穷和困苦全部吞噬。我暗下决心，一定要尽自己的最大力量，帮他们渡过难关！

杨书记接过老陈的架子车把，在前边拉，我和老陈在边上用力推，老陈那可怜的儿子和儿媳远远地跟在后边，傻傻地痴笑着。那天我买了老陈200多斤桃子，并把桃子送给自己的亲朋好友，同时在个人微信朋友圈发了一首打油诗：“庆丰老陈志气坚，自产桃子水又甜。老陈年迈销售难，恳请各位解愁难。”并配上了老陈奋力拉车、儿子儿媳奋力推车、又红又大的桃子、老陈汗湿衣背、老陈脚上的破胶鞋等照片。朋友圈发出不到一个小时，我的手机就成了热线电话，亲朋好友通过微信或电话与我取得联系，很快预售出1500斤桃子。后来，我又将老陈家桃子销售困难的情况向县级包联领导做了汇报，有了县级包村领导和县镇村帮扶干部的共同努力，大家集思广益，发动各方力量，一时间，老陈的果园里人头攒动。党员志愿者和社会各界爱心人士纷纷通过各种渠道，入园义务为老陈和其他西瓜种植户采摘、销售，联系商家，老陈的桃子和其他瓜果种植户的产品，不但走进了许多机关干部的家庭，进了超市，还通过快递飞到了北京、广东等地。通过大家的共同努力，不到一个周，我们就将段名、黎家庄群众滞销的瓜果销售一空，解了群众的燃眉之急。

挂在村党委书记门上的萝卜

省台办为村上争取了排污管道项目，去年秋天的时候，工程已经全面开工，我和驻村的干部每天都会去村南村北走上几趟，看工程质量和进度。

一天接近中午，察看完村北的施工情况，村支部书记老杨和我一路说一路聊，走到老杨家大门口时，我们被眼前滑稽的场面怔住了。红色的铁门闩上，耷拉着两个带着绿叶子的大白萝卜。我好奇地问："嫂子不在家吗？咋把萝卜挂在门上？"

杨书记掏出一支烟，点上，有些生气地说："咋能是你嫂子挂的？保准又是段名那个拉文挂的！"

说话间，老杨接通了拉文的电话："拉文，把你的萝卜赶紧拿走，给你说过多少遍了，不要给我门上挂这挂那的，你就是不听。今天你要是不把你的菜拿走，以后你家再有困难，就少来找我！"这个典型的关中汉子，人高马大，一身正气，为人光明磊落，说话开门见山。

▲管南村的排污管道将解决304户群众的排污问题

不知道电话那头拉文说了些啥，挂了电话。老杨说："这个拉文，可怜又可气，按说村上给她解决一些困难，办一些实事，也没有啥么，是国家政策好，是大家的集体行为。可这个拉文，非要把这个好记到我个人头上，非要感谢我。这不，前些天她家电线坏了，村里给她接上，修好了。她今天就给我送萝卜来了。"

我说："送就送么，挂到你门上干啥？"

老杨说："拉文是个可怜人，咱帮她是应该的么！但这个人固执得很，她一天老是觉得我给她办了天大的事，有几次到我家来，给我送菜，我不要，给她说不用感谢我，但她不听。我就急了，说，再这样，今后就不准到我家来，再有困难也少到村里来找干部帮忙！”他吸了口烟接着说：“咱农村人说话本来声音就大，再加上我脾气不好，把她吓得人出去了，东西也带走了。可谁知道，她一出门就把东西挂在门上了！”

听到这里，我笑了，老杨继续说：“哎呀，这个拉文一天爱出去捡东西，她一捡下差不多一点的菜，就今天给我门上挂个萝卜，明天给我挂个辣椒，好说歹说都不听。你说咱作为村上的干部，只是做了最本分的工作，就被群众这样记挂着，有时心里真是觉得为老百姓做得太少了。”

杨书记说到这，我忽然想起夏天那会，我和县总工会的同志去拉文家看她病后恢复情况。敲了半天门，拉文才把头从门缝探出来，一张饱经沧桑的脸在花白短发的映衬下，显得更为蜡黄，她穿着男式长背心，裤腿挽到大腿上。得知我们来了解她病情时，显得比较局促。她的院子比较大，但院内摆满了烂盆子、烂桶、烂水缸。她最大的爱好，就是捡东西，别人不要的东西，在她眼里都是宝贝。时间久了，她的院子，屋子，睡觉的地方，做饭的地方，都被堆得严严实实、乱七八糟了。她还是一个很有爱心的人，家里养着几条流浪狗，房子里还养着两头猪，她没事的时候就去县城的饭店拉潲水，好一点的她吃，不好的狗和猪吃。没有人能拦住她，改变她。为了她有一个舒适卫生的生活环境，驻村以来，大家每隔几天就会到她家帮她一起收拾整理，但每次她都有些不欢迎，甚至有些反感。

那天看到她家又乱得不成样子，大家拿起扫帚、铁锨正准备帮她清理，她大声喊道：“都不准动，不准急！”大家被她的呵斥给镇住了。只见她从猪槽边的缝隙里拿出一把长刀，向大家走来，边走边把刀刃在裤子上上下左右来回蹭。我当时心里真是慌了，正准备招呼大家撤退，谁知她走到狗窝边，捡起一个碗口大的西瓜，用刀劈开，很快切成几块，让大家吃，并信誓旦旦地解释西瓜是自己地里的，绝不是捡来的。大家不吃，她便急了，说大家看不起她，嫌弃她。于是，每个干部吃了一块，她才高兴得与大家一起整理起来。关于拉文的事就讲这么多，是不是既充满戏剧性，又让人痛心呢?

安红的新房子

安红30岁了，是一名看起来白净瘦弱的小伙子。他总是偏着头，从来没有正眼看过任何人。后来，我知道他从小就得了精神类疾病，时好时坏，好的时候，形影不离地跟在他妈妈身边，可以去给人锄地干活，摘花椒，挣钱补贴家用；病犯了的时候，就比较凶，骂人打人。

我没见过他犯病的时候，每次去他家，他总是靠在墙脚，偏着头，斜着眼睛腼腆地看我。我跟他说话，他像小孩子一样低声回答着。他妈妈已经70多岁了，很早就守了寡，原本跟着嫁出去的女儿一起生活，但放心不下安红这个儿子，就天天守着他过日子。

安红家的土木房子已经有些年头了。去年雨多，房子后背墙倒了一半，屋顶也烂了一个大洞，安红妈妈每天就在那个没有后背墙、没有屋顶的地方给安红做饭。我和包联干部动员她盖两间新房，安红妈一听，直摇头，她说："盖房的事，想都不敢想，钱在哪里呢？安红的路还很长，我要不在了，安红该咋办呀？"说到这里她泪水纵横，一脸的愁苦。

没事的时候，我就去与安红妈坐在门口的长条石头上拉家常，聊着聊着，就聊到了安红的房子上。我与安红妈说这些的时候，安红往往斜着头靠在门口的土墙上，一脸茫然地看着我们。那天，我跟安红妈说："姨，盖房钱的事，你不用愁，村上可以找工队先给垫钱盖着，盖好了，县上有补助，余下的，大家一起想办法。"见安红妈还是不说话，我又接着说："安红的房盖好了，可以给他踏磨一个媳妇，有了房子说不准就能把媳妇

▲为贫困户建新房

给引来了呢。”老人家终于说话了：“盖了房子，能引来媳妇最好不过了。山里边的，寡妇，带孩子的，或者合家的，都能行。以后安红有个人照应，我到了阴间也能闭上眼睛了。”老人好像一下子有了希望和精神。

做通了老人的工作，年一过，我就筹划着安红的房子。先是与县住建部门做了衔接，房子盖好通过验收后，会一次性补助25800元。短缺也就五六千元，村上合作社和园林公司入股的分红可以由村主任个人垫付先分给安红，剩余的一两千元，我们也做通了安红几个姐姐的工作，她们答应一人出几百元接济弟弟。至于新房里的家具之类，编办的领导和同志，已经答应房子一盖好，就把自己家里的一些沙发、桌子、衣柜等送给安红。

安红家的新房盖得很顺利。6月初的时候，安红家原来的旧房子已经被两间崭新的平房代替：米黄色的门，新式的铝合金推拉窗，雪白的墙，米白色的地砖，还有编办同志送来的床、沙发和衣柜等。

那天，我正在亢家寨与市总工会的同志一起商量生产路的改造施工方案，安红妈给我打来电话。电话中，老人家一改往常直截了当的说话风格，却有些神秘地说："张书记，你一会忙完，到我屋来！我给你说话。你一个人来。"

我还没来得及说话，她就挂了电话。这一通神秘的电话，使我有些担心，就准备马上去安红家走一趟。街道办的同志看我急匆匆的样子，就招呼我坐他的车一起去。一到安红家门口，我就大声地喊："安红，安红。"

安红妈边在屋里答应着，边迎了出来。听着老人家轻松欢畅的声音，我悬着的心放下了。老人家看我还带了一个人，有些不自在，也有一些不情愿。我赶紧解释说："接了你的电话，我怕安红有啥急事，就往这边赶，刚好街办这位同志开着车，就把我送过来了。"

安红妈脸上的表情缓和了，有些不好意思地说："其实也没啥事，把你害得赶曳的。"说这话时，她的胳膊轻轻碰了一下我的胳膊。我不知道她是有意还是无意，就没在意。当我与安红继续说话时，安红妈又碰了我一下，这次我明显感觉她老人家是故意的。我看她时，她给我偷偷使了一个眼色，低声示意我进房子里说话。我跟她来到新房子里，心里想着，老人家究竟想给我说啥呢？这时，她从粮食柜里拿出一塑料袋黄黄的杏子，不由分说地塞到我怀里，说："这是我女儿给我拿的，甜核的，给你。"

情况变化太突然，我有些措手不及，连忙摆手说："不要不要，您自己吃。"

老人家拉住我，低声说：“声音小些，不要拉扯，你一定得收下。只有一袋杏，给你就没啥给外边那个人了，不敢让外边的那个人听见了。”

我明白了老人家的良苦用心，内心感动不已。多可爱的亲人呐！其实老人送我的不是杏，是一份情，一颗心。不能屈了老人家的一片好意，我从袋子里掏出四五个杏子，告诉老人：“姨，我胃不好，不敢吃杏，吃了胃泛酸。这几颗，我和外边那个同志分着吃。”老人还要让，我挡住了，说：“姨，下次你漏下浆水鱼鱼儿了，给我留一碗，我要吃。”老人家开心地笑了，说：“只要我娃不嫌弃我，下次我做下了，一定叫你。”

离开安红家的时候，安红站在新房前的梨树下，树影罩在他的脸上，他仍然偏着头，斜着眼睛看着我们，白净的脸上一片茫然。安红妈站在门口给我们招手，那种望眼欲穿的眼神，就像每次我从娘家走时，妈妈送我的情景。我在想，也许有一天，有一位大山里的女人，拖家带口愿意与安红合家，照顾安红的生活。那时的安红，日子一定会过得安安稳稳红红火火吧。

亲情难忘，初心不改

驻村以来，对于父母、爱人和孩子，我亏欠得实在太多。那天，贫困户方战家的花椒丢了，我正忙着走访调查看监控，母亲打来电话小心翼翼地问我：“我娃你是不是犯下啥错误了？咋越干还越干到农村去了？一天没黑没明还下这么大的苦！”

我安慰母亲：“妈，是党相信你娃，才叫你娃去农村的。”

去年在孩子中考的关键时期，正值全县精准识别的重要阶段，我每天除了入户调查，开会评议，还要填写大量的扶贫表格。那一阵子，中广核风电项目刚在我村落地，需要与几百户群众协调用地、补偿、清表等问

▲ 协调中广核风电项目用地

题；段名的排污末端管道正在施工，税南的生产路正在上水泥，需要每天去现场察看工程进度，监督工程施工质量。每天从早到晚，我都异常忙碌，有时连吃饭喝水的时间都挤不出来。

那天，我正在安红家与安红妈商量她家危房改造的事，儿子突然出现了。原来孩子中考刚一结束，就从西安来村里看我了。与孩子一起回村部的路上，我滔滔不绝地给他讲村里贫困户成为企业股东的事，部队和爱心企业给村子捐款的事，省台办投资100万元给村子修排污管道的事，以及市总工会修广场和生产路的事，还兴奋地把村上的黄花菜基地指给他看。孩子帮我抚弄了一下被汗水粘在脸上的头发，心疼地说："妈，我终于明白一个母亲为什么可以在她儿子临近中考的三个多月时间里，对孩子不管不顾，甚至一个电话都不打的原因了。也理解为什么当时爸爸生气地说，'你妈疯了，连自己的妈都不要了，还要你我干啥呢？'妈，在儿子心里，您是伟大的，也是称职的！"

去年11月底，我被医院确诊为病毒性心肌炎，医生警告我如果不及时治疗就会有生命危险，但我住了几天院病情好转后就带着药重返工作岗位了。有人问我："你都快40岁的人了，又不是年轻娃，这不要命的工作，到底图个啥？"

我说："我图个对得起良心，图个不辱使命！"

今天的庆丰，每一条生产道路都变成了水泥路，每一块地都变成了水浇地。全村已有49户145人实现脱贫。我也切身感受到农民对美好生活的向往还有很多，时刻感受到身上的压力和担子，并告诫自己：我有使命，不敢怠！

（张宇　女，现任渭南市潼关县职转办副主任。2017年4月至今在潼关县城关街道庆丰村任第一书记）

风雨无阻扶贫路

◎ 付晓峰

2015年8月，受组织委派，我奔赴岐山县凤鸣镇叩村，开始了我的驻村扶贫生涯。三年的驻村时光，从陌生到熟悉，由忐忑到坦然，由心酸到满足……三年的扶贫工作告诉我：幸福真的很简单，做自己该做的事，不需要多么伟大、多么豪壮，用心用情就行。

以心换心站稳脚跟

凤鸣镇叩村是泰伯故里，距岐山县城7公里，这里交通闭塞，但民风淳朴。初到村上，我就感觉到肩上的担子格外沉重。

叩村共有7个村民小组，404户1502人，耕地面积2400余亩，村民收入主要依靠务农和务工。刚到村上时，全村通村公路仅有5公里，7个村民小组仅有3个小组街道硬化了路面，全村无美化，更无路灯亮化，农田灌溉、饮水安全等也不同程度存在问题。全村有建档立卡贫困户30户102人，脱贫任务十分艰巨。

驻村工作开始后，我发现无论是和村组干部开会研究问题，还是进村入户调查摸底，村干部和村民对我都是谦和有礼，异常客气。第一次党员会，我精心准备了两页发言，可真正开会时只来了6个人，根本没有交流探讨的机会。后来，我听说村委领导要去周二组看大棚菜种植情况，吃过午饭，我就急忙往村里赶，到了却被告知他们已经看过回来了。村上杨书记拍拍我的肩膀说："你们城里干部没晒惯太阳，我怕你受不住热，所以就没叫你。"我自小在农村长大，非常明白，在农村，如果大家对你客客气气，那就代表把你当外人看，还不认可你。为了了解真实情况，我深入村民家中，与他们拉家常，让他们大胆讲心里话。后来，村民才告诉我，大家都认为，我是县里下派的干部，只是来沾沾泥土贴贴金，做做样子走走过场，很快就回去了。听到这样的说法，我一度很沮丧，不知道该怎样回答他们，但我并没有灰心丧气，也没有做过多辩白。因为我知道，真正打动人的，不是你说了什么，而是你做了什么。我要用实际行动让村民看到，我不是来走过场的，更不是来镀金的。

驻村两周后的一天下午，火辣辣的太阳炙烤着大地，天气异常闷热。午饭后，我准备午休片刻，昏昏欲睡之际，窗外忽然传来激烈的争吵。这么热的天，谁还高喉咙大嗓门？我一骨碌爬起来，打开门一看，原来是张主任和几个村民在争论着什么。一个村民很激动，跳起来说："这事儿必须得有个说法，不然我们去上访，看他上面管不管！"张主任不耐烦地说："这个钱没地方出，合同上日期写得清清楚楚，闹到哪里都没用，真是有理说不清。杨书记今天不在，你改天再来吧！"那几个村民似乎不信，但又没有办法，只好骂骂咧咧地回去了。我问张主任具体情况，老张无奈地说："他们已经闹了好几次了，头大得很，杨书记也没有办法。合同上写得清清楚楚嘛！这伙人非要租赁方多给半年的租赁款，真是不讲道理。"原来，周一组和周二组因大棚合同问题与租赁方出现了纠纷。

▲ 走访村民

经过仔细了解，我终于搞清楚了事情的来龙去脉。2014年6月麦子收割后，农户没有种秋粮，就出让了土地，但到11月，双方才签订了正式的土地租赁合同，这就相当于群众少种植了一料秋庄稼。事实上，这段时间里，村上和租赁方一面协商合同，一面对土地进行平整，土地实际上已经被占用了。农民受了损失，租赁方却说要按照合同办事，村上左右为难，两头都不讨好。为了给农户一个交代，我多次上门与租赁方协调，证明土地自6月后已经事实使用。同时向村民承诺，绝不让大家糊里糊涂地受损失，暂时安抚住大家的情绪。随后，通过给双方做细致的思想工作，并建议由村上出面承担一部分租赁费以弥补农户的损失，双方最终达成一致意见，在调解书上分别签字确认，矛盾纠纷得到妥善解决。从此，我的工作得到了群众的认可，大家都说："新来的书记还真有两把刷子。"周一组、周二组的村民说："付书记是真正把农民的事情当事儿干的好干部。"

通过这个事件，村"两委"对我的态度也有了巨大转变。

"杨书记，咱们开个支委会，议一议下周的重点工作。"

"好，晓峰，我给建岐安排，咱们今晚就开。"

"张主任，听说眉县营头镇新河村村级扶贫合作社做得好，咱们去学习学习。"

"好，晓峰，我给咱联系车，组织人，明早就走。"

"秀丽，你现在是咱村的扶贫先进典型，给咱大伙都说道说道。"

"小付，没问题，我随时都行，你看着安排。"

……

农村人朴实单纯，只要你全心全意对他们，他们就能真心实意看待你。

转眼，驻村已有一月余，开始的接纳瓶颈得以突破，我的工作局面迅速打开。

9月下旬的一天，单位临时有事，我回去了一趟。返村的路上，突然狂风四起，电闪雷鸣，瓢泼大雨从天而降，我突然想起贫困户纪拴成，他至今住的还是20世纪五六十年代的土坯房子，这样恶劣的暴雨天气，这种房子随时都可能发生倾塌，人在里面岂不很危险？事不宜迟，我即刻和村干部联系，大家分头赶往纪拴成家……

纪拴成有智力障碍，任凭我们敲打院门、呼喊，他就是躲在危房中不肯出来，急得我和村干部在门外的风雨中团团转。雨伞根本无法抵挡这么大的暴雨，我们几人早已淋成了落汤鸡。我心急如焚，抹了一把脸上的雨水，情急之下从简陋的柴门上翻进院子，跑进土屋，硬是将纪拴成拽了出来。给他披上雨衣，安置在村委会我和同事的宿舍里，我们才长长地舒了一口气。鞋浸水后脱胶了，早已成了水鞋；衣服淋透了，贴在身上，黏糊糊湿漉漉。虽然时令已是早秋，又被冷雨浇得瑟瑟发抖，但我心里有说不出的欣慰，毕竟纪拴成的安全问题解决了。

晚上，外面风停了，雨也住了，星星挂在深邃的夜空，像发光的宝石闪闪烁烁。我和村干部拖着疲惫的身子，各自走在回家的路上……

渐渐地，我融入了叩村这个大集体，村民们再也没有了先前的客气和疏远，许多群众和我称兄道弟，关系非常融洽。驻村后，常年扎根村上，我还学会了做饭。经常，不是李家大嫂送来了自己酿制的农家醋，就是张家二伯送来了自己种植的小青菜，我也从刚开始的单人灶，发展成后来的“大锅饭”，蹭饭的人越来越多，我成了最受欢迎的“村干部”。我的办公室成了大家的交流站、开心馆，以前无人问津的村委会热闹了起来。村民们有什么委屈和矛盾，都爱来找我排解，虽然忙了点儿，累了点儿，但我心里高兴。我真切地体会到了以心换心、付出就有回报的快乐。

▲ 乡村美化进行时

汗水浸润的果子格外甜

叩村地处岐山西北面的旱塬地带，常年靠天吃饭，这也是他们脱贫乏力的主要原因之一。经过与村上领导研判，我觉得发展果树产业是解决叩村贫困问题的重要途径。找准切入点后，我们找县农业局专家商讨，决定在叩村发展“一村一品”特色产业，培育以黑李子为主的特色农业，增加群众收入。

然而，倡议发出后，响应的群众寥寥无几。发宣传单，进户走访，能想的法子都想到了，工作做了一箩筐，愿意发展产业的人却并不多。不是说家中缺少劳动力，就是对之后的收益存在疑虑，还有人说，种果树见利慢，还不如出去打工实在。这样那样的问题致使只有二十几户种植了黑李子，总面积还不到100亩，远远达不到预期。我心急如焚，连续好几天都睡不着觉。

要想让农民自愿种果树，打开心结是关键。和村上干部商议后，我们决定举办果树产业致富讲座，聘请宝鸡市农科所的专家来给乡亲们讲讲黑李子果树的种植技术和发展前景。又担心大家不肯来，怎样才能吸引群众，并且做到事半功倍？我们特意请来岐山有名气的歌手“炒面哥”和广场舞表演班，给乡亲们举办了一场盛况空前的“文艺晚会”，没想到效果奇好。徐教授从黑李子的营养价值讲到市场地位，从育苗种植讲到苗木嫁接、果实采摘、市场收益。我和村民们一起听，一起议，获益匪浅。当了解到黑李子育苗期短，挂果快，产量高，销路广，超市里色相个头皆佳的黑李子一公斤卖到10—20元，是颇受欢迎的水果新贵，在南方更是供不应求的高档水果时，大家纷纷向徐教授咨询果树嫁接和预防病虫害方面的知识。会后，到村委会了解相关政策的群众络绎不绝。我和村干部商议后达成一致意见，由村干部带头种植黑李子，以此来打消村民的最后一丝顾虑。

通过大家的努力，越来越多的农户加入了发展产业的行列。为了掌握种植技术，减少农民损失，我三天两头往徐教授的单位和家里跑，了解病虫防治，学习嫁接打枝，回到家也满嘴的果树种植知识，妻子开玩笑说：“你一年到头见不着人，原来是去学着当优质农民了。”我说：“我不学当优质农民，农民咋会信服我？”经过不懈努力，到2017年底，叩村新增黑李子产业园150余亩。今年阳春四月，李子树花香四溢，叩村浸润在一片迷人的花海中，吸引着各地游人前来旅游踏青。

去年，叩村成立了鑫周粮食专业合作社，引导带动贫困户积极发展多种产业，多轮驱动，走出了一条产业致富的新路子。

这时，我才发现，扶贫真不是说说那么简单，幸福也不是那么容易就能获得，但用汗水浇灌的果子一定会格外香甜。

这条路我会坚定地走下去

2017年1月，我的母亲突然生病住院，需要手术。但是，时值年底，村上的事多得让我分身乏术。母亲手术当天，我也是姗姗来迟。可母亲并没有责怪我，进手术室前，她还叮嘱我要多喝水，注意休息，照顾好自己，让我忍不住潸然泪下。我对母亲说：“您都这样了，我不能照顾您，反倒还要您这么操心，我真是不孝啊！”母亲摇摇头：“孩子，妈知道你在忙正事儿，怎么会怪你呢？”

妻子在学校工作，既是科任老师又担任班主任，工作压力也很大。回到家，她不但要辅导两个孩子的学习，还要干家务，常常忙到深夜才休息，而我有时几周也回不了一次家，家务更是不管不问。面对妻子，我常常心怀愧疚。

2017年11月29日，忙碌了一天的我拖着疲惫的身子回家，路上想着换

▲李花繁盛

身衣服再赶回村里。然而一开家门，就听到两个暖暖的声音：“爸爸，祝您生日快乐！”卧室的床上，两个孩子用雪花片玩具摆出了“HAPPY BIRTHDAY”和一个笑脸；餐桌上，是我爱吃的菜肴和亲人们温暖的等待。此刻，我浑身充满了幸福和感动，同时心底泛起了更多的愧疚。这几年常驻村上，照顾家庭、关心孩子的时间实在是太少了！

“爸爸，您今天回家吗？我想吃街边的小吃了，您带我去吧！”

“爸爸，这个周末带我们出去转一转，放松一下吧！”

“爸爸，这道题我不会做，您给我讲讲吧！”

“爸爸，您成天这么忙，都没时间陪陪我们……”

“爸爸，我好想您……”

每每听到这些，我也只能把内心的愧疚深深隐藏，暗暗下决心，有时间了一定多陪陪他们。但是我也知道，这个“有时间”不知会是多久以后。

但是，我知道，我是一名共产党员，一名扶贫干部，我要对得起党对我的信任和期望。回到家里，我心存愧疚，但来到贫困户的家里，看到他们脱贫致富指日可待，我的心里全是满足。每当看到贫困户在长久的困苦中焕发出新的生活激情，看到他们因被关心和尊重而绽放出灿烂的笑脸，作为驻村第一书记，我知道，我必须全心投入，绝不放弃。

因为付出，所以快乐！因为信仰，所以幸福！当好驻村第一书记，是我无悔的选择，再苦再累，这条路我都会坚定地走下去……

（付晓峰 男，现供职于宝鸡市岐山县民政局军干所。2015年8月至2018年2月在岐山县凤鸣镇叩村任第一书记兼扶贫工作队队长，2018年2月至今在岐山县京当镇西戢村任第一书记兼扶贫工作队队长）

点燃黄土地的希望

◎ 宜张平

1998年，我背起行囊，怀揣全家人的希望，走出农村，离开了沟壑纵横的黄土地，走进了大学校门。2015年7月，时隔十七年，34岁的我作为陕西燃气集团有限公司选派的驻村第一书记，重新回到这片黄土地，不是为了寻找儿时记忆，而是肩负着带领生活在这里的乡亲们脱贫致富的责任和使命。

一

我清晰地记得，到村里的那天已是夜深人静。村上的干部和老乡知道我要来，就一直在村子里等着。进村后和乡亲们见面的场景以及他们那种渴望的眼神，深深地烙印在我的脑海里，久久不能忘怀。他们的热情接待，让我空悬的心顿时有了归属感。

收拾完行李，我躺在老乡惠保东家的炕上，毫无睡意。既然组织把我选派到这里来，那就一定要尽自己所能带领乡亲们脱贫致富。突然，我的电话铃声响了，是燃气集团党委书记、董事长郝晓晨的嘱托信息：“到村上后要和村民融为一体，要沉下身子扎实工作，抽空看看电视剧《马向阳下乡记》，对你今后的工作有帮助……”

二

2016年12月20日，陕北的天气冻得刺骨，韩家硷村的广场上却是人头攒动，热闹非凡。村民们个个满脸笑容，喜气洋洋。因为这一天，村里迎来了一群“不速之客”——30头牛，它们是我为全村贫困户争取的第一个产业扶贫项目！

党支部书记惠振和笑着介绍道：“这是宜书记向单位申请24万元扶贫资金，为咱村贫困户实施的产业扶贫项目，30头清一色的母牛。俗话说，一家一头牛，过好光景有盼头！希望大家好好养牛，早日脱贫致富，大家鼓掌感谢！”

广场上响起了热烈的掌声。

贫困户惠保东说：“我可是养牛的好手，农业社的时候我就是放牛的。母牛好啊！今年一头，明年两头，我要靠母牛繁殖扩大规模，争取后年养成四头。”

贫困户惠文选兴奋地说：“农民有了牛，不但可以耕地拉车，更重要的是可以靠养牛提高收入。燃气集团把扶贫工作做到老百姓的心坎上了。”

广场上再一次响起了热烈的掌声。

有了群众的支持，公司的投入力度也更大了。三年来，燃气集团直接投资214.3万元，立足长远、因户施策推进精准扶贫项目，帮助韩家硷村发展了肉牛养殖、粉条加工、光伏发电等特色富民产业。

村集体有了产业，经济实力强了；村民有了产业，腰包也鼓起来了。

52岁的村民惠和，是典型的受益者。他家由于子女较多，没有增收致富产业，对生活信心不足。我向燃气集团争取8000元扶贫资金，帮助他家养起了牛，并鼓励他们靠自己的双手脱贫致富。

后来，两口子每天起早贪黑，夏季养牛种地，冬季加工粉条。一年下来，老牛生了牛犊，卖了6000多元，加工粉条收入1万余元，光伏发电收益分红1000多元。惠和夫妇有了稳定收入，对生活有了信心，日子一天比一天过得好，2017年顺利脱贫。

惠和夫妇说："宜书记对我们不仅是物质上的帮助，更是精神上的帮助。只要立下脱贫志，铆足

▼走访调研肉牛养殖项目

精气神，依靠自己勤劳的双手去开创生活，就一定能够脱贫致富，过上幸福生活。”

三

在驻村扶贫的日子里，驻村工作队员有的不是农村出身，对村里的情况很不适应。有一次，刚来参加扶贫的驻村工作队员周富强气冲冲地来找我抱怨：“这些农民太难伺候了，我们辛辛苦苦地入户走访，他们连实话都不敢说，和想象中淳朴老实的农民一点儿也不一样，咱这么做到底是为了啥？”我给他倒了一杯水，耐心地解答：“在农村工作首先要打好群众基础，放下架子、敞开心扉和乡亲们交朋友，只有真正地融入他们，工作起来才会得心应手。”

接下来，我带他走访了村里有名的“钉子户”惠红虎。刚到硷畔上我就大声喊：“红虎在家吗？我来看看你家的危房改造好了没？”进了院子，我指着他家的牛圈说：“这牛养得好啊！健壮的蹄子跟碗口似的。”惠红虎笑嘻嘻地凑近跟前，高兴地说：“呀！宜书记来了，一看你就是个懂行的人，不是我吹，全村就数我家的牛养得好。在你的帮助下，政府补助12000元，自己拿了3000多元，可把房子收拾美了。”

然后，他热情地拉着我，一边参观新房，一边跟我拉起了家常。他是如何养牛的，他家的牛犊几月出栏，今年种了几亩地，收成怎么样，孩子在哪里上学，学习成绩如何，在外打工的儿子一年收入多少钱，是怎么孝敬他们的……家长里短的琐碎事和我拉了半天。

走访完后，周富强感慨道：“宜书记，我知道农村工作该怎么开展了。农村工作不但要摆正心态，转变角色，深入农村，融入村民，还要讲究方式方法，不能条条框框照搬照抄。”看着他的成长和进步，我笑着

▲组织党员帮助五保户完成危房改造

说："多到老乡家串串门，拉拉家常，自然感情就近了。你刚来，工作有激情有干劲是好的，但一定要注意方式方法。"

通村公路边的公交车站是乡亲们的聚集地，农闲之余，村民们不约而同地来到这里，下下棋，拉拉话。我和驻村工作队员每次经过这里，都会停留半小时左右，看他们下棋，听他们闲话家常。刚开始老乡见我们来了，话就少了。几次过后，他们就主动招呼我们，给我们让座，和我们下棋聊天。

有一次，一位老乡说："宜书记，能不能把你的电话号码给我留一下？有什么事好找你。"听到这样的要求，我很高兴，说明我们的一切努力没有白费，乡亲们开始接受我们了。于是，我赶紧整理好“四支队伍”通信录，送到韩家硷村的每家每户，告诉他们：不管遇到什么事，随时打电话，我们会尽力帮助的。

后来，我倡议村委会设立“民事村办服务点”，并发动单位同事开展捐款捐物活动，帮助12位贫困人口完成大病医疗救助，实现14名贫困家庭孩子的“微心愿”，组织村民开展植树造林、美化家园活动，组织党员干部帮助五保老人完成危房改造工作……慢慢地，干部的作风转变了，也彻底融入了乡亲们的生活，乡亲们又找到了他们心目中的“主心骨”。

四

46岁的贫困户惠建宁，夫妻二人都是残疾，结婚多年一直没有孩子。通过多次治疗，其妻于2017年初顺利怀孕。在得知这一消息后，我多次上门看望，为他们送上孕期相关图书和优生优育知识手册，帮助他们联系医院，开车带领他们定期完成孕检、产检。

2017年10月，惠建宁家喜得贵子。我带领驻村工作队来到他家，送上营养品，并叮嘱他一定要照顾好妻儿。惠建宁激动得流下了眼泪，拉着我的手说：“你真是我们的大恩人，没有你们的帮助，我真不知道今后的日子该怎么过啊！”

得知82岁的王月清夫妇身份证、户口本、医保卡丢失，考虑到他们年龄大，行动不方便，我开车带领二老到县政务大厅、乡镇派出所、农村信用合作社补办丢失的证件。经过一个多月的等待，王月清夫妇拿到了崭新的身份证、户口本和医保卡，高兴地说：“宜书记真是个好书记，比我们的儿子都贴心。”

▲ 规范化村委会阵地落成

▼ 组织党员干部到梁家河开展党性教育

一次，王月清夫妇专门煮了两个鸡蛋，送到了我的住处，叫我趁热吃。虽没有太多的寒暄，对于家人没在身边的我，内心却是无比的温暖。记得小时候，虽说有爷爷奶奶疼，爸爸妈妈爱，但是两个鸡蛋加上韭菜和粉条炒一大盘，几乎是过年才特有的兄弟姐妹们争着抢着吃的美餐。面对这两个热腾腾的鸡蛋，我久久不舍动口，看着他们离开的背影，我流下了幸福的泪水。

驻村工作几年里，我共送走了5位老人，看着8对新人喜结连理。不管是谁家的红白喜事，我都积极参加，热心帮助。了解到村民婚丧嫁娶时，都要花钱租赁红白喜事用具，在前期考察调研的基础上，我带领“两委”班子成员、一名“行家里手”、两名群众代表，前往绥德、子长两地，为村民精挑细选了一套功能齐全、质优价廉的红白喜事用品。

当天晚上8点左右，在村民的帮助下，满满两车红白喜事用品卸车完成，东西整齐地放置在村集体库房里。看着采购回来的物品，全村村民满心欢喜。村民惠候红说：“这么好的东西要花不少钱吧？我们村以后过事情再也不用掏钱租赁家具了！”

听到他们的话语，我甚是欣慰。设身处地为老百姓着想，想方设法为老百姓办事，这就是扶贫工作的方向！

五

人都是有感情的，与村民一个多月的相处，我和驻村工作队的同事们彻底融入了韩家硷村的群众生活。贫困户惠侯强长期患病，上有七旬老母，下有三个正在读书的孩子。其二女儿惠雪芳考入延安大学西安创新学院建筑工程系，全家人却高兴不起来，一家人正在为孩子上大学的学费发愁。

听到这个消息，我想这应该不是惠侯强一家遇到的问题，估计其他贫困户也存在类似的难题。我赶紧组织驻村工作队在全村范围内统计因凑不齐学费而发愁的贫困家庭。后来，得知惠富成的女儿惠芳芳，惠庆福的女儿惠萌，也遇到了同样的问题。她们都是韩家硷村孩子中的佼佼者，而每年几千元的学费现在却成了她们求学路上最大的绊脚石。

我也是从贫苦家庭走出来的。由于家境贫寒，曾几度面临辍学，都是在老师的帮助下艰难完成了学业。这样的情况，我深有体会。家

▼走访调研贫困大学生学习生活情况

长凑不齐学费的无助和无奈，我最有感触。一定要帮助这些学生解决上学的学费问题。我及时向燃气集团党委做了专题汇报，单位大力支持，并在韩家硷村设立了教育扶贫专项资金，不管谁家的孩子考上大学，都会为学子每年提供5000元的助学资金，帮助他们安心上学。

每到寒暑假，孩子们放假回家，都会来村委会找我聊天，“汇报”他们在学校的学习生活情况。我鼓励他们完成好学业，争取成为一个对国家有用、对家庭有帮助的人。孩子们经常说：“宜书记不光是一名扶贫干部，还是我们的良师益友。”

（宜张平　男，现任陕西省天然气股份有限公司延安分公司主任工程师。2015年7月至今在榆林市清涧县下廿里铺镇韩家硷村任第一书记）

泥土里长满故事

◎ 张 博

我的脚下沾有多少泥土，我的心中就沉淀了多少真情。

技能培训就是传经宝

5月17日，是全县每月的扶贫日。一大早，村委会门前就热闹起来。在家的村民围拢在村自乐班旁边听戏边拉家常，心急的老大爷、老大娘已坐在白衣天使前问这问那，量血压，听心脏。帮扶干部与包抓的贫困户坐在一起嘘寒问暖，讨论着帮扶措施和产业发展。

为了更好地让帮扶干部因户施策、制订精准帮扶措施和产业规划，我提议并组织举办了脱贫攻坚政策宣讲暨技能培训、健康义诊活动。活动中，我向乡亲父老讲解当前“三农”问题发展的形势与三井村产业发展的出路来解放大家的思想，举例讲解各项产业扶持政策、医疗救助政策、金融支持政策，打比方、做比较、列数字、举例子，让群众明政策、想思路、细算账、谋计划。不跑冤枉路不花冤枉钱，清清楚楚去看病，明明白

▲精准指导，发展养牛

白抓产业，是听讲过后群众的一致心声。家有两位年老体弱多病老人的贫困户宁丽丽说："张书记今天这么一讲，我心里亮堂多了，才算弄明白贫困户的医疗救助还有六道补助政策哩！今后，就再也不跑冤枉路了，还能多报销医药费。看病不用愁了，也不怕了！"

"口蹄疫潜伏期1—7天，平均2—4天病牛精神郁闷，流涎水，张口时有吸吮声，体温可升高到40—41℃。发病1—2天后，病牛牙龈、舌面、唇内可见蚕豆到核桃大的水疱……"

"一旦发现病畜疑似口蹄疫时，要立即报告村上防疫员，病畜就地封锁……"

"根据咱们村缺水的现状，可以考虑种植黄芪、党参等耐旱性中药材，也可以栽种花椒，市场前景都比较好。下面我们分别讲讲黄芪、花椒的种植技术……”

政策宣讲环节一结束，有养殖栽植和打工意愿的村民早已挤满了会议室，来自市农科所的李副所长正兴致勃勃地讲着肉牛疫病防治常识。为期10天的培训，参训群众达420余人次，原对种养殖业观望的26户贫困户已商定动手筹钱。

义诊台前更是被村民围得水泄不通，横水镇卫生院的医护人员忙得不亦乐乎。活动当天，共义诊群众200余人次。

“政策宣讲及时早，帮扶政策都明了。技能培训传经宝，科学种养收益好。来村义诊都叫好，头痛脑热预防早。温暖送到家门口，帮扶措施就是嘹！就是嘹！”自乐班成员傅科科将活动编成顺口溜，打起竹板说开来……

不论干啥都要先动起来

6月2日上午11时许，正当我邀请县扶贫办领导来村为22名帮扶干部和村干部详细指导填表要点时，谭伟打电话说，他购买的3头牛牵回来了，请我与他一块送到三组代养户赵家牛舍去。辅导会结束已12点半，顾不上吃饭就与谭伟夫妻俩去送牛并顺利签订了早先沟通好的代养协议。虽说购牛款部分借贷，但全家有了脱贫产业，夫妻俩满脸洋溢着喜悦。

谭伟今年48岁，因年幼与玩伴玩耍时被误伤落下眼疾，那个年代父母都没多少文化，缺乏必要的医疗知识和防护意识，因治疗不及时，视力下降先慢后快，现已双目失明20余年，视力残疾Ⅰ级，且多慢性病，行动不便。受疾病影响，谭伟性格也变得暴躁多变，敏感多疑，话语偏激。其母亲70多岁，身体不好，年均住院3—4次；妻子和儿子就近打零工，女儿尚在小学读书。全家医疗花费大，是典型的因残致贫。

养牛之事一波三折。开年后我动员其养牛，他说没地方缺资金，身体又不好。我就反复耐心逐个地做其家庭成员的思想工作，重温他引以为自豪的年轻时候开大车贩粮食、搞生意的辉煌时光，重拾他的决心和信心。设身处地为他们分析，栽种果木投资大、周期长又缺乏劳力，发展养殖短平快比较适合。于是我就劝说其妻不必外出打工，既落不了多钱，又照顾不上老人孩子，丈夫一个人单打单根本无心干，更干不起来，得不偿失；必须抓住国家扶贫补助政策机遇，在家搞养殖，由小变大滚动发展。经过长时耐心引导，夫妻俩开始养猪3头、养鸡100只，人也一下子勤快了起来。良好的开端是成功的一半。看到势头很好，一个多月后，我又建议他家可以再养几头牛，家里无条件可以找老养牛户代养。磨刀不误砍柴工，前期大量的说服工作潜移默化地发挥了作用，这次就比较顺利，没过多久，他就与我商量代养肉牛的事。我与村委干部及时帮其找到了合作人，水到渠成，买牛成行。现在，两口子整天忙活着喂养，也看不见往常坐在街道晒太阳闲聊天的身影了。

领到养殖产业扶贫补助款1万元的谭伟，初步估算了下，高兴地说：“张书记，你说得没错，不论干啥都要先动起来。到年底，猪、鸡、牛一出栏，可以纯收入8000多元哩，儿子结婚不愁了，咱也能在人前头说话了！前头人不熟，我也就这个直脾气，说话不思量没轻重，你不要介意呀！我看你们这些文化人还是气量大，有思路有办法，把我这个废人懒人也‘改造’成正常人了！你放心！只要咱好好按你们说的办，脱贫就没麻达！你抽空给村上这些学生辅导文化课，我女儿成绩提高明显得很。真多亏了你呀！儿子结婚的时候一定要请你来喝酒！”

谭伟发展养殖业仅是三井村贫困户发展短期产业的一个缩影。目前，村里18户贫困户共养牛58头，12户养猪180头，引导17户栽植花椒103.5

亩，共享受国家产业补助23.4万元；引导44户贫困户转移就业59人，每年实现农民增收150余万元。

黄芪绿满茵

怎样才能让所有贫困户都有业可从、有事可为、有钱可赚呢?

高温天气已持续一个多月，村委会办公室的风扇疲惫地“奔跑”也赶不走沉闷的湿热。7月27日下午4时许，起风上云，雷声轰鸣，渐渐地风起云涌，终于落下雨滴。久旱降甘霖！盼望已久的雨水浇淋着大地，庄稼乐开了嘴酣畅淋漓，燥热的天逐渐凉了下来。我顾不上隔窗观赏久违的雨景，便引领前来应约的凤翔县简氏中药材种植专业合作社简总走进了办公室。

“做了大量的说服工作，咱能连片流转土地180多亩。”村支书邢书记说。

驻村工作队张队长接道：“吸纳贫困户加入农民专业合作社，让农民变股民就是很好的帮扶举措。”

我接着说：“还要让贫困户把种植业与药材园长期务工相结合，才能确保贫困户早脱贫、不返贫。”

村委任主任又说：“这样咱们村既有养殖这个短期产业，又可以把中药材做成长期产业。”

简总说：“我很感动于张队长、张书记和村‘两委’招商引资的诚心和带领全村脱贫致富的决心。我是军人出身，之所以看好三井村这块宝地，就是通过多次接触，感受到咱们这支扶贫班子，人心齐，敢谋事，真干事，干真事，能成事！如果一期项目合作成功，我们二期将扩大规模，延伸产业链，把全村劳动力吸纳进来，进一步做大做强，把咱们这里打造

▲ 一片绿茵茵的黄芪，长势喜人

成全县中药材产业示范园。”

……

经过近三个小时的热烈讨论，我们敲定了采用“中草药合作社+农民专业合作社+贫困户”的合作模式，一期利用三年时间，规模种植黄芪等一年生中药材，建设三井中药材种植园的框架协议正式形成。

该项目发展前景乐观，年计划投资100余万元，可解决村贫困户劳动力60余人，预计贫困户年中药材产业收入20余万元，劳务收入20余万元，将改写该村无主导产业的历史。

当我们走出村办公室时，早已风停雨霁，西天晚霞如锦，知了和鸣。

一天的辛劳换得成功的喜悦。晚上，回想该项目的引进，历时近三个多月，得到了县级、局级领导的大力支持。我们检测土壤科学研判，实地考察调研算账，起早贪黑征求意见，协调各方调研论证反复磋商，苦口婆心做群众思想工作……吃着泡面也感觉美味了。

8月18日，中药材种植合作协议正式签订，全村36户贫困户全部加入了种植合作社。12月6日，185亩黄芪机械栽种工作全面结束。现已绿色茵茵，长势良好。

路宽心舒畅

“黄芪地犁地那两天，土路泥泞，把咱几个都弄成‘泥人张’了！”张队长说。

“土路不修，黄芪栽种、铲草、收获都会受影响，后续扩大种植怎么办？”我说。

村主任面露难色地说：“前面考虑过改造一组街道、硬化尹三路的问题，但一组在门口私搭乱建的人阻挠拓宽，尹三路两边有地的人觉得不是主干路修路没必要，而且拓宽还要占地，阻力比较大。”

我说：“要想富先修路。尽管我了解到县上农村道路‘最后一公里’的政策基本收口，再申报几乎没可能，但也要力争搭上这趟末班车，否则这条路将会成为遗留问题甚至今后发展的障碍。”

在入户征求意见的基础上，我们组织村党员、组长和村民代表召开专题会议讨论研究，最终形成一致意见：修建拓宽一组街道，硬化尹三路。这些基础设施就是促进产业发展的助推器，致富奔小康的加油站。

修！

说干就干，干就干好！我们驻村工作组不厌其烦地争取领导支持，动用人脉资源沟通协调。功夫不负有心

▼ 修路现场

人，几经周折终于向县交通局争取，将该路建设挤进项目库。那段时间，起早贪黑就是工作常态，挨骂受气已成家常便饭，与村组干部东家进西家出，利用晚上群众在家的时机，苦口婆心动员群众清理门前街道的私自建筑、柴草垃圾。光拆除四户门前厕所就耗费了快一个月时间，好不容易征得户主勉强同意但其就是不动手，没办法我们村组干部上手拆除并打扫“战场”，还得接受户主验收。前期工作做扎实了，开工建设就顺当多了。在局领导的大力支持下，历时一个多月建设，路修通了。

“党的政策就是想得周到！再不加油干，赶紧脱贫，都不好意思了！”八组村民张积良感慨地说。

“街道拓宽、尹三路硬化后，下雨天下雪天去长虹街道买东西就方便多了，今后过事搭棚、运输种地也方便轻松多了！咱就等着明年秋冬季客商上门收获黄芪卖钱的时候吧！”一组贫困户邢文军看着自家门前宽约9米的水泥街道，与乡邻分享着修路带来的喜悦。

（张博　男，现任宝鸡市凤翔县食品药品稽查队副队长。2017年4月至2018年4月在凤翔县横水镇三井村任第一书记）

让“西迁精神”在巴山深处闪光

◎ 梁维进

我帮扶的村子在平利县最南端的正阳镇，离县城最远。从县城到正阳镇，超过100公里，而且需要翻越道路糟糕的大山冯家梁，艰险程度是不言而喻的。

接我们到村上的是正阳镇副镇长吴道斌，个子不高，人很精干。吴副镇长开车带领我们赴村，一路颠簸走了两个多小时。坐在车上，看到路两边的悬崖峭壁，我第一次感到心惊肉跳。听吴副镇长介绍，正阳镇地处巴山腹地，是真真切切的大山深处。

一

2016年4月，古城西安早已春意盎然，作为西安交大资产公司下属单位经营班子成员兼支部书记的我，依旧忙碌在复杂的日常管理工作中。下午刚上班，我的手机响了，交大资产公司主管扶贫的领导、党委副书记程鹏迅打来电话：“梁书记，资产公司包联的贫困村子要派驻第一书记，资产公司物色了一遍人选，觉得你合适，不知你是啥意见？”并强调：“须脱离原工作，常年驻村帮助包联村子脱贫。”

我是在农村长大的，后来考上大学，毕业分配进入西安交通大学工作。一方面，我有农村生活的经历，能尽快适应农村工作；另一方面，父亲早逝，多亏了党的照顾，才使守寡的母亲把我们拉扯大，现在正是我回报党的机会，帮助贫困户也算积善行德的义举。所以我没有太多犹豫就回复说：“可以啊，让我回去跟家里人说一下。”为什么我要这样说？因为我是一名党龄近20年的党员，且在西交大工作近30年，但我的家庭和一般家庭相比，还有不一样的困难。

我家共四口人：母亲、我和爱人，还有即将参加高考的儿子。我是家中的顶梁柱，母亲已是80岁高龄，一辈子辛劳，加之年轻时守寡把我养大实属不易，随着年纪的渐渐增大，身体也变得虚弱不堪，须随时有子女待在身边；爱人已到中年，按理说照顾母亲和家里是可以的，却由于十几年前患上重度慢性疾病，虽然经过两次住院治疗稍有好转，但须坚持服药才能病情稳定，所以每月按时从医院买药是我十几年来必做的功课，显然让爱人一个人管家是不现实的；儿子快18岁了，正在读高三，马上面临高考，全家正是需要我的时候。现在答应去距离遥远的陕南农村驻村，发扬西安交大人的“西迁精神”，到祖国需要的地方去，家里肯定要安顿好，这样我才可以安心去村里工作。

下班回家，也没开家庭会议，我分头把我驻村的决定告知家里的其他三位成员。母亲上过“妇女识字班”，虽然文化不高，但知道的道理不少。当我把驻村的决定给她简单说成是下乡帮助贫困户时，年迈的母亲考虑了一下说：“按理说咱家最不能离开你，但既然你已经答应了，就放心去，而且作为国家干部，就应该听党的话，服从组织的安排。咱家最艰难的时候也是有党的关心和照顾才挺过来的，人要懂得感恩，我支持你去，

▲ 走访贫困户

我不会拖你后腿的。”就她的赡养问题，母亲提议，送她去远在新疆克拉玛依的我大姐那儿，等我驻村工作结束，再接她回来。

接着告知爱人和儿子我驻村的决定，与其说是告知，不如说是安排和叮嘱。安排儿子，我不在家里要好好学习，认真备考；叮嘱爱人，要按时吃药，保重身体。反复强调要他们一切跟我在家里一样。得知我去离家很远的地方驻村，因为在一起习惯了，爱人和儿子还是表现出一些无奈的神情。

为把家里安排得更稳妥些，我又去了离家不远的岳父家，给岳父说了我将要驻村的事情，要他帮忙操心家里。岳父也是将近八旬的人，给他老人家托付家里的事情，让他辛劳，也是考虑我驻村离家太远，肯定对家里照顾不上的无奈之举。

把年迈的母亲送到遥远的新疆，临别时母亲眼含热泪，依依不舍：“儿啊，好好驻村，尽力帮扶，为群众做好事。”

走进候机大厅，和母亲的距离渐行渐远，她的身影慢慢地消失在我模糊的泪光中。顿然间，母亲的形象在我的心目中变得高大起来：一位再普通不过的老人，为了让儿子能够全身心驻村，做出了多么大的牺牲。

二

4月的天很蓝，没有一朵云彩，我和交大驻村干部一起前往平利。坐着学校的车子穿越亚洲第一长的终南山公路隧道和数不清的小隧道，两边的山渐渐增多，映入眼帘的景象是跟关中平原不一样的地貌。

我到过陕南的地方不多，到安康还是人生第一次。这次要在最南端的平利偏远农村工作，心中还是抑制不住激动。一路上，眼睛好奇地向窗外张望着，思绪又回到了60年前的交大西迁。1956年，数千名交通大学师生响应国家号召，告别繁华的上海，扎根古都西安，为国家建设、为西部的文教事业奉献出全部。我们十几名干部赶赴平利驻村，不正像当年交大的西迁者吗？国家当前发展不均衡，帮助贫困地区摆脱贫困不正是祖国需要吗？作为交大人，传承和发扬“西迁精神”是我们义不容辞的责任。想到这儿，我突然明白了此次驻村的深刻意义，心里一下子亮堂起来了。

驻村工作对接会于下午2点在平利县政府会议室开始。会上，县委组织部部长向驻村干部宣读了第一书记工作职责和干部驻村工作纪律，通知有交大帮扶任务的所在镇负责人带领驻村干部去村里进行工作对接。

下午6点，车子终于到达正阳镇。在和镇上杨书记一起简单吃了晚饭后，我们就去了帮扶的南溪河村，村子离集镇只有不到4公里的车程，镇上安排我们和村上干部见面，方便更快进入角色。

夜幕已经降临，在村里简陋的办公场所，村上的“两委”班子在昏暗的灯光下和我们见了面。村支书姓王，他向我们介绍了村“两委”的人员情况，我也大概介绍了作为第一书记的职责，希望以后和大家共同努力，帮助村上把脱贫攻坚工作做好，让村里有一个变化，让百姓真正脱贫致富。

三

在联村干部陈春贤的一路引领下，我带上本子，走入村上的每家每户，各家的情况尽可能详细记录。“党让我们去哪里，我们背上行囊就去哪里！”“到祖国最需要的地方干事创业！”此刻，当年交大西迁时的热情仿佛就在我身上。

五组的向厚志住在海拔1500米以上的山上，从村委会到他家往返距离得60多里，大部分要步行。路途艰险，杂草丛生，行走时需要走在前面的人不停用棍子拨开一人高的杂草才可看见狭窄的路，经过的悬崖惊险得令人毛骨悚然。第一次到向厚志家，由于从没见过我，从破旧的土坯房走出的向厚志把我当成外地来的骗子，多亏一同去的陈春贤及时介绍，才没有引起大的误会。后来，去的次数多了，相互了解得深了，我俩逐渐成了朋友。他逢人就说：“梁书记真是一个好干部，他不嫌我脏、穷，时不时还过来看望我，了解我家的情况，帮我分析贫困的原因，给我找致富的法子，这样的干部少见。”

一组的李安元是贫困户，几年前的一次意外受伤致使腿脚不灵便。他本来是村里有名的老中学生，算是他们这一年龄段的知识分子。由于不方便

▼ 了解完村民情况后合影

外出，待在家里的时间长了，心情变得很是抑郁。我去他家时，只见他坐在椅子上，花白的头发蓬乱，胡子长得好像一个月不曾刮过，一副颓废的样子，对一切都无所谓："我这样的情况没人看得起，生活也就这样凑合着过。"我就鼓励他："树立生活的信心，改变形象，积极快乐对待每一天。"和李安元闲谈时，我无意聊起关中八大怪之一"锅盔像锅盖"，他说从没见过，感觉不可思议，于是我就在回家归来时给他带了一个锅盔，让他真切感受一下关中锅盔。那次回家，我还给李安元带了一大堆图书，希望他尽快从郁闷中走出来。后来李安元告诉我，他最喜欢的书是陈忠实的小说《白鹿原》。经过一段时间的耐心开导，李安元的心情好多了，他现在已是村上新民风建设的主要成员，不时地为村上的新民风建设出主意、提方案。在村上碰见他的时候，他总主动跟我说话："梁书记，你让我对生活有了希望。我得心情放好，好日子还在后头呢。我要好好活，活到村里奔小康的那一天。"

村民余世学是我包帮的贫困户，已近六旬。妻子是聋哑人，智力也存在问题，有一个女儿。一家人住在山上破旧的土坯房里，条件极其艰苦。我多次来到余世学家里，余的妻子总是盯着我看，时不时从嗓子里发出几句嘶哑的声音，听不清内容。余世学的女儿14岁就跟同村的一小伙在一起了，并已有一小孩，现在外打工，常年不怎么回家，也很少过问家里。面对这种家庭状态，言语本不多的余世学选择沉默寡语。面对余世学的情况，我多次给他做思想工作，让他面对困难要昂首挺胸，勇敢坚强地生活。作为低保户的余世学一家，虽有政府兜底提供安全住房，但想致富还是不太容易。目前得先让他对未来生活充满信心，为此我给他的脱贫规划是管好现有的茶园，养几头猪，再在村里打打零工，把日子过顺当还是可以的。

快六旬的宋官友与年过九旬的老母亲相依为命。由于山区条件的艰苦和一些别的原因，宋官友错过了几次成婚的机会，一直单身。也许就是这个原因，他沉默寡言，自卑感很重，生活也没有目标。虽然老宋话不多，

山里的村庄

但每次与我相见，还是愿意听我言语。“梁书记，像我的情况，家有老母亲需要照顾，咋样改变家里的现状？”他家的致贫原因主要是内生动力严重不足，对生活信心缺失。面对宋官友的状况，我经常去他家，主要让他对生活树立信心，从思想上寻求改变。经过几次与宋官友的沟通，他的话明显多了，脸上的笑容也比往日增多了。“梁书记，你为我家辛苦，我咋能不明白呢！”现在的老宋，每逢村上有盖房或别的体力活，准有他的身影。同时他也开始着手家里的短期产业，开始养了几十只土鸡和几头本地土猪。依据国家的扶贫政策，老宋与母亲可以无偿居住村里的“交钥匙”安置房，如今他与母亲已经告别原来的土坯危房，搬进了新居。谈到此事，老宋的脸上总是露出幸福的笑容。“向前看，攒够钱，媳妇找到有何难。”我的一句顺口溜，让憨厚的宋官友脸上的笑容更灿烂了。

连续的入户走访，没有固定的休息时间，每天都是忙碌紧张。每当忙完一天的入户走访，我早已累得筋疲力尽，仍坚持及时整理记录完当天的驻村感想，经常是刚一挨床，就进入了梦乡。

四

岚河的巴山源头之一南溪河穿村而过，给美丽的南溪河村平添了许多灵动。一年四季流淌不息的河水，给南溪河村增加了无限风光。2016年9月，在走访农户中，我发现横跨河两岸的两三根树干搭起的简易木桥是山上百姓来往耕地劳作的必经之路，每每老百姓经过，都险象环生。看到这种现状，我利用回西安休息的时间，及时向交大资产公司做了汇报，建议修建两座便民桥，方便山上百姓生产生活。公司领导采纳了我的建议，并开会研究决定动用公司各部门的力量，筹措资金20万元，为百姓修建两座便民桥。

▲ 南溪河社区服务中心

我带来了单位的帮扶资金，接着就和村“两委”详细讨论两座便民桥的建设标准。全体村干部各尽所能测费用，按程序开始着手便民桥的建设。不到半个月，坚固耐用的便民桥就建起来了，百姓去田间地头劳动再也不用提心吊胆了。

当时村活动中心主体正在建设，资金上也有缺口，我和单位及时沟通，将修桥余下的钱再一次派上了用场。单位领导来到村上考察，看到资金让百姓得到了实实在在的方便，脸上也露出了欣慰的笑容：“这件事情做得好，真的方便了百姓的生产、生活、出行。”

2017年6月，新建的村活动中心广场硬化、绿化资金又有缺口，眼看就要停工，我把情况向单位领导做了详细汇报，单位又筹集了20万元资金，确保了施工进度顺利进展。

2017年9月底，村上遭受几十年不遇的洪涝灾害，部分土坯房屋垮塌，村级道路有不同程度的损坏。得知受灾情况后，西安交大资产公司党委急村上之急，调剂10万元作为救灾款，帮助村上灾后重建。西安交大资产公司帮助南溪河村的真情如南溪河水，百姓已真切地感受到了其中的温暖和关爱。

（梁维进　男，现任西安交通大学思源物业有限公司副总经理。2016年4月至2018年5月在安康市平利县正阳镇南溪河村任第一书记）

山野

◎ 高培生

寨峁山那一条条狭窄的山沟里，散落着几户到十几户不等的破落小院，院落内大多杂草丛生，只有四五户年老体弱的老人留守在这里。陕北的山村大体都是这样，只要有沟的地方，就有人住。

一

刚进寨峁山，一个老大爷赶着牛车迎面走来，由于路窄，我将车子放慢了速度，同行的朱书记问他："老马，干什么去了？"

"朱书记，刚上山收了豆子，你给我找的老伴呢？"老大爷说完哈哈大笑。

看起来是一个性格开朗的老人。

"去他家看看吧。"朱书记对我说。

我将车子停在路边，和朱书记跟在他的牛车后面。

朱书记对我说，他叫马生保，73岁，老伴去世多年，儿子外出打工，常年不回家，媳妇智障，孙子智力也有障碍，15岁了才上二年级，生活极度困难。

老马家在山顶，崎岖的小路仅能容得下牛车通行，远远看见几间破败的土窑，门前有几棵果树和一个陕北特有的玉米架子。

走进老马家，我惊呆了！满屋子的东西，当屋一张床上，油黑发亮的几件被褥跟两三年没洗似的，一个小小的土灶台也脏得可怕，锅盆碗筷扔了一地，锅里有半锅小米稀饭和几个馒头。

朱书记向老马介绍："这是咱们新来的第一书记，高书记。"老马憨憨地笑着招呼我："高书记，我这个家没你坐的地方，你不要笑话。"

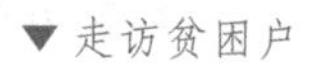
▼走访贫困户

“老马，以后把卫生打扫得好一点，你这么脏，还和我要老伴？”朱书记逗他说。

老马又是一阵哈哈大笑。

我向老马了解了一些基本的生活情况和个人信息，并记录在随身带的小本子上，告诉他我的工作职责和联系方式，嘱咐他有什么事可以给我打电话。

通过交流，我大体上了解了老马的基本生活情况。由于年龄大，人又懒散，基本不收拾屋子，被褥常年不洗，锅盆碗筷也五六天才洗一次。生活极其简单，基本以小米稀饭、馒头、挂面为主。一头牛，一辆架子车，几亩薄田，老马与其相伴，生活就这么简单。

“老马，想发展点什么产业，政府有政策，能补助5000元。”榆阳区产业扶持政策出台后我上门征询他的意见。

“我老了，其他的也干不成。就是这头牛老了，如果能补贴，把这老牛卖了，再买一头小一点的牛，好帮我干活。”老马欢喜地对我说。

村主任李启存是老马邻居，我让他帮老马买牛。毕竟老马年龄大了，让人家骗了也是有可能的。

过了十几天，李主任给我打电话，说给马生保买了牛。原来的那头老牛卖了5800元，新买的这头花了8900元。老马说准备再买几只羊，好好喂养，争取早日脱贫。

此后的日子里，我经常能看到马生保忙碌的身影。每次见到我，他都笑着对我说：“高书记，过几天杏子熟了，来我家吃杏。”他的笑声更加开朗了。

我隔三岔五去马生保家坐坐，顺便看看他的那头牛和那几只山羊，老马的屋子也干净了许多。邻居告诉我，多少年了，老马从来没有这么高兴过，今年像换了个人似的，像个年轻小伙子，干劲十足。

2016年秋季，连绵阴雨，村里很多人家的房子渗漏严重，有几户裂缝严重已成危房。我和李大刚去老马家看了看，发现他家的房子也渗漏严重，泥土大片地掉落，老马也很忧愁。

“高书记，这张床已经搬了几次地方，就怕睡到半夜，泥土掉下来砸到头上。”

我在心里想，2017年一定想办法将老马纳入危房改造项目户，让老马能安享晚年。

2016年12月中旬，我和李大刚去老马家，计算老马的收入，看能不能脱贫。老马高兴地对我们说：“不用算了，今年农业收入最低五六千元，加上养老金，估计上万元了。我一个老头，花不完了，脱贫没问题。”言语之间充满了自信和对美好生活的期望。

老马激动地握着我的手说：“有你们帮我，我老汉不用愁了。”

二

李兴喜家坐落在半山腰上，三间土窑，石头门面，古式的木头窗子，典型的陕北土窑风格。

一个80岁左右的老太爷坐在门前的凳子上晒太阳，一身洗得灰白的衣服有几个补丁，一顶小白帽显然也是戴了很多年，颜色暗淡了很多。

陪我来的李主任喊了几声：“李兴喜，李兴喜……”

羊圈那边，一个中年男子走了出来，乌黑的脸，头发像杂草，见了我们，只是憨憨地笑。

李主任向他介绍了我，并说明了我们的来意。

他招呼我们进了家，一盘土炕，一张床，一个衣柜，这就是全部的家当。

▲ 入户访谈

李主任向我介绍了他的情况。老父亲80多岁；夫妻二人均患有间歇性精神病，十年前较严重，经常发病，经过治疗这几年好多了，犯病的次数愈来愈少，不受刺激基本上不会犯病；有两个孩子，女儿在榆林市第三中学读高三，学习很好，儿子在清泉中学上学，也很优秀。家中生活本来还可以，可是多年求医看病，家里早已负债累累。前年李兴喜喂的一群羊，有30多只吧，被查出患有传染性病源，经办事处会同榆阳区动物检疫站协商，进行了注射死然后掩埋羊的处理办法。虽然给予了补偿，但是丧失了养羊致富的机会，一切都得从头开始，让这个原本贫穷的家庭雪上加霜，更加难以维持。去年，李兴喜又借了很多钱，买了一些羊，继续发展养羊产业。

听着李主任的介绍，看着眼前这位没上过学、老实巴交的陕北汉子，我的心中一阵酸楚。多难的命运怎么就全部降临到他一个人身上呢？

几天后，榆阳区国土资源局驻村工作队进村开展工作，一个党员帮扶一个贫困户，我特意安排国土局局长王开富帮扶李兴喜。

王局长进村，对所有贫困户挨家挨户进行走访，第一站就到了李兴喜家。详细了解了他家的情况，听取了他发展养羊产业的规划后，王局长明确表态，坚决支持他发展羊产业，并赞助他女儿上大学后的部分学费。

李兴喜沧桑的脸上终于露出一丝丝笑意，暗淡的眼神也突然明亮了许多。

2016年4月中旬，王局长特意到李兴喜家走访，了解春耕生产情况。得知没钱买化肥，王局长立即掏出200元，让他尽快买回化肥，不要误了耕种。

高考分数公布后，我和李大刚又去了李兴喜家。他的女儿李丽丽告诉我们，今年没考好，是三本，准备再复读一年，明年继续参加高考，争取考个好一点的学校。我鼓励她好好学习，如果有什么困难，我们可以提供帮助。

2016年秋季，连绵阴雨下了20多天，李兴喜家的土窑出现了大面积的渗漏和裂缝。我第一时间到他家了解情况，实地勘察房屋，确认其已成危房，不能继续居住，必须搬出去，从而避免次生灾害的发生。随行的村主任李启存立即向几位在城里居住的邻居打电话，给他借房子，最后确定了一位邻居的房子。李兴喜的妻子哽咽着说：“谢谢你们了，你们真是好人。”

榆阳区产业扶持政策出台后，我将李兴喜列为养殖产业发展户。和李兴喜商量了几次后，决定让他继续养羊，再购买5000元的羊，把规模做大，争取让他成为寨峁山组的养羊脱贫示范户，带动其他村民发展养羊产业，共同致富。

担心他把产业项目资金挪作他用，我和李大刚到李兴喜家数了原来羊的存栏数，嘱咐他买回羊后必须给我们打电话，我们要验收买回来的羊，确保项目落到实处。

过了几天，我路过武家庄时，李兴喜让我去他家，看他买的羊，我专门去看了一趟。

“高书记，我怎能骗你呢？只要政府有扶持政策，我一定好好干。”他笑着对我说。

2016年，由于雨水充足，李兴喜家获得了大丰收，洋芋、豆子、玉米都比往年多收了五成。李兴喜对我说，今年的收入是五年之内最多的一年。

2016年12月，我和李大刚到李兴喜家调研全年收入情况，看是否已脱贫，李兴喜高兴地对我说：“高书记，不用算了，今年收入这么多，肯定脱贫了，我不能拖咱清泉的后腿。”

为了提升产业发展规模，保证脱贫后不再返贫，榆阳区国土局对每户贫困户另行安排了3000元的产业发展资金，扩大产业规模。

“高书记，如果3000元到账，我可以买6只羊，这样我一共喂30只羊，我一定可以脱贫，不用你们再操心了。”

他高兴的言语之中充满了自信，也充满了对未来生活的期望。可是，危房改造项目还没有实施，女儿的大学梦也没有实现，这个勤劳而多难的男人仍然需要继续努力。

祝愿李兴喜一家早日圆梦，过上幸福祥和的日子。

三

初到埝则湾村，我沿着埝则湾公路往返走了几次，发现那座路边的小庙和古戏台的前面，有一条小道伸进了山沟。

“那是姜家沟，是咱村的一组和二组，现在两个组居住的不到十户人家。”

“咱进去看看吧。”

于是我将车开进了那条小道，走了不到400米，翻过了一座山梁之后，一条小溪挡在了前面。小溪的对面，半山坡上拴着一头黄牛，黄牛的后面是几棵老枣树和几间破烂的窑洞。

我将车子停在小溪的这边，提鞋蹚过了小溪，水并不深。

向前走了10分钟左右，到了半山坡的这户人家。推开栅栏门，院里乱七八糟地放着一些农具，门前挂着两串辣椒和几个玉米棒子，属于典型的陕北农家景象。

一个腰弯得几乎九十度的老大妈应声面出，瘦弱的身体，单薄的衣衫，一双深邃的眼睛昏暗而无神，灰白的头发杂乱无章。

“你是谁啊？”

“这是咱村新来的第一书记高书记，到你家了解情况。”张书记向她介绍我。

“哦，进家吧，喝口水。”

推开两扇厚厚的古式木板门，整个家当全部呈现在眼前：两口大缸，几个木柜，一盘土炕，几床破旧的被褥，一大一小两口锅，一个热水壶。

“高书记，喝水。”随之递给我半碗水。

张书记向我介绍了这户人家的情况。20年前国家计划生育政策紧，因女人有病，对户主张占明进行了结扎手术。因当时手术条件有限，没有做

山野

好，张占明留下了病根，劳动能力受限。有三个女儿和一个儿子，三个女儿均已成家，儿子结婚后因为生活贫穷，妻子离家出走，最后离婚，儿子情绪受挫，在外流浪，常年不回家。张占明也患有几种疾病，常年靠药物维持，但不得不拖着病重的身体种几亩薄田，以维持生活。计生局每年救济几千元，勉强能过得去，但几年前儿子结婚时欠了几万元的外债，已没有能力偿还。

听了张书记的介绍，看着这个破旧不堪的家和眼前这个实际年龄64岁却看上去像80岁的弯腰老妇人，我一阵心酸。我知道，是生活的重担压弯了她的腰，是生活的辛酸和无奈让她愁白了黑发，长满了皱纹。

几天后，村里召开精准扶贫识别会，我才见到张占明，同样的弯腰深深，同样是满头灰白头发，同样是古铜色的沧桑老脸。他笑着和我打了个招呼，但笑得极其勉强。

经过几轮会议讨论，最终确定张占明家为贫困户。张占明握着我的手连声说谢谢，能感觉到我们的帮扶真的是他最后一根救命稻草，能给他带来生活的希望。

2015年12月23日，我到他家慰问，去的时候已是早上11点左右，他家才吃早饭，一锅小米稀饭，几个馒头，一碗咸菜，却也吃得津津有味。看到我们来了，有点不好意思地说："农村人，没什么吃的，就这饭，只要能吃饱就行。"

2016年4月13日，我联系榆阳区人民医院的专家到埝则湾村进行免费体检义诊，并特意给张占明打了电话。他第一时间赶到了现场，人民医院的李院长给他做了各项检查并开了处方，我给他发了10袋各类蔬菜籽和10件适合他穿的衣服。

"高书记，谢谢你了，等过几天蔬菜种好了，来我们家吃饭。这几天我正准备去城里看病，今看了，就不用去城里了。"普通而平凡的话语，道出了这位老农最真挚的心意。

2016年下半年连降阴雨，张占明家的房屋严重受损，裂缝，泥皮掉落，不能继续居住，已成危房。

第二天，我和朱书记到张占明家实地察看，建议他借别人的房子暂时居住，先搬出去避免次生灾害的发生。他接受了我们的建议，我说，不用怕，我们一定帮你渡过难关。

回到清泉办事处后，和办事处民政工作人员协商，将张占明和另一户李兴喜的危房发文向榆阳区民政局、区住建局、区扶贫办申报，申请列

▼帮助贫困户改造危房

入2017年危房改造项目和民政救助范围。榆阳区政府贺区长对该申请进行了批示，责成相关部门对张占明和李兴喜的危房改造一事进行立项督办，务必解决贫困户的实际困难。

我多次奔走于榆阳区政府，向相关部门申请立项。2016年10月，区民政局工作人员打电话告诉我，已将李兴喜和张占明纳入民政救助范围，每户救助5000元，用于搬迁后的生活救助。

得知自己的危房改造已立项，张占明欣慰了很多。自从旧屋不能居住，借住邻居家的房子以后，老人整日愁眉苦脸。现在终于等来了希望，多难的老人终于长出了一口气，脸上露出一丝苦涩的笑意。

晚秋时节，我特意到张占明家走访了一次，看看他秋收忙完了没有，收回来的粮食放在什么地方。我去时只有多病的老太太在家，看到我来，她拿出一些红枣让我吃，告诉我张占明到后山收土豆去了，一时回不来。借人家的房子，收回来的粮食还在以前的老院里放着，现在最大的困难就是借住的院里没有水井，得到原来的院里拉水吃；天冷了，没有煤，取暖困难。说话间，老妇人又是泪流满面。

听了老妇人的诉说，我的心里很不是滋味，便立即跟包扶人牛占林、朱书记商量了一下，决定帮助二位老人买煤，买水泵和水管。让村支书张加业去买，然后我们给报账。

几天后，张加业书记打电话告诉我，买了2.2吨煤，一个水泵，60米水管，正在往村里走。我会同张书记一起将买回来的东西送到张占明家，老人感动得说不出话来，握住我的手长时间不放。

2016年12月26日，我同牛占林到张占明家进行春节前慰问，给他带了一袋米、一袋面和200元现金，祝福老人过个幸福的春节。老人说感谢政府，在政府的帮助下，今年已经脱贫，明年会继续种好地，喂好牛，把日子过得更好。

在社会各界的帮扶下，在辛勤的劳作下，老人一定会过上幸福的生活，安享晚年。希望这一天早日到来！

（高培生　男，现为榆林市榆阳区农机化学校教师。2015年8月至今在榆阳区上盐湾镇埝则湾村任第一书记）

光明行

◎ 魏婷昱

在精准扶贫脱贫攻坚中，必须做到精准宣传理解政策，精准掌握执行政策，精准发力落实政策，精准实施帮扶措施，只有每个细节都精准了，“小康社会一个都不能落下”的铮铮誓言才能精准实现。

一

我刚到村上挂职当第一书记的时候，很多同事见面都说，你们后备干部下去任驻村第一书记，实际上就是镀金，走走过场。有几个县上工作的同学知道我到村上任脱贫攻坚驻村第一书记，他们见面也说，省上派来的领导干部到村上就是镀金，脱贫攻坚不能指望你们，你们都是领导干部，都很忙，到村上报个到，应个卯，不一定能沉下身子踏踏实实在村上待。听到这些话我有些吃惊，我是准备沉下身子好好干的。到村上以后，我更加感受到，“镀金”并不是那么容易的，是要付出很多代价的。“镀金”也要过几道关。

▲考察村民居住情况

第一关是吃饭关。我是农村长大的，对饮食并不挑剔，也有足够的心理准备。在村上吃饭，不是吃的好坏、合不合口味的问题，主要是吃饭的时间节点。陕南农村的生活习惯与城市大不相同，我所在的光明村生活习惯是早上10点吃饭，中午两三点吃饭，一日只吃两餐饭。刚来的时候，我早上7点多在镇上吃过饭，就和村委会几个人到山上贫困户家里调研。先去了曹祥平家里，然后继续上山，到董克林家、谢世勇家。到了杨长理家，已经下午1点多了，我肚子很饿，大家都在工作，也没有人说吃饭的事情。头有些发晕，有点儿恶心想吐，我知道我的低血糖犯了，又怕别人知道，就找个理由给王书记要了一下车钥匙，在车上休息了10分钟。快下午2点了，我们在村干部李新玉家吃了午饭。召开村民大会，也经常是上午10点到下午2点，中间不会休息的。慢慢地我要习惯中午12点不吃饭。之后，我身上经常装一些糖果，不能按时吃饭时就用糖果来暂时解决低血糖的问题。在镇上吃早餐时，总害怕中午饿，我一大早上就吃一大碗面。多吃点，中午才能撑得住。一个月下来，说是来扶贫，我自己竟然先长胖了。

第二关就是交通关。自从到光明村上班以来，基本上，我从西安出发大约三个小时才能到达目的地。特别是刚开始的两个月，因为长途驾车容易疲劳，总是错过石泉高速出口处，有好几次都开到汉中方向，又从洋县返回到石泉。2017年9月28日和2018年2月1日，是我印象最深刻的两次。我从西安开会结束后，下午2点出发，在高速路上堵了7个多小时，第二天凌晨2点才到镇政府。扶贫期间，镇安和铜川两起扶贫干部在扶贫路途遭遇车祸身亡的事情发生后，我们张小宁局长总是叮咛我一定要注意安全。今年大雪封山的时候，我驾车过石泉土门垭，眼见着前面几个车就地打转撞车，自己紧急刹车，庆幸自己没有撞上。但无论如何，这个交通关是必须得过。

第三关就是生活关。刚到饶峰的时候，天气很热很潮湿。房间没有安装空调，也没有洗澡的条件，晚上一整夜燥热潮湿，还有小飞虫在周围飞来飞去，晚上基本休息不好。到了冬天又特别湿冷，办公室和房间都没有暖气，村民们用的是火盆，烧柴火取暖。镇、村办公室基本是用电热炉取暖。因为电力设施比较落后，经常停电，电压也很低。省局领导给我们送来小太阳电热器，插上电源，竟然看不到电热丝发红，手放到电热丝上只能感觉到一点点温度。房间里装上空调，也没法启动。住在镇上经常停水，早上起来，刷牙、洗脸、上厕所都很不方便。按说山里不缺水，但引水工程的蓄水池、引水管道等设施落后，加上电力不足，基本生活用水难以保障。

我一直给自己说，这是非常难得的感受艰苦环境的机会。和镇、村干部一起工作，我更深刻地理解了他们对工作的坚守和奉献。艰苦的环境洗涤了心灵，和贫困地区的干部群众相比，我对自己现在拥有的一切感到更加满足和珍惜。

二

8月25日，我和王会升书记到贫困户家里走访。我们走了10户一般贫困户，有5户因病因残致贫，享受国家医疗扶贫政策，但还有严华胜等5户8人因无安全住房致贫，安全住房问题非常难解决。

我问王书记问题出在哪里，他说没有经费。我问5户贫困户要盖房子还差多少钱，他大概算了一下账，差6万多块钱。他说这5户属于分散安置，不能按照集中安置来解决。我想这6万块钱，可以找热心企业捐助帮扶贫困户解决安全住房问题，就让王书记尽快拿一个预算方案，具体还差多少钱我来解决。我们正在商量贫困户安全住房问题，镇政府脱贫攻坚指挥部办公室下发文件，通报了光明村5户贫困户没有安全住房的情况，要求尽快拿出解决方案报镇党委政府。看到通报，我和王书记商量抓紧拿出解决方案。8月26日，村干部张鑫给我发来邮件，请示报告上有6户，又多了龙思宽1户，请示报告建房成本、三通一平、征地费等共需41.25万元。资金来源由贫困户自筹2.75万元，财政补助16.25万元，村“两委”班子想办法筹措22万元。看到这个请示，我跟王会升电话联系，问龙思宽不是在胜利村集中安置点已经分配了安置房，为什么还要写他的名字？王书记说，龙思宽不愿意住到胜利村，如果我们村上可以建房子，他希望能住在自己村子里面。还有建房资金问题，原来想找企业赞助6万元，现在突然资金缺口了22万，我不得不认真思考这个问题。我在想，我是从省局到这儿来扶贫，可以找到一些企业来帮助贫困户盖房子，那么没有能力找到企业赞助的其他深度贫困村无安全住房的问题，怎么解决？我应该认真地研究一下政策。

我查阅了培训时关于移民搬迁政策的解读。按照“住房不举债”的基本要求，集中安置搬迁对象，建房人均补助2.5万元，旧宅基地腾退人均奖励性补助1万元，基础和公共服务设施配套人均补助2万元；分散安置搬迁对象，建房人均补助1.5万元，旧宅基地腾退人均奖励补助1万元。我把这个政策给王书记讲，王书记回答说，现在我们集中搬迁必须在30户以上，30户以下都为分散安置。按照王书记对集中搬迁和分散安置的解释，我们5户贫困户在享受政策方面，每人就少了3万元。如果按人均算，就少了24万元。

现在问题的焦点在集中搬迁和分散搬迁政策界限的理解认识上。我打电话给省国土资源厅移民办高刚强处长，询问移民搬迁政策，他给我详细解释了贫困户移民搬迁政策，而且还提供了关于规范全省移民搬迁安置方式意见的三个规范性文件。我把开始的想法和做法向他做了汇报，他说解决贫困户移民搬迁住房问题，“住房不举债”是最基本的要求，集中安置只要在基础设施和公共服务设施集中的地方就算集中安置。我认真研究了三份文件，听到高处长对文件的解读，心里面总算踏实了，再不用担心贫困户盖房还需要社会捐助、需要在其他方面找经费的问题。

我把红头文件打出来给王书记看。让我意外的是，王书记说他不用看，文件上的规定跟我们现实操作距离太远，而且这是省上的文件，我们执行的是县上的政策和镇上的政策，所以看文件也是白看，没有用的。就拿移民搬迁来说，前几年做移民搬迁要50户以上，去年、前年，必须是30户以上共同建设才叫集中搬迁。现在不能达到30户的标准，肯定是分散安置，咋可能是集中安置？他的一席话，我更加疑惑了，我问他：“移民搬迁政策已经执行了这么多年。集中搬迁的户数越来越少，哪会有50户一起来建房？国土资源厅的处长已经解释，集中搬迁就是在村委会附近有公共基础设施如卫生室、学校等地方，这就算移民搬迁集中安置。”

他说，你对政策解释不对。无奈我只能拨通高处长电话：“高处长，不好意思，我用的是免提，想麻烦您把易地扶贫搬迁政策，给我们村委王书记解释一下。”对王书记的疑问高处长都一一做了答复。跟高处长通完电话，王书记又给我说：“这是你们省上的政策，到基层谁按这来办？我们县上的政策就是30户以下就是分散安置。”他依然那么固执。

▼集中安置房正在建设

9月4日，黄冬梅书记来村调研，我趁机给黄书记说了5户贫困户要在村上集中安置的问题，并把从省上要来的三份文件拿了出来。黄书记也给我说，县上规定30户以上享受集中安置政策。没办法，我又拨通了高处长的电话。我给高处长说，我用免提，麻烦您给我们镇党委书记黄书记和村委书记王书记一起解释一下易地扶贫搬迁政策。听完高处长的解释，黄书记把三个文件认真阅读了一遍后说，如果政策是这样解释的话，那么镇上其他村也可以这样去做，因为易地扶贫搬迁已经到了最后的关头。这时候坐在村委会办事大厅电脑边的张鑫，问了一句："那今天要报5户贫困户无安全住房问题的信息系统报表，我们应该按集中安置，还是分散安置？"宁静片刻，我问黄书记："那就按照集中安置报，您看行不行？"黄书记说："先按集中安置报了再说。"我知道信息系统上报以后，要经过县上、市上和省上的审计审批，省国土资源厅会把关。不久，这几户贫困户的易地搬迁集中安置款打到了他们的个人账户。这件事总算有了着落。

三

信息系统报完以后，我们就可以组织贫困户交钱，联系建筑工程队。本想贫困户每人交2500元，国家补助5.5万元就能解决贫困户的住房问题，贫困户应该非常积极，很高兴接受政策。可过了一个周，还有一户贫困户常远兴交不起钱，他不想盖房子了。如果他不交钱盖房子，那么他家安全住房问题就没法解决，他也就不能如期脱贫。

原来，常远兴老两口生了一个独生女儿，女儿出嫁时，他把房子和地都卖了，给女儿办嫁妆。当时只想把女儿嫁出去，让女儿过上好日子，他们就可以和女儿一起生活，享受天伦之乐。可是他们在女儿家住了一段时间后，感觉女儿家负担也很重，为了不拖累女儿，又回到了村里，但是他现在已经没有房住，老两口年龄也大了，没有能力外出挣钱。他无家可归，住在敬老院里。按照国家规定，他有女儿，不符合在敬老院里由国家负担的五保户条件，住在敬老院里要自行缴费。他没有任何收入，敬老院要贴补经费。敬老院跟他谈过很多次，他也知道自己不符合免费居住条件。现在虽然给他盖房子，但要交5000块钱，他们没有钱，必须要找女儿要钱，给女儿打电话，女儿又不愿意给。

我想当面跟他谈谈，如果他真的是因为钱的问题，我就替他交5000块钱。我把常远兴叫到村委会，问他愿不愿意在村上盖房子。他说他没有钱，其实也想盖房子自己住。沉默了一会儿，他发起牢骚："我积极响应国家计划生育政策，国家说只生一个好，我就生了一个独生女，结果老了，女儿嫁出去了，没人管了。原来说生男生女都一样，女儿也和儿子一样养活父母，我也像对待儿子一样，把自己的家产全部变卖给了女儿。现在女儿负担重，也养不了我们。我觉得政策太不公平了。"

听到他的牢骚话，我没法回答。我想，一定要给他把房子盖了，让他有一个安居之所，自己帮他把5000块交了算了。但转念一想，即使把钱交了，也要给他女儿说一声，让她知道，父亲要盖新房子了。我想了解一下他女儿到底是怎么想的。

我要了他女儿的电话，打了两遍没人接。我继续打，用的是免提，想让常远兴和其他村干部也能听得见交谈内容。

"你是谁呀？"电话终于接通，对方问。

"我是光明村驻村第一书记魏婷昱，你是常远兴的女儿吗？"

"是的，你有什么事情啊？"

"你爸爸妈妈因为没有安全住房，是咱们村建档立卡的贫困户。我们争取到国家易地搬迁政策，准备在村委会附近集中安置点给你父母盖房子，想听听你的意见。”

“我也想让我爸爸妈妈有个地方住，可是我这边负担也很重。”

听到她的话，我看着常远兴很无奈的样子，知道他已经给女儿说过了，女儿已经拒绝过他。我还要了解一下她女儿的处境。

“家里都有谁呀？日子过得怎么样？”

“家里面有父母，弟兄两个，弟弟没有结婚。我生了两个孩子，大儿子在家里面公公婆婆带着，小女儿我带着。我们在西安打工，我在一个餐厅里面做服务员，老公在建筑队工作。工作很辛苦，收入也不高，上面有两个老人，下面还有两个孩子，弟弟没有结婚，家里的开销都由我们负担。”

“村上给你爸爸妈妈盖房子，按照国家政策，你父母易地搬迁政府补贴两个人7万元，你们只掏5000块钱，可以盖50平方米的房子。房子有产权，可以继承。你爸爸妈妈现在住在敬老院，你把孩子带回来也没法住。你回来让孩子到敬老院去看外爷外婆，这样对孩子也不好，觉得爷爷婆婆没人赡养。光明村毕竟是你的根，你回到村子，连个地方都没有？”

电话那边沉默了一会儿。

“那我们就想想办法，我这两天和老公商量一下，我们凑够5000块钱，把钱送过去。房子还是要盖呢，谢谢魏书记对我们的关心，谢谢你。”

“不用谢，你们在外面打工也不容易，别太辛苦了，照顾好自己。常回来看看爸爸妈妈，下次回来以后，你们就有自己的新家了。”

“谢谢魏书记操心，我会尽快把钱交上的。”

她跟我说的话，常远兴都听见了。我们边说话，他坐在我对面不断抹眼泪，听到女儿答应交5000块钱，非常高兴。我知道，这不只是5000

▲ 新建的集中安置房

▼ 与迁入安置房的村民交谈

块钱的问题，而是女儿的孝心，他心里很安慰。过了几天，常远兴的女儿给我打电话，她把钱打给一个亲戚，让亲戚把钱交到了村委会。

贫困户的款终于收齐了。很快，县移民搬迁办派人到光明村现场勘察，解决了贫困户盖房选址和基础设施费用的问题。5户贫困户的住房建设很快就开工了。工程进展很快，房子整体已经盖好，我心里特别高兴。

（魏婷昱　女，现任陕西省食品药品监督管理局协调应急处处长。2017年7月至2018年8月在安康市石泉县饶峰镇光明村任第一书记）

难以割舍的牵挂

◎ 徐　迪

离开庙川村这两年，我陆续回过村上几次，总觉得那是我的一份牵挂。2018年春节临近，我再次驱车来到位于陈仓区西山脚下的新街镇庙川村。对这个小村庄太熟悉了，而三年前，我从不曾想过自己的生命会与它有如此亲密的联系。这一次回到村上，本想悄悄看一眼就离开的，但闻讯赶来的村民还是把我团团围住了。“徐书记好！”“徐书记今天别回了！”乡亲们你一言我一句热情地招呼着，一种无言的温暖霎时涌上心头，两年前的一幕幕霍然在眼前闪现。

访贫交朋友

2015年8月，我进驻庙川村扶贫点。到任后第一件事，就是随着村主任走家串户地去了解情况。大山深处美丽的自然风光和乡亲们的淳朴热情感染着我，吸引着我，让我每天都活力充沛、干劲十足。村子方圆八九里，村民居住较为分散，道路多是山间小道，连自行车都走不了，只能靠步行，每逢下雨更是泥泞不堪。两个月时间里，我走遍了全村8个小组300多户村民，对村民的生产生活、经济收入、子女入学、健康医疗、种植养殖、村容村貌等情况有了比较全面的了解，一大本厚厚的工作笔记记满了。

深入了解后发现，庙川村地处偏僻，发展滞后，虽已进入21世纪，村上仍有约一半群众在温饱线上挣扎。闭塞的交通，封闭的信息，频繁发生的泥石流灾害，使村子更显破败不堪缺少活力。起初一段时间，我住在村小学一间宿舍里，到了饭点就挨家挨户去吃“派饭”。村民们对我这个“外来人”十分热情，总是想着法子给我做好吃的，可一旦谈到发家致富，大家不是哑口无言就是唉声叹气。要是不多问，他们都不谈具体困难，一副悠悠然很知足的样子。村里的青壮劳力大多外出打工了，留守的多是些老人。村小学修缮得簇新亮堂，却也只有几十名留守儿童，好多孩子没念到初中毕业，就开始打工谋生了。看到乡亲们诸多的生活窘态和麻木无助的神情，我心里有一种说不出的滋味，开始感到肩上的担子沉了起来。也正是在这个过程中，我深切感受到扶贫工作的深层意义和扶贫干部不寻常的责任。

60岁出头的冯大爷，孤身一人无儿无女，智力上有些障碍，说话口齿不清，腿上还有残疾，一个人守个独院恓惶度日。我还没去他家，就有人说他疯疯癫癫，有时还会胡乱骂人或是动手抢东西，让我防着点。我没多想就去了，起初冯大爷什么也不说，只是看着我傻笑。当我第二次、第三次单独带着慰问品去时，他开始有意识地给我让座，还要给我烧水喝。当我离开时，他追出来非要塞给我一把核桃，这个举动连村民们都感到惊讶。这之后，每次见到我，他都兴奋地向我挥手咿呀，有时还拖着瘸腿给我带路。久而久之，我更对他多了几分亲切，每次离开或是返回村子，都会特意去看看他，或给他捎去些生活必需品，仿佛是去看一位老友。

村民马老汉的儿子、女儿都上了大学，儿子毕业后当了老师，买房买车，日子过得让人羡慕。可天有不测风云，儿媳患病猝死，给原本幸福的家庭带来了致命打击，马老汉一度心情忧郁，更无心料理生活，日子很快走了下坡路。政府照顾他，给他报了低保，倔强的马老汉怎么也不接受，说他“丢不起”这个人，更不愿意让村民知道他家庭变故这件事，村干部去劝说，也被他骂了出来。为此，我反复多次到他家做工作开导他，劝他正视现实，不要有什么顾虑，其他乡亲更不会笑话他。刚开始，他也很抵触，但接触一段时间后，他的心绪渐渐稳定下来，人也变得开朗了。后来，他逢人便说政府扶贫济困的好处，对我的工作也是大力支持。

网络通世界

到村上不久，我发现多数村民家的电视机收看不了节目，难以及时了解党的政策和知识信息，原因是当地山高林密，电视信号尚未全部覆盖。村民们曾向有关部门反映过，终因改造工程费用大而搁浅，看电视难成为村民们急迫需要解决的问题。我犹豫再三后鼓足一口气，想着一定要帮助村民打开这只信息网络的“天眼”。

实施网络入村需要埋杆架线，粗略预算资金近百万元。我反复与市区电信部门协调，提出申请重新架设线路，并认真地拟制了可行性报告。可我的申请报告让电信公司犯了难，庙川村位置偏僻，投入成本远远超出他们的承受度。在拒绝和非议面前，我没有却步，拜访一次不行，拜访第二次、第三次。为此我受过不少委屈，有几次真的想放弃，但一想到信息化时代的强烈冲击，想到网络将会给庙川村带来的改变，就不断说服自己，一次次地拨打电话或登门拜访。后经多方协调，宝鸡电信企业终于答应投资60余万元改建庙川村通信线路，这使我非常感激。但我顾不得歇气，因为还有几十万的资金缺口。那段时日，我整日奔波，着急得连续一周都失眠，整个人也瘦下去一圈。我决定邀请宝鸡几家企业和社会名流进行募捐，列出自己熟悉或不熟悉的大大小小企业名单几十家，一家一家地去说服，苦口婆心地请求支援。多数企业刚开始对我不予理睬，以各种理由回绝，甚至连保安门卫都不许我入内。周围的同学、战友、亲戚被我“访”了个遍，微信朋友圈里也全是募捐的信息。曾有人劝我，帮扶是一项阶段性任务，没必要那么劳心费神，没必要自讨苦吃，也有人认为我描述的“网络前景”是在忽悠群众，说我是自作多情搞“形象工程”。面对众多猜忌，我没有灰心，没有动摇，满脑子想的都是募捐筹款。

功夫不负有心人，我的真诚最终赢得了回音。2015年11月，正值隆冬时节，20多位企业家如约驱车来到庙川村现场捐款，一次性募捐6万元，我的所在单位宝鸡市文化管委会又拿出了3万元。那一天，慕名而来的各界嘉宾挤满了村道，村民们从没有见过那样的场景，整个庙川村仿佛沸腾了。捐款仪式上，我激动得眼含热泪，诚挚地向各位企业家、各位捐款者深深鞠躬致谢。同样被感动的还有赶来参加募捐活动的600多名庙川村的群众，他们不会说什么感激的话，但从那一双双渴求和喜悦的眼睛里，我读懂了他们的幸福。

资金问题解决了，接下来便开始动员群众移杆架线，不曾料到这又是一块难啃的硬骨头。有个别村民提出要求补偿，并以此为条件阻碍架杆修路，延迟工程进度。我随后了解到，深层原因是村上积累多年的矛盾，村民们普遍对村干部不信任，说他们不办实事耍嘴皮。村民心中有怨气，甚至讲怪话，使阻力。那段日子，我常常困惑得彻夜难眠，农村工作的艰巨性远远超出我的想象。我又一家一家地反复做工作，自购慰问品去看望村上的老人，讲明各种利害得失，引导群众要看长远发展，主动帮助村民消解顾虑。在绝大多数村民的支持下，最终妥善解决了相关问题。2015年12

月，光纤入户工程顺利完成，庙川村实现了想都不敢想的“网络梦”。当日，我和乡亲们一样，兴奋地在电视机前狂欢不已。该村成为当时宝鸡市第一个信息光纤整村覆盖示范村，在陕西广大农村产生了很大反响。

网络通了，信息灵了，村民们的“心灯”也敞亮了。乡亲们能看到100多套图像清晰的电视节目，不仅丰富了精神文化生活，而且为获取致富信息创造了条件。村民们文化程度低，对新鲜事物接受较慢，我买来相关资料发给村民学习，讲授网络知识，手把手地教他们网络运用操作的程序方法，不厌其烦地回答村民们提出的各种疑问，使原本在

▼ 召开村民会议

村民心目中高深玄妙的科技知识一点点普及开来。后来，我又联系通信部门，为贫困户免费发放手机40余部，更加方便了群众与外界的联系。

马志芳是村上首批光纤入户的受益者。早些年他靠种植白皮松发家，但后来白皮松苗价格下跌，他连运费都挣不回来。问及现在的情况，他高兴地说："村上通了网络后，我开始在网上销售苗木，树苗卖到了山东、江苏等地，效益非常可观。"说起网络带来的好处，村民陈铁亮激动不已："这两年，我一直在网上接活，一年能挣到七八万元。现在全村人人用手机，几乎家家通网络，我打心眼里感谢党的好政策，感谢驻村帮扶的徐书记让我们看到了外面广阔的世界！"

农家多特色

庙川村长期以来都以种植传统农作物为主，由于受自然条件制约，作物产量少、价位低，村民们从年头忙到年尾，却没有多少收成，大多年份只够勉强维持温饱。环境的封闭和生活的窘迫，使村民显得谨慎懒惰、安于现状。我深深明白，一种固化思维的改变何其艰难。扶贫先扶志，我在给特困家庭发放救助金、送去米面油等生活必需品的同时，更多的是对农民解放思想、转变观念、可持续发展的忧虑和思考。

驻村两年时间里，我天天和村民"泡"在一起，熟悉了村里的物产植被、一草一木，也对气候特征、土壤性质、特色产品做了深入研究。分析庙川村紧靠西镇吴山自然景区的地理和资源优势，帮助提出产业引导培育计划，依托景区发展旅游服务产业，完善千年古镇旅游功能，发展特色种植养殖，增加时令性种植品种，想方设法提高经济收入。我联系专业培训机构和经验人士，对相关村民进行家政服务和农家乐经营培训，先后有200多人次受训，而后又组团外出参观，共同想办法寻找致富之策。鼓励村民甘存贵第一个建起了农家乐，谈起这些他无比自豪："以前没有人开办农家乐，担心游客少、规模小、收益不持续。现在不一样了，庙川村也成了一块宝地，而且潜力很大，现在我家一年的收入就有20万元。"

有了"示范户"的带领，村民们的思路开了，胆子大了，步子稳了。几年间，我悉心引导村民解除心理困惑，先后帮助村民新建农家乐10多家。每当夏秋旅游旺季，村子里人来车往，参观、写生的人群络绎不绝，村民们有了更多收入。后来几乎家家都参与自主项目，收入渠道更加多样。山区有饲养野猪的传统和条件，我积极争取政策支持，申请专项补助，吸引社会投资160万元，鼓励村民树立品牌意识，扩大饲养规模，拓宽销售途径。村民的劳动热情高涨，各家的收入普遍提高，脱贫致富奔小康的步伐明显加快。

"以前，庙川村的村民们日子过得很苦，有太多困难他们自己无力解决，渴望得到外面的帮助。"这是上一任驻村书记干部留给我的"箴言"，这句话也道出了众多帮扶者共同的纠结和不安。那几年，我和庙川村的村干部一道，立足发展特色产业，抢抓政策红利，积极申请项目支持22.6万元，组织村民在二组北坡新栽核桃100亩，在五组开垦平整土地80亩，用铁丝网封山育林1公里，发挥了集中成片种植管理的产业优势。如今那些果树都已挂果，全村每年增加收入近100万元。同时，引导村民合理促进劳务输出，每年有近百人利用农闲外出打工，创造经济收入200多万元。庙川村一步步地走向了富裕。

修路更"修心"

庙川村是一个多灾多难的村子。2014年前后，村子遭受暴雨灾害，通往吴山景区近4公里的道路全部被洪水冲毁，河道受损4200多米，山体滑

▲ 共修致富路

坡15处，进山道路中断无法通行，群众的饮水工程也严重损毁，直接经济损失500多万元。危难之际，对口帮扶的宝鸡市文化管委会迅速发动党员捐助10多万元帮助村子灾后重建，派出干部职工与村民一道修筑防洪挡坝，清理河道垃圾，创建文化墙，使村民及时走出了困境。这些，都令村民们记忆深刻。

“和村民打交道一定要真诚实在，一定要为村民多办真事实事，一定要让村民得到实惠，唯有如此，才能使党的政策党的关怀在贫困山区开花结果！”这是一位老领导对我的教导，我在驻村的思考和实践中，始终坚守着这样的承诺和信条。

村里的田间道路破损严重，特别是当时的三组尚未铺上水泥路面，冬春尘土飞扬，夏秋泥泞不堪，

▲ 新修成的道路

出行非常困难。我与村委会商议后，决定帮助村里再修一条田间道路，以改善村民出行条件。说干就干，我亲自组织人员测量设计，多方筹措资金15万元，加宽七组路面3公里，铺设三组水泥道路200米。后期，又协调有关部门投资45万余元，实施了绿化排水渠建设、农村幸福院建设、千亩粮食增产、田间道路建设等项目，使庙川村的面貌有了根本性的改变。

实际上，每一步计划实施起来，又都非常艰难。庙川村三组个别村民因担心村干部在施工问题上“耍猫腻”，坚决反对修建便桥和硬化道路。了解实情后，我一方面敦促施工单位公开各项程序，主动接受村民监督；另一方面，又逐一找有反对意见的村民做工作，让他们相信组织、顾全大局，支持村里长远建设。村民见我态度诚恳并无私心，最终做了“让步”，其中一家长期阻碍修路的“钉子户”，也不再作梗，主动配合村上修路建桥。这件事后，我深刻认识到思想疏导工作在基层群众中的重要性。最终路和桥都修好了，不仅修了路、建了桥，也修通了村民和村委会的心桥。

那段难忘的日子，大多时候我同乡亲们一道，挥锹奋战在工地，经常是一脸汗水一身泥，可我从没嫌弃，从不怕苦，天天激情满满，一副不知疲倦的样子。两年的时间是短暂的，步履是匆忙的，我和村“两委”会一起，按照美丽乡村建设标准，精心制订建设规划，安装路灯80余盏，大大方便了村民生活；争取补助资金58万元，启动了庙川村安全饮水项目，彻底解决了群众饮水难题，结束了村民千百年来饮用不清洁水的历史。几年间，市文化管委会通过自筹资金、申报项目、联系社会援助等多种途径，为庙川村建设了106万元的基础设施，完成田间道路项目总长达18公里，村民用水、用电、网络、交通等状况得到明显改善。

我的牵挂久久地留在了庙川村，以后的日子里，我一定还会“常回家看看”。

（徐迪 男，现任职于宝鸡市文化管委会。2015年7月至2017年7月在陈仓区新街镇庙川村任第一书记）